Marc Behm
Das Auge

SERIE PIPER Band 1732

Zu diesem Buch

»Das Auge« ist ein entwurzelter New Yorker Detektiv. Was ihm von seiner Vergangenheit geblieben ist, ist ein Klassenfoto seiner Tochter. Er wird auf eine rätselhafte junge Frau angesetzt, die reiche Männer aufreißt, umbringt und beraubt. Ihr erster Anblick wirft ihn um, denn er wird den Gedanken nicht los, sie könnte seine Tochter sein. Er muß es herausfinden, und er muß sie beschützen. So ignoriert er seinen Auftrag, unterschlägt Geld und folgt ihr auf ihrer Irrfahrt quer durch Amerika, rettet sie vor Gangstern, Perversen und der Polizei, schreckt aber davor zurück, sich ihr zu erkennen zu geben, weil das seine Illusion zerstören könnte – bis sie selbst zum Opfer wird.

Verfilmt mit Isabelle Adjani in der Hauptrolle.

Marc Behm, geboren in den USA. Lebt in Paris. Schauspieler und Autor erfolgreicher Drehbücher. Marc Behms Romane erscheinen in der Serie Piper.

Marc Behm

Das Auge

Roman

Aus dem Amerikanischen von
Stephan Steeger

Piper
München Zürich

Die Originalsausgabe erschien 1983
unter dem Titel »The Eye of the Beholder«
bei Zomba Books, London.

ISBN 3-492-11732-5
Deutsche Erstausgabe
Mai 1993

Umschlag: Federico Luci,
unter Verwendung eines Photos aus dem Film »Das Auge«
(mit freundlicher Genehmigung der tele-München)
Gesamtherstellung: Clausen & Bosse, Leck
Printed in Germany

Im Theater des Lebens ist
Die Rolle des Zuschauers
Gott und den Engeln vorbehalten.

Bacon

1

Sein Schreibtisch stand in einer Ecke am Fenster. Es gab nur eine einzige Schublade, in der sein Nähetui, sein Rasierapparat und sein Schreibzeug untergebracht waren, des weiteren seine 45er, zwei Patronenmagazine, ein Taschenbuch mit Kreuzworträtseln, sein Ausweis, eine Tube Klebstoff, eine winzige, ungeöffnete Flasche Old Smuggler Scotch und ein Foto seiner Tochter.

Von dem Fenster aus sah man auf den Parkplatz, zwei Stockwerke tiefer. In dem Büro standen noch elf weitere Schreibtische. Es war halb zehn.

Er nähte einen Knopf an, der sich von seinem Sakko gelöst hatte, und blickte auf den Parkplatz hinaus. Ein älterer Typ im Overall war eben dabei, einen gelben Toyota zu plündern. Der Witzbold schien Nachschlüssel für so ziemlich jeden Wagentyp zu haben und hatte bereits einen Monza V8, einen Citroën DS und einen Mustang II leergeräumt. Er schnappte sich eine Stange Zigaretten aus dem Toyota, schloß die Tür, verriegelte wieder. Von der Straße aus wäre er nicht zu sehen gewesen, denn er kroch auf allen vieren umher. Wie ein Wiesel flitzte er zu einem Jaguar XJ6C herüber.

Das Auge legte das Nähzeug in die Schublade zurück, schlüpfte in sein Sakko und rief unten im Parterre an. Ein paar Minuten später knöpften sich drei Schläger der Wachtruppe den Typen vor. Sie nahmen ihm Beute und Schlüssel weg, schütteten ihm einen Eimer Wasser über den Kopf und warfen ihn vom Parkplatz.

Es war jetzt zehn.

Das Auge schloß die letzten vier Kreuzworträtsel ab. Fertig. Er schmiß das Buch in den Papierkorb.

Um halb elf borgte er sich von dem Mädchen an Platz acht den *Figaro* aus, las die Schlagzeilen, die Tagesnotizen, die Rennergebnisse aus Vincennes und das Rundfunkprogramm.

Er versuchte sich an den französischen Kreuzworträtseln, mußte sich aber schnell geschlagen geben.

Der junge Typ auf Platz neun reichte ihm den Playboy herüber, und er schaute sich die Nacktfotos an. Die Mädchen hatten sich samt und sonders auf die Seite gelegt und trieben neckische Spielchen. *Miß August, die flippige Peg Magee (links) ist scharf auf arabische Filme, Sporttauchen, Mahler und Zoologie. – Miß Dezember, die unnahbare Hope Korngold (rechts) bekennt, daß ihre erotischen Phantasien sich oft in U-Bahnen, Bussen und auf Fährschiffen abspielen. Alles an Bord!*

Er sah eine Weile auf den Parkplatz hinaus. Dann, um halb zwölf, nahm er das Foto aus der Schublade und studierte es eingehend. Er tat dies gewöhnlich etwa eine halbe Stunde lang, jeden Morgen, den er im Büro verbrachte.

Es handelte sich um ein Gruppenfoto von fünfzehn Mädchen, die im Klassenzimmer an ihren Tischen saßen. Seine Frau hatte es ihm '61 geschickt, aus Washington D. C., wie der Stempel auf dem Umschlag verriet. *Hier hast Du Deine verdammte Tochter, Du Arschloch! Ich könnte wetten, Du weißt nicht mal, welche sie ist, Du Trottel! P. S. Leck mich!*

So war es auch – er hatte nicht die leiseste Ahnung, welches der Kinder Maggie war. Er war nach Washington geflogen und hatte zwei Monate damit zugebracht, sie dort aufzuspüren, aber nicht den geringsten Anhaltspunkt gefunden. Verschiedene Detekteien hatten über einen Zeitraum von zehn Jahren im ganzen Land nach ihr gesucht, dann, irgendwann, verschwand die Akte einfach im Archiv.

Er stellte das Foto auf den Schreibtisch, ans Telefon, lehnte sich zurück und verschränkte die Arme.

Fünfzehn Mädchen mit kamerascheuen Blicken. Sieben oder acht oder vielleicht neun Jahre alt. Eins davon war seine Tochter. Im Juli würde sie vierundzwanzig Jahre alt werden.

Lange Zeit hatte er dem ungekämmten kleinen Fratz im weißen Pullover, der unter dem Kruzifix saß, vor allen anderen den Vorzug gegeben. Sie hielt einen Apfel und runzelte argwöhnisch die Stirn. Dann war er zu dem Blondschopf mit Pferdeschwanz übergegangen, der in der Nähe der Tafel saß, am anderen Ende des Klassenzimmers. Sie kaute an einem Bleistift. Auf der Tafel stand der Anfang des dreiundzwanzigsten Psalms, sauber mit Kreide geschrieben: *Der Herr ist mein Hirte, mir...* Danach hatte er jahrelang das bleiche, schmale Gesicht mit Ponyfrisur in der letzten Reihe bevorzugt. Sie hielt die Hände krampfhaft gefaltet und sah völlig verschüchtert aus. Danach war es das Mädchen neben ihr, das seine Phantasie beflügelt hatte. Sie trug eine Brille und grinste über das ganze Gesicht...

Aber er hegte schon seit geraumer Zeit keine Vorlieben mehr. Mittlerweile kannte er sie alle in- und auswendig und liebte jede einzelne.

In seinem Leben gab es keinen Raum, den er besser kannte als das Klassenzimmer: drei Wände, Kruzifix, Tische, eine Tafel, der Psalm, der Apfel. Und 15 reizende Gesichter, wie Konterfeis aus einem Fahndungsbuch für Kinder, Myriaden staunender Augen... und in einer Ecke am anderen Ende eine Tür, von der er wußte, daß er sie eines Tages durchschreiten würde, um sie beim Namen zu rufen. Und aus der anonymen Menge würde sich seine Tochter erheben.

Er war sich dessen vollkommen sicher.

Er starrte aus dem Fenster. Der ältere Typ im Overall war wieder auf dem Parkplatz und räumte gerade das Handschuhfach eines Thunderbird leer.

Das Telefon läutete. Es war Miß Dome, Bakers Sekretärin, die ihn nach oben bestellte.

Es war jetzt Mittag.

Watchmen, Inc. belegte die untersten vier Stockwerke des Carlyle Tower. Bakers Büro lag in der nordöstlichen Ecke des vierten Stocks, ein riesiger Empfangsraum mit zwei van Goghs, drei Picassos und einem Braque, die eine ganze Wand einnahmen.

Baker war erst neunundzwanzig. Er hatte die Detektei vor einem Jahr von seinem Vater geerbt. Die alten Hasen in den unteren Etagen schmissen den Laden, aber um die »Tausend-Dollar-pro-Tag-Kunden« kümmerte er sich immer persönlich.

Zwei typische Exemplare dieser Klientel, ein älterer Mann mit Frau, beide in Tweedkombinationen, saßen in Hepplewhite-Stühlen vor dem ausladenden Schreibtisch. Baker stellte sie ihm vor: Mr. und Mrs. Hugo.

Der Name war ihm nicht unbekannt. Hugo-Schuhläden. Klassisches »Schuhwerk« (»Gegründet 1867«), auf den Einkaufsstraßen jeder Großstadt vertreten. Er blieb stehen und versuchte schon in Gedanken vorwegzunehmen, wo die Hugos denn der Schuh drückte. Bestimmt ein Familienproblem. Der Sohn oder die Tochter, vom rechten Weg abgekommen.

Er sollte recht behalten.

Baker setzte sich in Szene. Er wirkte gewichtig, jemand, der wußte, wovon er sprach. »Mr. und Mrs. Hugo haben einen Sohn«, verkündete er. »Paul. Er hat erst vor kurzem sein Studium abgeschlossen und ist zur Zeit arbeitslos.«

Mr. Hugo lachte gereizt. »Er ist schon seit zehn Monaten arbeitslos!«

»Er hat noch keinen Finger gerührt, um eine Stelle zu finden«, sagte Mrs. Hugo. »Er hängt nur herum.«

»Er hat eine Freundin«, fuhr Baker fort. »Seine Eltern wollen ein paar Informationen über sie. Sie wollen wissen, wie ernst es dem Jungen ist. Können Sie mir folgen?«

Er nickte. Der Junge vom College und das leichte Mädchen. Papi und Mami völlig verzweifelt. Eine satte Vorauszahlung. Er wandte sich an Mr. Hugo. »Wie heißt das Mädchen, Sir?«

Mr. Hugo zuckte mit den Schultern. »Wissen wir nicht. Wir haben die junge Dame nie zu Gesicht bekommen.«

»Sie hat ihn immer zu Hause angerufen«, klagte Mrs. Hugo, »dadurch haben wir erst von ihr erfahren.«

Baker stand auf und beendete die Unterredung (er hatte um eins eine Verabredung zum Squash im Harvard Club). »Es dürfte kein Problem sein, ihre Identität festzustellen«, sagte er. Er kam um den Tisch herum, blieb vor seinem Angestellten stehen und heftete den Blick vorne auf das Sakko. »Sie möchten innerhalb vierundzwanzig Stunden einen vorläufigen Bericht. Ist das möglich?«

»Ja.« Er tastete nach dem Knopfloch. Dieser Scheißknopf war weg!

»Können wir für morgen um dieselbe Zeit mit den ersten Ergebnissen rechnen?«

»Ja.«

»Das wär's dann. Danke.«

Das Auge verbeugte sich vor Mr. und Mrs. Hugo und verließ das Büro. Er fragte sich, wo zum Teufel der Knopf abgeblieben war. Er fand ihn draußen im Gang, vor den Fahrstühlen.

Bei seinem letzten Auftrag war er einem Millionenbetrüger namens Moe Grunder bis nach Cheyenne, Wyoming, gefolgt. (Die Jungs im Parterre nannten ihn »Grunder der Wanderer«.) Eines Nachts hatte er das Auge in einen Hinterhalt gelockt und versucht, ihm mit einem Hammer den Schädel einzuschlagen. Das Auge hatte ihn mit einem Schuß in den Magen erledigt. Watchmen, Inc. wollte und konnte das Töten von Verdächtigen nicht gutheißen, und seither war er zum Schreibtischdienst verdonnert worden. Der Hugo-Auftrag bedeutete, daß die Sperre aufgehoben war. Die Aussicht, endlich dem Betonklotz zu entkommen und hinaus auf die Straßen zu gehen, hob seine Stimmung beträchtlich. Er beschloß, das Mittagessen ausfallen zu lassen.

Er nahm das Nähzeug aus der Schublade und überprüfte eine Minolta-Kamera aus dem Depot. Er ging nach unten in den zweiten Stock und fragte das Mädchen vom Wagenpark, ob er einen Wagen haben könnte. Sie gab ihm den Schlüssel zu dem gelben Toyota.

Er ging auf den Parkplatz. Der alte Autoknacker war immer noch da, huschte aber davon, als er ihn kommen sah.

Es war Viertel vor eins. Der Himmel war wie fettglänzendes Spülwasser, die Luft roch nach Hoffnung und Heiterkeit, die glitzernden Fenster des Carlyle Tower machten ihn fast blind.

Er stieg in den Toyota und fuhr an das andere Ende der Stadt.

Die Hugos wohnten in der Neatrour Avenue, in einem Haus, das wie ein riesiger Lebkuchenturm wirkte.

Er parkte auf der gegenüberliegenden Straßenseite. Während er den Knopf an das Sakko nähte, fielen ihm plötzlich wieder die Playmates ein. Himmel! Vielleicht war eine von ihnen Maggie! Miß August oder Miß Dezember. Wäre immerhin möglich. Eine einmalig schöne Nymphe, nackt über eine ganze

Zeitungsseite ausgebreitet, die sich zärtlich über die Schenkel strich. Würde er ihr deswegen Vorhaltungen machen? Wahrscheinlich nicht. In seinen Phantasien verzieh er ihr immer all ihre Verfehlungen. Einmal hatte er sich vorgestellt, sie in einem Keller aufzustöbern, inmitten einer teuflischen Brut von Junkies. Ihre Unterarme waren von Abszessen übersät, und sie hatte keinen einzigen Zahn mehr, trotzdem war es ihm nicht in den Sinn gekommen, sie auszuschimpfen. In einem anderen Melodram – er taufte es *Stille Nacht, heilige Nacht* – war sie eine Hure, die ihn am Silvesterabend in einer Absteige im Vergnügungviertel aufgetan hatte. Sie trug einen speckigen Pelzmantel und sah absolut schauderhaft aus. An einer Schnur um ihren Hals baumelte eine Krawattennadel.

Woher hast du diese Krawattennadel?

Ein Andenken. Hat meinem Vater gehört...

Er brachte sie in ein Sanatorium, und eine Woche später war sie geheilt und sah zwanzig Jahre jünger aus, blühend, mit grün schimmernden Augen, frisch, göttlich... und dann erkannte er sie. Sie war der kleine Fratz in dem weißen Pullover unter dem Kreuz im Klassenzimmer.

Vati, ich schäm mich so.

Red keinen Unsinn.

Wirst du mir jemals vergeben?

Quatsch!

Er nahm sich das Kreuzworträtsel der Zeitung vor. Acht waagerecht, *Überangebot an Brot*. Neun Buchstaben. *Bäckerei. Brotgeschäft*. Nein. *Wohlstand*. Schien eins der leichteren zu sein. Der Hugo-Auftrag würde ebenfalls leicht sein. Er müßte ihn nur ein wenig manipulieren, ihn in die Länge ziehen. Die nächsten zwei Wochen würde er nicht an diesen verfluchten Schreibtisch zurückkehren, soviel war sicher. Schon immer hatte er sich draußen am wohlsten gefühlt, in den Straßen, im Verkehr, wenn er sich wie ein Geist durch das labyrinthische Gewirr bewegte, die hin- und herflutenden Menschenmassen beobachtete, durch einen fingerbreiten Spalt lugte, auf der Suche nach Geheimnissen.

Acht senkrecht, *Tochter des Ödipus*. Acht Buchstaben. *Antigone*.

Eine seiner liebsten Davor-Vorstellungen hatte er *Madame Agamemnon* genannt. Maggie war die Witwe eines griechischen Tycoons, Kosta Agamemnon, »der reichste Mann der Welt«. Sie hatte ihn im Irak oder wo auch immer kennengelernt (sie studierte Archäologie an der Universität Antakya). Nach einer stürmischen Eroberung brannten sie zusammen nach Paris durch, wo er während der Hochzeitsnacht im Brautgemach des Ritz tot umfiel. Er hinterließ ihr eine Tankerflotte und mehrere Banken, Eisenbahngesellschaften und Privatinseln. Sie kehrte direkt nach der Beerdigung in die USA zurück und ging zum Carlyle Tower. Baker rief ihn zu sich ins Empfangszimmer und stellte sie vor.

Dies ist Madame Agamemnon. Sie will, daß wir ihren Vater finden.

Das Auge stierte die neue Klientin an. Eine äußerst vornehme junge Dame, fast noch ein Kind, gekleidet in *Vogue*-Schwarz, mit einer Brille. Ihr Haar war zu einem Pferdeschwanz gebunden, und sie aß gerade einen Apfel. Baker war beeindruckt, kein Zweifel.

Sie wünscht, daß wir unser gesamtes Personal auf den Fall ansetzen. Die Angelegenheit ist äußerst dringend, die Kosten spielen nicht die geringste Rolle. Sie übernehmen die Leitung des Falles. Vergessen Sie den üblichen Papierkram. Sie werden Madame Agamemnon persönlich Bericht erstatten. (leise) Zum Donnerwetter! Wann rasieren Sie sich endlich mal!

Darf ich fragen... wie heißt Madame Agamemnon mit Vornamen?

Was zum Teufel tut das zur Sache?

Ist es – Margaret?

Madame Agamemnon starrte ihn an, und ihre herrlich grünen Augen leuchteten überrascht auf. *Ja, so heiße ich! Woher in aller Welt wußten Sie das?*

Bockmist! Er schloß das Kreuzworträtsel ab und schmiß die Zeitung auf den Rücksitz. Madame Agamemnon! Sonst noch was? Er hatte sich viel zu lange treiben lassen. Irgendwann in den nächsten Tagen würde Baker Junior ihm auf die Finger sehen, und sie würden ihm die 45er wegnehmen und ihn fortan die Aschenbecher leeren oder die Fahrstuhltüren polieren lassen. Nicht, daß er darauf auch nur einen Furz gegeben hätte. Wo zum Teufel war Maggie, wie auch immer?

Um Punkt zwei Uhr verließ Paul Hugo das Haus.

Er war Anfang zwanzig, langhaarig und mager. Er trug einen Anzug mit Krawatte und rauchte einen Zigarillo. Er stieg in einen Porsche und fuhr in den oberen Stadtteil.

Das Auge hängte sich an ihn dran.

Der Verkehr spülte sie den Lafayette Boulevard hinunter und durch die Unterführung die Second Avenue hinauf. Paul fand an der Ecke zur South Clinton einen Parkplatz. Das Auge fuhr an ihm vorbei und zwängte sich in eine Parklücke vor dem Globe Building. Er lief das Stück auf der Second Avenue wieder zurück und folgte Paul im Abstand von zwanzig Schritten. Sie gingen in einen Drugstore. Paul aß ein Sandwich. Das Auge verdrückte ein Stück Apfelpastete und zwei Milchshakes. Dann gingen sie zur Broad Street. Paul schaute kurz in die Eingangshalle des Lincoln-Filmtheaters hinein und sah sich die *King Kong*-Fotos an. Er zündete sich noch einen Zigarillo an. Er überquerte die Straße und betrat die Capital Bank. Das Auge ging fast Seite an Seite mit ihm, war aber einfach nicht auszumachen, ebenso unauffällig wie ein I-Tüpfelchen. Ein Wachtposten, der ihn zufällig anblickte, sah nicht mehr als einen verwischten Pinselstrich in einer schmucken Landschaft vorbeiziehender Anzüge. Alles ging fließend ineinander über, keine falsche Bewegung, kein Schäumen im Kielwasser. Wenn nur nicht dieser beschissene Knopf gewesen wäre – er sah kurz auf ihn hinunter, dachte schon, daß er sich von der Jacke lösen, klirrend zu Boden fallen würde, um wie ein Wagenrad quer über den Marmorfußboden zu rollen –, dann hätte er als perfektes Neutrum durchgehen können.

Paul hob von seinem Konto acht, neun, zehn, elf, zwölf – er sah ihm von der anderen Seite des Schalters beim Zählen zu –, dreizehn, vierzehn, fünfzehn, sechzehn, siebzehn, achtzehntausend Dollar ab. Der helle Wahnsinn! Er packte das Geld in einen Umschlag, steckte ihn ein und ging wieder. Das Auge erreichte knapp fünf Schritte vor ihm die Tür. Paul folgte ihm die Broad Street entlang, überholte schließlich und ging über die Plaza Arkaden zur South Clinton. Er blieb vor einem Hugo-

Schuhladen (»Gegründet 1867«) stehen. Im Schaufenster lagen massenweise Holzschuhe aus, der letzte Schrei in der Schuhmode. Die Kids nannten sie »Clodhoppers« – Klumpenhüpfer. 20 Dollar das Paar. Ein paar Schritte weiter blieb er wieder stehen, vor einem Plakat am Eingang des Cine Clubs. *Draculas Tochter* (1936). Er zündete sich wieder einen Zigarillo an. Das Auge beobachtete ihn. Die 18 Riesen hatten ihn ziemlich durcheinandergebracht. Was zum Teufel hatte er nur mit so viel Barem vor? *Frau im Mond* (1928). *The Cat People* (1942). Paul ging weiter. 18000 Dollar! Er blieb auf Distanz – sein Radar registrierte unablässig einen geheimnisvollen Fleck irgendwo in tiefer Dunkelheit, ihm schwante Böses. Nur den Bruchteil einer Sekunde, bevor Grunder der Wanderer ihm mit dem Hammer eins überbraten wollte, hatte er die 45er aus dem Gurt gezogen, war einen Schritt zurückgetreten und hatte abgedrückt. Im gleichen Augenblick war Grunder vor ihm, und der Hammer hatte ihn nur knapp verfehlt. Jetzt verspürte er genau das gleiche seltsame Unbehagen.

Paul schlenderte zur Second Avenue weiter und stieg in seinen Porsche. Das Auge rannte unterdessen zum Globe Building hinüber, die letzten Meter schlenderte er wieder. Als der Porsche vorbeizog, stieg er in den Toyota. Irgend etwas lag in der Luft.

Sie nahmen den Independence Circle, bogen in den Constitution Boulevard ein und fuhren an der Glasfront des Air Terminal vorbei. Dort hatte er seine Frau kennengelernt. Sie hatte da gearbeitet, '52. Das Jahr, in dem die Wasserstoffbombe hochging. *Atoll W*, acht Buchstaben. *Eniwetok*. Maggie wurde '53 geboren. Das Jahr, in dem Stalin gestorben war. '54 hatten sie sich beide aus dem Staub gemacht. Das Jahr... Der Porsche rollte in eine Parklücke direkt am South Park. Genug Platz für zwei. Der Toyota setzte sich genau dahinter.

Es war jetzt vier.

Paul ging in den Park. Das Auge nahm die Minolta XK und hängte sich wieder an ihn dran. Jungen und Mädchen waren wie herumliegender Abfall über den Rasen verstreut, gammelten, spielten Flöte oder Gitarre. Er fotografierte sie, was ihm ein paar Buhrufe eintrug. Er machte ein Bild von einem

Springbrunnen. Paul setzte sich auf eine Bank und zündete sich wieder einen Zigarillo an. Das Auge machte unterdessen ein paar Aufnahmen von dem Spielplatz, auf dem sich ganze Scharen von Kindern tummelten. Er kaufte sich ein Eis an einem Stand, drüben am Pavillon. Aus einem Leierkasten an einem der Spazierwege erschallte »In the Shade of the Old Apple Tree«. Er knipste ein kleines Mädchen mit Luftballon. Mist, verdammter! Nach welchem Prinzip hat Gott eigentlich das Los all dieser Kinder verteilt? Du! Du dort drüben – du! Du wirst neun Symphonien komponieren. Und du wirst Taxifahrer, du Postbote und du Privatdetektiv. Du Sekretärin und du Außenminister, du ein Homo, du Millionenbetrüger. Du wirst den »Coriolan« schreiben und du auf dem elektrischen Stuhl enden. Im Keller der Polizeizentrale in der Fair Oaks Street gab es einen Stadtplan so groß wie eine Tanzfläche, übersät mit blinkenden Lichtern. Grün für Vergewaltigung, Rot für Mord, Blau für Überfälle, Gelb für Unfälle. Vielleicht gab es auch im Himmel eine Karte, eine riesige Schicksalstafel, die jeden Schritt und Tritt verzeichnete.

He, was ist denn mit diesem Typen da unten im Park? Kannst du seine Gedanken lesen?

Klar und deutlich, Herr.

Was macht er gerade?

Er ißt ein Eis im Hörnchen. Vanille und Schokolade.

Geht er hin in Frieden?

Negativ, Herr. Ihm schwant Böses!

Führe ihn zur Erleuchtung!

Und das Mädchen erschien.

Sie kam einen Spazierweg in Richtung der Bank entlang. Mitte Zwanzig, Baskenmütze und dunkler Regenmantel, mit einer Reisetasche in der Hand. Sie kam näher ... näher ... sehr geschmeidig, sinnlich ... immer näher ... und näher ... hübsch, graublaue Augen ... jetzt ...

Paul drehte sich um und bemerkte sie. Er warf den Zigarillo weg, stand auf und eilte ihr entgegen.

Das Auge machte ein Foto von ihr.

Der Leierkasten spielte »Shine on Harvest Moon«. Sie küßten sich. Er machte noch eine Aufnahme. Auf den Lippen hatte er einen komischen Geschmack, wie Messing. Er wischte sich den Mund mit dem Ärmel ab. Dann sah er plötzlich alles nur noch verschwommen. Er versuchte, noch ein Foto zu schießen, konnte aber einfach nichts mehr sehen. Er lehnte sich an einen Baum, kniff die Augen zusammen, blinzelte. Himmel! Der Park war wie ein dunkles Loch, und dann dieses beschissene Ohrensausen. Er ließ die Kamera fallen. Er würgte und versuchte, auszuspucken, er schnappte nach Luft, schneuzte sich. Blutete er vielleicht? Gott, er mußte unbedingt schiffen, einen ganzen Ozean voll! Also gut, dann mach – niemand konnte was sehen, viel zu dunkel. Er öffnete den Reißverschluß. Seine Finger fühlten sich eiskalt und taub an, und er spritzte die Hälfte über Hose und Schuhe. Scheiß drauf! Was war nur los mit ihm? Wo war die verdammte Minolta abgeblieben? Das Eis mußte verdorben gewesen sein! Sein Schwanz schrumpfte immer mehr zusammen. Er schrumpfte in ihn hinein! Er war weg! Weg!

Zwei kleine Mädchen kamen über den Rasen gerannt und strichen um ihn herum. Er lächelte sie an. Eine von ihnen hob die Kamera auf und brachte sie ihm. Er nahm sie und murmelte irgend etwas Unverständliches. Von einer Bank auf der anderen Seite des Rasens starrten ihn drei alte Schachteln an wie ein Basiliskentrio. Zumindest konnte er sie sehen. Aber sie konnten ihn genauso sehen! Alle sahen ihn an! Auch das noch! Jetzt war aber Schluß!

Er spähte in den Himmel. Die Sonne brannte auf ihn nieder. Alles klar. War ja eigentlich auch nichts weiter gewesen. Wenn er nur nicht so ungeschickt wäre. Das war's, und nichts anderes. So. Jetzt nur nicht durchdrehen…

Die zwei kleinen Mädchen warfen sich einen Ball zu. Die alten Schachteln strickten. Großartig! Alles in Butter. Nur daß ihm der Hosenstall sperrangelweit aufstand und er sich am hellichten Tag direkt neben einem Kinderspielplatz entblößte.

Er ging den Spazierweg hinunter und machte so was wie ein Versteck ausfindig. Er zog den Reißverschluß zu. Seine Hose war klitschnaß. Er schlüpfte durch das Dickicht. Faß dir jetzt gefälligst nicht an den Schwanz! Der ist immer noch da, du alter Lustmolch! Aufregungen wirken sich unweigerlich auf die Geschlechtsteile aus. Also ... jetzt aber ... endlich ...

Er blickte zurück.

Das Mädchen war immer noch da.

Sie standen mit dem Rücken zu ihm, Gott sei Dank.

Paul hielt die Reisetasche, und sie hatte die Arme in die Hüften gestützt und flüsterte ihm etwas zu. Ein bißchen gekünstelt, wie sie sich in den Hüften wog. Dann drehte sie sich kurz um und warf einen Blick in seine Richtung, oder an ihm vorbei, zu den – wohin? Den Flötenspielern auf dem Rasen? Dem Springbrunnen? Dem Pavillon?

Sie brachen auf.

Er folgte ihnen.

Sie gingen ins Rathaus, zwei Straßen weiter. Sie heirateten.

2

Der Porsche rauschte stadtauswärts über die Belle Plaine Avenue. Er nahm die Clarion-Überführung und gelangte auf die Liberty Road. Er fegte durch Ada, dann durch Delphos, dann Xenia und Cedarville. Der Toyota folgte im Abstand einer halben Meile.

Er hatte mehrere Fotos der Hochzeitszeremonie im Kasten. Und eine Nahaufnahme vom Eintrag im Eheregister des Standesamtes: Paul Hugo und Lucy Brentano.

Die Braut kam aus New York, wohnte in der 91. Straße. Sie arbeitete im Büro der Air France in der Fifth Avenue.

Um neun kamen sie in Camden Lake an und quartierten sich im Woodland Inn ein.

Er ließ sie dort zurück und fuhr zu einer Tankstelle an der 68. Bundesstraße. Auf dem Klo zog er sich die Hose aus und rieb sie mit einem feuchten Lappen ab. Er schmiß seine Unterhose in den Abfalleimer und wusch sich mit einem Stück Seife Schwanz und Oberschenkel sauber. Zum Abendessen fuhr er in ein Restaurant in Evanstown. Er fraß sich die Speisekarte rauf und runter: Salat, Suppe, Kalbfleisch, Reis, ein Omelette, noch einen Salat, einen Toast, Käse, zum Nachtisch Kirschen, ein Stück Kuchen, Kaffee, noch ein Stück Kuchen und einen doppelten Brandy.

Am Nebentisch stritten sich ein Betrunkener und seine Freundin über Afrika. Sie schüttete ein Soßenschälchen über ihn aus, und er hätte ihr beinahe mit einem Glas Senf eins übergebraten. Drei Kellner setzten sie vor die Tür.

Er bestellte noch ein Dessert – Pfirsich Melba. Und einen zweiten doppelten Brandy. Um elf fuhr er zum Woodland zurück.

Er stellte den Wagen in ein kleines Gebüsch direkt an der Straße und betrat über einen Seiteneingang das Motelgelände. Im Garten leuchtete eine Lampe und tauchte die Ränder der Nacht in bernsteinfarbenes Licht. Er kam am Swimmingpool vorbei, dann am Tennisplatz und gelangte über eine schmale, gewundene Steintreppe zum rückwärtigen Teil der Gebäudeanlagen.

Das frisch vermählte Paar logierte in einem Bungalow direkt am Seeufer. Sämtliche Lichter brannten. Geräuschlos wie ein Schatten schwebte er auf eines der Fenster zu.

Das Wohnzimmer war leer. Lucys Handtasche lag auf dem Sofa. Ihr dunkler Regenmantel hing über der Stuhllehne. Ihre Schuhe standen auf dem Boden. Eine Flasche Gaston de Lagrange-Cognac und eine Packung Gitanes befanden sich auf dem Sofatisch.

Im Schlafzimmer war ebenfalls niemand zu sehen. An der Klinke der Badezimmertür hing eine Kette mit einem silbernen Anhänger. Ihre Reisetasche, ein Kleid, eine Strumpfhose, ein Büstenhalter und die Baskenmütze lagen auf dem Bett verstreut. Auf dem Schreibtisch ein Transistorradio.

Er ging in den Hinterhof und spähte durch ein anderes Fenster. Paul, nur in der Unterhose, stand in der Küche, ein Zigarillo im Mundwinkel. Er suchte Gläser im Küchenschrank. Er entdeckte zwei kleine Likörgläser und brachte sie ins Wohnzimmer. Das Auge schlich sich wieder ans Schlafzimmerfenster. Lucy trat aus dem Badezimmer. Sie hatte sich in ein Handtuch gewickelt und trug eine Duschhaube. Sie nahm die

Kette von der Klinke und hängte sie sich um den Hals. Sie war barfuß. Auf ihrem Gesicht lag ein feuchter Schimmer.

»Lucy!«

»Einen Augenblick.«

Sie setzte sich aufs Bett und nahm die Duschhaube ab. Ihr Haar war kurzgeschnitten und von trüber zitronengelber Farbe. Sie holte eine Perücke aus dem Koffer, stülpte sie sich über. Jetzt war sie wieder kastanienbraun.

»Die Tür ist verriegelt.«

»Wirklich?«

»Ist das so geheim, was du da treibst?«

»Tut mir leid. Die Macht der Gewohnheit.«

Sie stand auf, durchquerte das Zimmer und schloß auf. Das Auge schlich sich zum Wohnzimmerfenster. Paul schenkte zwei Cognacs ein. Lucy zündete sich eine Gitane an. Er reichte ihr das Glas. Sie nahm einen Schluck. Er zog ihr das Handtuch vom Leib, streifte flüchtig über den silbernen Anhänger.

»Was ist das? Eine Ziege?«

»Ein Steinbock.«

»Du bist Steinbock?«

»Vierundzwanzigster Dezember.«

»Frohe Weihnachten! Ich bin Löwe. Fünfter August. Und jetzt sind wir beide hier!« Er brachte einen Toast aus. »Sommer und Winter. Heiß und kalt.«

Sie nahmen einen Schluck. Das Auge trat in die Dunkelheit zurück. Moment mal! Steinbock? Sein Radar hatte wieder angeschlagen. Im Eheregister hatte gestanden *geboren am 22. März 1954.*

»Holst du mir etwas Eis?« fragte Lucy.

Er trat wieder ans Fenster. Paul stellte sein Glas auf den Tisch und ging in die Küche. Lucy lief zum Sofa hinüber, kramte aus der Handtasche eine kleine Phiole heraus, nahm den Deckel ab, trat an den Tisch und schüttete den Inhalt in sein Glas.

Sie ließ die Phiole in der Gitanespackung verschwinden, setzte sich wieder und trank ihr eigenes Glas aus. Paul kehrte mit einer Schale Eiswürfel zurück. Er stellte sie auf die Armlehne ihres Stuhls.

»Ich spring noch kurz unter die Dusche, Liebes.«

»Bleib aber nicht zu lange.«

»Nicht eine Sekunde.« Er nahm sein Glas und ging ins Schlafzimmer.

Es fing an zu regnen.

Sie entkorkte die Flasche, nahm einen kräftigen Schluck und zündete sich noch eine Zigarette an. Dann stand sie auf und brachte die Schale mit dem Eis in die Küche zurück.

Er schlug den Kragen des Sakkos hoch. Ein Wetterleuchten hob ihn einen Augenblick aus der Dunkelheit hervor. Er duckte sich und schlich die Wand entlang zum Schlafzimmerfenster. Paul stand im Badezimmer und trank seinen Cognac aus. Er stellte das Glas auf ein Regal, zog die Unterhose aus, drehte das Wasser auf und trat pfeifend unter die Dusche.

Das Auge war inzwischen völlig durchnäßt. Er holte sein Taschentuch heraus und wischte sich über das Gesicht. Was war das nur für ein gottverdammtes Gesöff, das sie in den Cognac geschüttet hatte? Ein Schlafmittel? Ein Aphrodisiakum? Zyankali? Unsinn! Steinbock hatte sie gesagt. Maggie war Krebs. Seine Füße standen praktisch unter Wasser.

Lucy kam ins Zimmer. Sie ging zum Schreibtisch und schaltete das Radio ein. Ein Mezzosopran ertönte.

Komm, ich nehme deine Hand,
Und ich zeige dir den Pfad,
Wie in jener düst'ren Allee,
Die hinabführt in das Tal.

Samson und Delila. X waagerecht, *französischer Komponist mit Bindestrich.* Zehn Buchstaben. *Saint-Saëns.* Sie würde ihn umbringen.

Berge hast du abgetragen,
Um zu mir, zu mir zu kommen,
Und ich floh meine Gefährten,
Um allein mit dir zu sein.

Sie lehnte sich an die Wand und zog an ihrer Zigarette. Das Auge starrte sie an. Sie würde ihn umbringen. Ihre Hüften glitten in eine sagenhaft anmutige Haltung. Er schluckte, verspürte einen Wärmestoß. Das Handtuch löste sich, fiel zu Boden, und sie stand da, nackt, nur mit der Kette und dem silbernen Anhänger. Sie würde ihn umbringen. Er war sich absolut sicher.

Meinen Rachedurst zu stillen,
Ich entriß dir dein Geheimnis...

Paul kam auf Händen und Füßen aus der Dusche gekrochen. Er lag auf dem Boden, wälzte sich vor Schmerzen, schrie laut.

Lucy ging zum Schrank, öffnete. An der Innenseite der Tür hing sein Mantel. Sie faßte in die Seitentasche und zog einen Umschlag heraus. Sie ging zum Bett und schüttete die achtzehntausend Dollar in ihre Reisetasche.

Sie stellte die Dusche ab, das Radio und schaltete die Lichter aus.

Er wischte sich mit dem Taschentuch die Ohren ab.

Er warf den Kopf zurück, ließ den Regen auf das Gesicht prasseln.

Lucy tauchte am Hintereingang des Bungalows auf. Sie trug einen Regenmantel und zerrte die nackte Leiche zur Tür hinaus, dann quer durch den Hinterhof und am Ufer entlang zu einem Ruderboot, das an einem kleinen Steg festgebunden war. Sie hievte Paul ins Boot und stieg hinterher. Sie stieß sich ab, steckte die Ruder in die Ösen und fuhr hinaus in die Dunkelheit und den Regen.

Er setzte sich unter einen Baum auf den Boden und wartete auf sie. Schlamm. An den Fingern, Schuhen, überall klebte Schlamm. Auf dem Landungssteg stand ein Schild:

Schwimm nicht zu weit hinaus,
Sonst kommst du nicht mehr raus!
Pete Stone
Camden County Sheriff

Vor ein paar Jahren hatten sie einen Auftrag, den die Jungs bei Watchmen als »Der unglaubliche Fall der heimtückischen Badewanne« bezeichneten. Ein Münzhändler namens Nitzburg war mit einem Sack voll römischer Sesterzen oder was auch immer verlorengegangen, und Bill Floot, Spezialist für

Vermißtenfälle – im ganzen Haus bekannt als Plattflut – hatte volle vier Tage damit zugebracht, ihn aufzuspüren. Am Ende hatte er ihn im eigenen Badezimmer gefunden, in der Badewanne, halbseitig gelähmt und unfähig, aus der Wanne zu steigen. Er hatte literweise Wasser geschlürft, um zu überleben. Und er hatte tatsächlich überlebt. Jedes Jahr zu Weihnachten schickte er Plattflut eine Karte. Er –

Moment mal. Was hatte das überhaupt mit dieser Sache hier zu tun? Gar nichts. Nur daß einige Fälle etwas exotischer ausfielen als andere. Egal, jedenfalls wäre Plattflut das mit dem Regen nicht passiert. Nie und nimmer! Er hätte denen gesagt, er sei kurz zum Wagen gegangen, um sich einen Regenmantel zu holen, und dann, als er zu dem verdammten Bungalow zurückgekehrt sei, wären sie glatt verschwunden gewesen. Er hätte denen erzählt...

Lucy Brentano. Wie hieß sie wirklich? Was mochte sie jetzt denken, da draußen, ganz alleine auf dem See?

Hey! Er könnte sich ins Schlafzimmer stehlen und sich mit den achtzehn Riesen auf Nimmerwiedersehen davonmachen. Er braucht nur zu behaupten, daß er gegen Nachmittag ihre Spur verloren und dann bis in die Nacht hinein versucht hätte, sie wiederzufinden. Er könnte –

Blödsinn.

Er saß da, horchte auf den Donner.

Sie kehrte zurück. Sie band das Boot wieder am Steg fest, lief das Ufer hoch und ging nicht mehr als anderthalb Meter an ihm vorbei. Sie bemerkte ihn nicht.

Er war wieder einmal unsichtbar, mehr oder minder Teil der Landschaft und der Elemente. Ein Schlammklumpen. Ein Sumpfloch. Regen und Wind.

Sie verschwand im Bungalow, machte Licht, zog den Mantel aus und ein paar Handschuhe an. Nackt wie sie war, nahm sie das Geld aus der Reisetasche, ließ es auf das Kopfkissen fallen, ging zum Schrank hinüber, packte Pauls Garderobe zusammen, ging anschließend ins Badezimmer und sammelte sein Waschzeug ein. Sie stopfte alles in die Reisetasche, sogar die Flasche Gaston de Lagrange. Und das Transistorradio.

Sie summte vor sich hin. Er harrte weiter am Fenster aus

und verfolgte jede ihrer Bewegungen. Was war das nur für eine Melodie? »La Paloma.«

Sie zündete sich eine Gitane an, spülte die Gläser und stellte sie in den Schrank zurück. Dann ging sie den gesamten Bungalow mit einem Handtuch durch, offensichtlich, um Fingerabdrücke zu beseitigen: an den Hähnen der Spüle, den Türklinken, Aschenbechern, Tischen, Armlehnen, dem Schreibtisch, den Schranktüren, den Armaturen im Badezimmer und den Lichtschaltern.

Sie nahm eine Dusche – mit Handschuhen –, zog sich an, warf die Handschuhe in die Reisetasche, schnappte sich die achtzehntausend und setzte sich aufs Bett. Sie legte sich zurück auf das Kopfkissen und nickte mit dem Geld im Schoß ein.

Es hörte auf zu regnen. Er blieb, wo er war, verharrte regungslos, eingeschüchtert von der plötzlichen Stille. Er konnte ihre Füße und Knöchel sehen, die im silbernen Licht der Lampe glänzten. Ansonsten war sie in dunkle Schatten gehüllt.

Er fing an, sich in Gedanken die wüstesten Spektakel auszumalen, um nicht zu sehr zu verkrampfen. Einen Stierkampf. Dann ein Rodeo. Rennautos, die in Le Mans rasend schnelle Runden drehten. Ein Mädchen, das sich mit dem Säbel in der Hand gegen einen Irokesen zur Wehr setzte. Maggie skilaufend. Paul, wie er aus dem See stieg. Eine Bühne, die unter der Last eines vollbesetzten Orchesters zusammenbrach, Musiker, die sich in einer irrsinnigen Lawine von Smokinganzügen, Geigen, Oboen, Celli und Fagotten überschlugen. Irrer ging's tatsächlich nicht. Mann, die schnappen sie sich innerhalb von vierundzwanzig Stunden!

Die? Wer ist die?

Na, die. Die Herren der Mordkommission.

Was ist mit denen? Mord? Welcher Mord?

Der Bräutigam, der dort draußen auf dem Wasser treibt, Mann!

Nehmen wir an, sie finden ihn zunächst nicht? Eine Woche vergeht, zwei Wochen vergehen, dann ein ganzer Monat? Vielleicht finden die sie sogar nie?

*Nie? (*für sich*) Bei Gott, er hat recht! Sie werden ihn nie finden, wenn sie nicht nach ihm suchen!*

Was bedeutet das, Daddy?

Hm?

Um fünf erwachte sie. Sie stand auf und trug die Reisetasche ins Wohnzimmer. Das Geld verstaute sie in der Handtasche. Sie zog sich Schuhe und Regenmantel an, ging nach draußen und warf die Reisetasche in den Porsche.

Das Auge lief am Ufer entlang zur Steintreppe. Er flitzte quer durch den Garten zu dem Seitentor, wollte es öffnen: zugesperrt. Wichser! Er kletterte darüber und rannte, so schnell er konnte, über die Straße zu dem Toyota. Er sprang hinein und ließ den Motor an.

Die Sonne ging auf.

Der Porsche hielt mitten auf der Camden Brücke an. Lucy stieg aus und warf die Reisetasche in den Fluß, dann die Perücke, holte eine andere Perücke aus ihrer Handtasche und setzte sie auf. Jetzt war sie ein Rotschopf.

Sie ging zurück zum Auto und fuhr weiter.

Der Toyota folgte im Abstand von etwa einer halben Meile.

Sie parkte den Porsche auf der Neatrour Avenue, einen halben Block von dem Lebkuchenturm der Hugos entfernt, und ging zum Lambert Crescent.

Er folgte ihr zu Fuß.

Der Portier an der Tür des Hotel Concorde kannte sie.

»Guten Morgen, Miß Granger.«

»Guten Morgen.«

Sie ging ins Foyer, holte den Schlüssel von der Rezeption und wartete auf den Fahrstuhl, die Hände in die Hüften gestützt.

Das Auge verschwand in den Tiefen eines Sessels im Foyer. Der Hausdetektiv, ein Trottel namens Voragine, erkannte ihn und kam mit einem schrägen Grinsen herübergeschlurft.

»Was machst du denn hier?«

»Hallo, Voragine.«

»Siehst hundsmiserabel aus.«

»Hab die Nacht durchgemacht. Wer ist das?«

»Wer?«

»Der Rotschopf da, am Fahrstuhl.«

»Sie heißt Granger. Warum?«

»Nicht von schlechten Eltern.«

»Eve Granger. Aus Frisco. Fotomodell.«

»Hübsch.«

»Bist du an ihr dran?«

»Nein, nein. Hab sie gerade nur gesehen. Ich bin an was ganz anderem dran.«

»Wie kann ich dir also helfen?«

»Hat sich bei euch vielleicht ein Baptistenprediger namens Rathbone einquartiert?«

»Rathbone?«

»Reverend Jacob Rathbone.«

»Nicht, daß ich wüßte. Warte mal 'n Moment. Ich schau mal in unserem schlauen Büchlein nach.«

Er trottete zur Rezeption hinüber. Hinter Miß Eve Granger schlossen sich die Fahrstuhltüren.

Er fuhr zum Carlyle Tower und stellte den Toyota auf dem Parkplatz ab. Er ging nach unten in die Fitneßräume, duschte und rasierte sich. Lucy Brentano. Eve Granger. Scheiß drauf. In seinem Schrank hielt er immer einen vollständigen Satz Kleider zum Wechseln bereit. Er zog sich ein frisches Hemd an, einen neuen, nie getragenen Schlips, einen anderen Anzug und frische Socken. Er betrachtete sich im Spiegel und sah sich schon auf der Titelseite eines Boulevardblatts.

> »DETEKTIV« ALS KOMPLIZE IM KNAST! Die Rolle der Watchmen, Inc. in dieser tragischen Affäre liegt immer noch im Dunkeln. Wie kommt es, zum Beispiel, daß ein Privatdetektiv (siehe Bild) den Auftrag hatte, das Opfer am Tag seiner Ermordung zu beschatten? Und wer war noch alles am See, in dem Paul Hugo den Tod fand?

Mist!

Um neun Uhr war er in Bakers Empfangszimmer und tischte eine Lüge nach der anderen auf.

»Paul Hugo hat ein Flugzeug nach Montreal genommen.«

»Montreal?« Baker wirkte ratlos. »Wann?«

»Um halb zwölf letzte Nacht. Air Canada, Flug 586.«

»Mit dem Mädchen?«

»Nein, ganz allein.«

»Verflucht!«

»Er hat gestern nachmittag um fünfzehn Uhr fünfundvierzig achtzehntausend Dollar von seinem Konto abgehoben.«

»Was will er mit achtzehntausend Dollar, und noch dazu in Montreal?«

»Keine Ahnung.«

»Dann kriegen Sie es gefälligst heraus! Setzen Sie Ihren Arsch in Bewegung!«

»Wohin?«

»Nach Kanada!«

»Was ist mit dem Mädchen? Wir wissen immer noch nichts über ihre Identität.«

»Vergessen Sie sie! Hängen Sie sich an den Jungen! Himmel, wenn wir ihn verlieren, werden seine Eltern ein Riesentheater veranstalten.«

»Okay.«

Er ging nach unten zu seinem Schreibtisch, öffnete die Schublade und steckte seinen Paß, die 45er, die Patronenmagazine und das Klassenfoto ein. Den Rasierer ließ er da – er würde sich unterwegs einen neuen kaufen. Er verließ das Büro.

Er kehrte nie wieder zurück.

Um zwölf war er wieder im Foyer des Hotel Concorde. Voragine kam herbeigetrottet und stierte ihn mit sauertöpfischer Miene an.

»Und was nu? So toll find ich das nicht, wenn du hier ständig auftauchst und dich in die Sessel pflanzt. Klar?«

»Tut mir leid, dich zu stören, Voragine, aber jetzt paß auf.« Er senkte die Stimme. »Reverend Jacob Rathbone tritt wahrscheinlich unter einem anderen Namen auf. Habt ihr vielleicht jemanden mit den gleichen Initialen?«

»Den gleichen was?«

»Den gleichen Initialen. J. R.«

»Könnte sein. Ich schau mal nach.« Er ging zum Empfangstisch.

Eve Granger kam aus dem Fahrstuhl. Sie lächelte ihn an und legte den Schlüssel in die Ablage. »Guten Tag, Mr. Voragine.«

»Hallo, Miß Granger!«

Sie ging auf die Straße hinaus. Das Auge folgte ihr. Sie überquerte Lambert Crescent und bog in die Seymor Street ein.

Sie war nicht mehr die Frau, die er gestern beschattet hatte. Lucy Brentano war ernst und entrückt gewesen, die edle Jungfrau auf einer Dresdener Tapisserie, die auf einem Festungswall thront, in die Heilige Schrift vertieft. Eve Granger dagegen war keß und selbstsicher, scharlachrot und keltisch, eine Geiß, die über Bäche im Hochland hüpft. Sie ging mit langen, flinken Schritten und wirkte wie jemand, der stets drauf und dran ist, in Gelächter auszubrechen.

Aber beide Frauen rauchten Gitanes, trugen den gleichen silbernen Anhänger am Hals. Und als Eve sich die Schaufenster von *Darcy's* anschaute, suchten ihre Hände wieder ihre Hüften.

Sie war heute ganz in braun – Jackett, Pullover und Rock – und trug Halbstiefel. Sie hatte eine Tasche von den Ausmaßen eines Postsacks dabei. Sie –

Sie wandte sich plötzlich um und spähte über die Schulter.

Er ging so gut wie unsichtbar an ihr vorbei, untergetaucht im Strudel der Fußgänger. Aber nein... Sie schaute nicht ihn an – irgend etwas auf der anderen Straßenseite hatte ihre Aufmerksamkeit erregt. Er sah hinüber. Niemand in Sicht. Nur der Fußgängerstrom.

Sie kaufte an einem Kiosk eine Zeitung und in einem Lebensmittelgeschäft an der Front Street zwei Birnen, dann ging sie zum Bell Square und setzte sich auf eine Bank.

Er zückte die Minolta und machte ein Foto von ihr, wie sie an der Birne knabberte und die Zeitung las. Sie nahm einen Stift aus der Handtasche und strich eine Spalte an.

Er schoß vier weitere Fotos.

Sie legte die Zeitung beiseite, aß die Birne auf, stand auf und ging zur South Clinton.

Er ging zur Bank hinüber und schnappte sich die Zeitung. Zuoberst lag die Seite mit den Horoskopen. Die Steinbock-Rubrik war eingekreist.

> 22. Dezember–20. Januar. In dieser Woche erwarten Sie gute wie schlechte Tage, viel Freud und viel Leid. Das Glück ist Ihnen aber immer noch hold, machen Sie davon Gebrauch. Sollten Sie verreisen wollen, dann ist jetzt der richtige Zeitpunkt. In Ihrer Umgebung gibt es einen heimlichen Bewunderer. Seien Sie auf der Hut.

Sie und Lucy hatten also sogar das gleiche Sternzeichen.

Sie ging ins *Stern's*. In der Kofferabteilung kaufte sie einen kleinen Handkoffer, ging anschließend in den Modesalon und schaute einen Ständer mit Kleidern durch. Sie suchte sich ein sehr einfaches, sehr teures dunkelblaues Kleid aus, ging damit zu den Umkleidekabinen und probierte es an.

Eine Aufsicht hatte ihn entdeckt und sprach ihn an.

»Kann ich Ihnen helfen, Sir?«

»Meine Tochter hat mich herbestellt. Wir wollten zusammen ein Abendkleid kaufen. Aber ich kann sie nirgends finden.«

»Soll ich sie vielleicht ausrufen lassen?«

»Lieber Himmel, nein! Das würde sie nur in Verlegenheit bringen. Trotzdem vielen Dank. Ich werd mich einfach nochmal umschauen.«

Sie trat aus dem Umkleideraum, sie trug das blaue Kleid. Eine Verkäuferin faltete die braune Kombination zusammen und legte sie in den Handkoffer.

Nächste Station war die Schuhabteilung, wo sie ein Paar elegante italienische Schuhe kaufte. Mit den neuen Schuhen an den Füßen, den alten im Koffer, ging sie nach unten auf die Damentoilette.

Als sie herauskam, war sie brünett!

Um zwei Uhr traf sie sich mit ihrem nächsten Opfer.

3

Er hieß Brice.

Sie ging auf den Parkplatz des St. John's Krankenhauses hinaus und erwartete ihn an seinem Auto – einem weißen

Triumph auf einem extra für Dr. James Brice reservierten Rechteck.

Das Auge schwitzte Blut und Wasser. Kein Zweifel, daß sie vorhatten, zusammen wegzufahren, und er hatte seine Kiste am Hotel stehen lassen! An der Windfall Lane gab es einen Taxistand, mit einem einzigen einsamen Taxi. Er ließ seine getürkte Kennmarke vor dem Fahrer aufblitzen, steckte ihm einen Zehner zu und hieß ihn, zu warten.

Er ging zum Parkplatz zurück. Eve stand immer noch allein auf weiter Flur. Sie lehnte am Triumph, rauchte eine Zigarette, die Hand in der Hüfte.

Aber sie war schon längst nicht mehr Eve. Sie hatte sich wieder verwandelt. Ihre überschwengliche Art und ihr breites Lächeln, ihr fiebriger Elan, ihre Lebenslust waren wie weggeblasen. Sie wirkte jetzt teilnahmslos, düster, magisch, mediterran – aus Kreta –, nein, weiter östlich – Zypern, am Euphrat, oder sogar aus Parthien –, die in eine blaue Kutte gewandete Priesterin eines verrauchten Tempels, in dem sie Krokodile anbetete. Im nächsten Augenblick würde sie in eine Schüssel Hexenschleim starren und ihn dabei ertappen, wie er sie von hinten beobachtete.

Statt dessen aß sie die zweite Birne.

Um Punkt zwei tauchte Dr. Brice auf. Sie küßten sich. Er war Mitte Vierzig, gutaussehend, gepflegt, sportlich. Nachdem er ihren Handkoffer im Kofferraum verstaut hatte, fuhren sie los.

Er rannte die Windfall Lane hinunter und sprang in das Taxi. Er folgte ihnen zur Linker Bank und dem Trust Building. Einen Parkplatz zu suchen schien zwecklos, und Eve fuhr kurzerhand um den Block, während Brice in die Bank ging. Das Auge wies den Fahrer an, den Triumph nicht aus den Augen zu lassen, und folgte dem Doktor.

Brice hob zwanzigtausend Dollar ab. Er verstaute sie in einer großen Brieftasche und steckte sie ein. Er verließ die Bank. Der Triumph fuhr vor, er stieg ein und setzte sich neben Eve. Dann kam das Taxi. Das Auge sprang mit einem Satz hinein und schnappte nach Luft. Sein Herz raste im Galopp, an seinen Händen klebte der Schweiß.

Der Verkehr war mörderisch. Der Fahrer verlor sie auf dem Maddox Drive, fand sie später auf der Lamont wieder und verlor sie wieder auf der Riverside.

Dann wurden sie von drei Lastern und einem Jaguar eingeklemmt und saßen endgültig im Stau fest. Es gab ein Hupkonzert. Ein Dobermann streckte seinen Pythonkopf aus dem Seitenfenster des Jaguars und bellte sie an.

Das Auge sprang auf den Bürgersteig und lief die Riverside Street hoch. Tausende von Autos verstopften die Straße. Er bog in die Gibbon Street, gelangte auf den Circle – und blieb stehen. Wohin, zum Teufel, wollte er überhaupt? Er rannte zum Taxi zurück, es war immer noch da, eingezwängt zwischen den Lastern und dem Jaguar. Er warf sich auf den Rücksitz. Der Dobermann kläffte ihn an. Der Stau löste sich auf, der Verkehr rollte wieder.

Sie fuhren in die Frederick Avenue und kamen an der Kapelle auf der Woodlawn vorbei.

»Scheint, daß sie uns abgehängt haben«, sagte der Fahrer.

»Ja.«

»Und wohin jetzt?«

»Fahren Sie einfach weiter.«

»Wohin?«

»Geradeaus. Nein. Warten Sie! Halten Sie an!« Er gab ihm noch einen Fünfer – vielleicht würde er ihm ja Glück bringen –, und ging von der Frederick zur Woodlawn.

Warum auch nicht? Plattflut, unschlagbar, was Vermißtenfälle anging, sagte immer: »Wo liegt das Prinzip? Du mußt das Prinzip herausfinden.« Also, wenn das kein verdammtes Prinzip war – die Bank, die Perücke, Brice. Und eine verdammte Kirche!

Er näherte sich der Kirche von hinten über einen kleinen Fußgängerweg. Der Triumph war da, auf dem hinteren Parkplatzgelände. Er betrat die Sakristei und ging auf Zehenspitzen weiter in den Hauptteil der Kirche. Er setzte sich in die letzte Bankreihe.

Eve und Dr. Brice standen vor dem Altar und heirateten gerade.

Sie hieß jetzt Josephine Brunswick.

Zugegen war etwa ein Dutzend Hochzeitsgäste, ohne Ausnahme gut betuchte und elegant aufgemachte Typen um die Zwanzig oder Dreißig. Drei ungeladene Hochzeitsfotografen saßen in einer Seitenbank. Er mischte sich mit der Minolta in der Hand unter sie und wurde – wie immer – von niemandem bemerkt.

Lucy Brentano. Eve Granger. Mrs. Paul Hugo. Josephine Brunswick. Mrs. James Brice.

Wer war sie wirklich?

Sie wandte sich halb um, blickte kurz über ihre Schulter, blickte – ja, was blickte sie an? Den lieben Gott? Sie war einfach hinreißend, absolut himmlisch. Ihre Schönheit war wie ein Stachel. Er saß stumm da, entrückt von ihrer Berührung, dem Stich eines Skorpions, dem Gift, das ihn innerlich erwärmte. Wer in aller Welt war dieses Mädchen? Ihre Augen waren grau-blau-grün. Sie trug eine Halskette mit einer Ziege als Anhänger. Wo sie auch stand, stützte sie die Hände in die Hüften. Sie aß Birnen. Sie rauchte Gitanes. Sie glaubte an die Sterne. Und sie war am vierundzwanzigsten Dezember geboren.

Steinbock – das Winterzeichen.

♑

Gestern nacht hatte sie einen Mann umgebracht und achtzehntausend Dollar abkassiert. Heute nacht würde sie wieder jemanden umbringen, diesmal für zwanzigtausend Dollar.

Er fiel auf die Knie und betete inständig. *O Vater unser, der du bist im Himmel, bitte nimm sie mir nicht weg! Stoße mich nicht zurück in die Einsamkeit, in der Dunkelheit schreiend wie ein verwundeter Esel!*

»Ja, ich will«, sagte Josephine Brunswick.

Als die Zeremonie zu Ende war, stolzierten Braut und Bräutigam, begleitet von der Gästeschar, hinaus auf die Vordertreppe und ließen sich fotografieren. Diesmal würde man sie garantiert schnappen. Er stellte sich kurz zu den drei Fotografen und machte selbst ein paar Aufnahmen. Dann rannte er auf den Parkplatz hinter der Kappelle und hastete wie ein Verrückter zwischen den Autos umher.

Er fand einen brandneuen, unverschlossenen Honda Accord, bei dem sogar die Schlüssel steckten. Mit einem Satz saß er hinter dem Lenkrad und fuhr hinaus auf die Woodlawn Street.

Er setzte rückwärts in die Auffahrt eines leerstehenden Hauses und hielt hinter einer Hecke. In frühestens drei Stunden würde der Honda dem Streifendienst als gestohlen gemeldet werden. Bis dahin wäre er längst über alle Berge.

Zwanzig Minuten später schoß der Triumph vorbei. Er hängte sich dran.

Sie nahmen die Cooper Avenue und fuhren bis an das Ende des Jefferson Boulevard, vorbei an der Universität und dem Country Club. Bei Stuyvesant fuhren sie geradewegs in die offene Wildnis hinein, und Richland, Ormo und Hayward flogen vorbei. In Fort Vale hielten sie an. Dr. Brice kaufte eine Stange Zigaretten, Josephine eine Zahnpasta und eine Flasche Gaston de Lagrange. Das Auge kaufte ein Taschenbuch mit Kreuzworträtseln.

Die Bullen ließen wahrscheinlich bereits nach dem Honda fahnden, aber es war kein Streifenwagen in Sicht. Sie fuhren weiter, immer nur weiter. Um zehn bog der Triumph auf den Parkplatz des The Cat's Pajamas, einem Motel in der Nähe von St. Vincent.

Es spielte eine Band. Die Sängerin trug einen durchsichtigen Sari. Offiziere der Air Force eines nahegelegenen Stützpunktes tanzten mit Mädchen, deren Kleider an aufgeblähte Segel eines Windjammers erinnerten.

Das Brautpaar trank Champagner und aß *cailles du Liban.* Das Auge bestellte ein Fünfzehn-Dollar-Menü und verschlang jede einzelne Kalorie davon. Während des Essens löste er die ersten fünf Kreuzworträtsel des Buches.

Der Laden war ziemlich protzig aufgemacht. Auf schneeweißen Tischdecken glänzte Silberbesteck. Auf schmucken Uniformen prangten glitzernde Adler. Juwelen und Frauenaugen schimmerten in der überladenen Dunkelheit wie Hafenlichter.

»Die Party wird immer obszöner!« rief ein betrunkener Colonel. »Gebt mir gefälligst meine Hose zurück!«

Alles lachte. Er beendete das fünfte Kreuzworträtsel. Elf senkrecht, *täuschen*. Sieben Buchstaben. *Blenden*.

Er zog das Klassenfoto aus der Tasche und lehnte es an die Tischlampe. Eine Einladung an die Mädchen, ihm beim Nachtisch Gesellschaft zu leisten.

Er hatte sein Traumgebilde von Maggie zu so vielen Orten ausgeführt! Zu Theateraufführungen und Konzerten, zu Baseballspielen, Leichtathletikveranstaltungen und Fechtwettkämpfen. Egal, wohin seine Wege ihn führten, Maggie war stets bei ihm. Und jetzt saßen sie irgendwo in einer provinziellen Offiziersabsteige und aßen zusammen Eis.

Die fünfzehn Gesichter starrten ihn an, ihre Blicke trafen ihn mitten ins Herz wie Pfeile. In Wirklichkeit waren sie bereits alle weg und gehörten längst anderen an. Maggie ebenfalls. Immer das gleiche. Ein abgekartertes Spiel. Die Schicksalstafel im Himmel war nichts anderes als eine Rattenfalle. Sie lockte den Reisenden ins Niemandsland und murkste ihn ab.

Josephine ließ einen Löffel fallen. Brice nahm ihre Hand und küßte jeden Finger einzeln. Sie blickte über die Schulter.

Die Band spielte »La Paloma«.

Sie standen auf und gingen auf die Tanzfläche. Das Auge lehnte sich in seinen Stuhl zurück, verschränkte die Arme und schaute ihnen zu. Sie tanzten an seinem Tisch vorbei.

Sie stand direkt vor ihm, mit schwingenden Bewegungen und geschlossenen Augen. Er war ihr noch nie so nah gewesen. Ihre linke Hand, auf Brices Schulter, deutete genau auf ihn. Der Zeigefinger war deformiert, gekrümmt wie ein Haken. Der Lidschatten verlieh ihrem Gesicht in dem Halbdunkel etwas Maskenartiges, fast Unheimliches. An den Ohrläppchen steckten zwei kleine Perlen. Ihre schneeweiße Haut saugte die Dunkelheit wie Löschpapier auf, umringte ihren Körper mit Licht wie mit einem Glorienschein.

Brice bemerkte seinen forschenden Blick. Er runzelte die Stirn und führte sie tanzend von dem Tisch weg.

Zehn Minuten später brachen sie auf.

Der Triumph bog vom Highway ab und ruckelte einen Feldweg hoch, der durch einen Wald führte. Ein Holzbrett mit einem Pfeil zeigte tiefer in den Wald hinein – ZUM VOGELKÄFIG.

Das Auge stellte den Wagen in einer Mulde ab und lief zu Fuß den Hügel hoch. Oben angekommen, stieß er auf eine Lichtung, auf der eine Sommerlaube aus Glas errichtet war.

Brice stand in einem geräumigen Zimmer und warf brennende Streichhölzer in einen riesigen Kamin. Josephine war in einem der kleineren, seitlich gelegenen Zimmer und zog gerade ihr blaues Kleid aus.

»Jim!«

»Ja?«

»Gibt es hier keine Vorhänge?«

»Keine was?« Im Kamin loderten Flammen auf.

»Keine Vorhänge! Für die Fenster!«

»Nein. Wozu auch? Jemand, der sich zum Spannen den ganzen Weg hier heraufschleppt, verdient eine Belohnung!«

Wie wahr!

Brice befand sich nun im gegenüberliegenden Flügel und schlüpfte in einen Judo-Anzug. Er kämmte sich. Dann legte er eine Vivaldiplatte auf seinen schicken Kenwood. Der Glasbau und die Bäume der Umgegend erbebten in der Musik.

Josephine öffnete die Flasche Gaston und schenkte sich einen Kurzen ein.

Das Auge ging zur Veranda und setzte sich auf das Geländer. Brice kehrte in das große Zimmer zurück. Er wirkte wie ein Kung-Fu-König in Cinerama, als er an ihm vorbeiging. »Magst du Vavaldi?« Sie gab keine Antwort. »Jo!«

»Was?«

»Magst du Vavaldi?«

»Vivaldi heißt das, Jim. Klar. Absolut geil.« Sie nahm den Büstenhalter ab und zog die Strumpfhose aus.

»Um wieviel Uhr möchtest du morgen fahren?«

»Mir egal.« Sie hielt ihren krummen linken Finger hoch und rieb mit dem rechten Daumen darüber. »Wir haben Zeit genug.«

»Ja. Ist aber 'ne ziemliche Strecke. Ich hab jetzt noch Lust auf ein Bier. Und am Freitag müssen wir in Miami sein.«

Er zündete sich eine Zigarette an. Das Auge konnte die Schachtel sehen. Larks. In der Ecke des Zimmers war eine Bar. Er trat hinter die Anrichte, hob einen Deckel hoch und brachte eine Dose Bier zum Vorschein. Dann überlegte er es sich anders und griff sich statt dessen eine Flasche aus dem Regal. Das Auge sah das gelbe Etikett. Kahlúa.

Ebenso sah er das Sternzeichen, das über Josephines nackten Brüsten baumelte. Sie nahm ihr braunes Jackett aus dem Handkoffer und warf es sich über.

Brice schenkte sich ein Glas ein. Er war nervös, fahrig in den Bewegungen. Das Auge war sicher, daß sie noch nie miteinander geschlafen hatten.

»Jim, diese verdammten Fenster machen mich nervös.«

»Daran gewöhnst du dich noch.«

Sie schaltete das Licht aus und war plötzlich verschwunden. Das Auge schwang die Beine über das Geländer und tauchte in einer dunklen Nische unter.

Sie kam aus dem Haus und stand direkt neben ihm. Sie nippte an ihrem Cognac und starrte in den Wald. Brice trat hinzu. Er trank seinen zweiten Kahlúa.

»In Nächten wie dieser tut es mir um keinen einzigen Cent leid, den ich in meinen kleinen Vogelkäfig reingesteckt habe.«

»Ich würde hier gerne wohnen.«

»Kommt gar nicht in die Tüte! Hin und zurück wäre das eine fünfstündige Fahrt! Ausgeschlossen!«

»Ich möchte alleine hier wohnen, und du bleibst in der Stadt.«

»Alleine?« Er traute seinen Ohren nicht. »Was willst du damit sagen? Du würdest hier alleine völlig ausflippen! Womit würdest du dir den Tag versüßen, Kleines?« Er war ebenso cool wie sein Wortschatz.

»Mit der Einsamkeit«, sagte Josephine. »Einsamkeit und Frieden. Womit könnte man sich den Tag besser versüßen?«

»Aber was würdest du tun?« Er stellte die Flasche auf das Geländer, direkt vor dem Ellbogen des Auges. »Ich meine, der Tag ist lang.«

»Ich würde dem Wind lauschen und im Wald spazierengehen.« Sie ging zur anderen Seite der Veranda hinüber. Er folgte ihr. »Und den ganzen Tag in der Sonne liegen.«

»Und in der Nacht?« Er langte unter ihr Jackett.

»Nachts würde ich ins Bett gehen und es mir selbst besorgen.« Sie wandte sich von ihm ab. »Langsam und genüßlich, als ob ich mit einem Freund schliefe... einem sehr guten, lieben Freund...«

»Wie?« Er war schockiert. »Was soll der Quatsch? Masturbieren ist... einsam!«

Sie lachte. »Wo hast du das denn gelesen? Etwa im *Playboy*?«

Jetzt lachte er, verschämt. Offensichtlich war er nicht mehr ganz auf dem laufenden. Er hoffte, sie habe nichts bemerkt. »Okay!« Plötzlich war er wieder ganz der Herr seiner superscharfen Laube, mit einer superscharfen Puppe in den Armen, einer hochgewachsenen, willigen, geheimnisvollen Centerfold-Puppe, die nur mit einem Jackett bekleidet war und deren Schenkelform dem allerletzten Trend entsprach. Tatsächlich war sie seine angetraute Frau. »Recht hat sie, meine Mrs. Brice!« Er war in den Flitterwochen, superscharfen Flitterwochen, mit einer superscharfen Braut in seinem superscharfen Vogelkäfig. »Also! Dann stell dir jetzt einfach vor, ich wäre du!«

Er fiel auf die Knie und küßte ihren Bauch. Dann schlüpfte er mit dem Kopf unter das Jackett, mit der Nase zwischen ihre Beine. »Mm! Lecker!«

Josephine nippte an ihrem Cognac und ignorierte ihn. Dann blickte sie über ihre Schulter geradewegs in Richtung des Auges.

»Da ist jemand, Jim!« Sie schob ihn zur Seite. »Er beobachtet uns!«

Brice sprang auf. »Du machst wohl Witze!«

»Da vorne.« Sie zeigte mit dem Finger, wo.

»Da ist niemand, Jo!«

»Und ob da jemand ist!«

Er ging ins Haus, knipste das Licht an. Das Auge hatte sich geräuschlos auf die Erde fallen lassen und war unter die Veranda gepurzelt. Ein Scheinwerfer leuchtete auf.

»Siehst du?«

»Tut mir leid.« Sie lachte. »Hochzeiten bringen mich immer an den Rand des Verfolgungswahns.«

»Komm jetzt rein. Mir ist eiskalt.«

»Ich werde mir eine Tasse Tee machen, wenn du nichts dagegen hast.«

»Natürlich nicht.«

Das Licht ging aus.

Sie war in der Küche, trank eine Tasse Tee und rauchte eine Gitane. Brice war im großen Zimmer, hockte wie ein Cowboy vor dem Kamin und warf kleine Zweige ins Feuer. Eine Bach-Platte lief.

Das Auge umrundete mit den Händen in den Taschen die Lichtung. Im Wald ertönte der Ruf einer Eule. Drei Düsenjäger rauschten im Landeanflug vorbei, zurück zum Stützpunkt. Er erinnerte sich an die Geschichten, die er als Junge mit großen Augen in den Zeitschriften gelesen hatte. *G-8 und seine Fliegerasse. Die Spur des Geiers. In den Klauen des Himmelsleoparden. Geschwader des Todes.* Ed Billings wohnte gleich um die Ecke. Er las *Der Schatten.* Simonozitz drüben in der Second Street kaufte immer *Doktor Grausam.* Sie tauschten die Hefte untereinander aus, so wie verschrobene Pauker seltene Bücher austauschten, und stritten sich darüber, wer Amerikas größter Schriftsteller sei. War es nicht Maxwell Grant? Oder vielleicht Robert J. Hogan oder – wie hieß er doch gleich? Roberts? Jahrelang hatte er alle möglichen Ausgaben gesammelt. Seine Frau warf sie später einfach weg. Billings war in Washington gelandet. Irgendwie hatte er sich die Hände im Watergate-Sumpf schmutzig gemacht. Simonozitz lebte als Zahnarzt in Denver. Sein Sohn saß in der Direktion von TWA. Billings Exfrau hatte einen italienischen Grafen geheiratet. Sie tauchte jetzt des öfteren in Filmen auf. Erst vor einer Woche hatte er sie in einem Film mit Steve McQueen gesehen.

In der Küche des Aquariums zog Josephine sich ein Paar Handschuhe an. Sie ging zum Buffet, öffnete eine Schublade, nahm ein Fleischermesser heraus und schlug mehrmals mit der Klinge auf den Spülenrand – Ting! Ting! Ting! Ting!

Sie lief zum Sicherungskasten an der Wand und klappte einen Hebel nach unten. Alle Lichter gingen aus. Bach eierte seinem Ende entgegen.

»Jim!«

»Ist schon okay, Süße! Wird wahrscheinlich nur eine Sicherung sein, mehr nicht!«

Das Auge hörte, wie er in die Küche gelaufen kam, hörte ihn schreien. Eine Pfanne knallte scheppernd auf den Boden. Oben pfiff wieder ein Düsenjäger vorbei. Ein Stuhl schleuderte gegen den Kühlschrank.

»Jo!«

Das Auge ging zum Triumph und trat gegen einen der Reifen.

Fünf... zehn... fünfzehn Minuten später gingen wieder die Lichter an. Josephine kam in das mittlere Zimmer. Ihr Mund stand sperrangelweit auf, ein tiefes schwarzes Loch mitten in ihrem Gesicht. Das Auge sah sie entsetzt an. Gleich würde sie schreien! Er wartete mit den Händen an den Ohren...

Himmel, nein! Sie gähnte!

Fast mußte er lachen. Der glatte Wahnsinn! Dieses Etwas da unten auf dem Boden war keine Leiche, es war ein Ärgernis, nicht mehr und nicht weniger. Ein besoffener Freund, der mitten in der Nacht hereingetrudelt und dann umgekippt war. Sie würde ihn nicht daran hindern, sich bei ihr auszuschlafen, aber morgen früh hätte er gefälligst wieder zu verschwinden. In der Zwischenzeit räumte sie schon mal auf.

An ihren Beinen klebte Blut. Sie wischte es mit einem Taschentuch ab.

Die Bach-Platte lief wieder.

Sie warf das Taschentuch in den Kamin, zog ihr Jackett aus und hängte es sorgfältig über eine Stuhllehne. Dann öffnete sie einen Schrank und nahm ein Bettlaken heraus. Sie ging in die Küche zurück, wickelte Brice in das Laken, zog ihn nach draußen und rollte ihn vom rückwärtigen Teil der Veranda ins Gebüsch hinunter.

Das Auge zog sich in den Wald zurück. In der Garage fand sie eine Schaufel. Sie hob eine Grube am Waldrand aus und verscharrte ihn.

Nackt und auf allen vieren schrubbte sie den Küchenboden. Der Kühlschrank war blutverschmiert. Sie wischte das Blut mit einem Handschuh ab, seifte die Oberfläche ein und polierte sie blank.

Er spitzte die Ohren. Sie pfiff eine Melodie, »La Paloma«.

Sie ging zur Spüle, wusch das Messer, trocknete es ab, legte es zurück in die Schublade, schenkte sich einen Schluck Gaston ein, trank, spülte das Glas aus und trocknete es ab.

Sie holte ein sauberes Handtuch aus der Vorratskammer, ging damit das gesamte Haus durch und beseitigte sämtliche Fingerabdrücke. Dann, immer noch in Handschuhen, nahm sie ein Bad. Eine halbe Stunde lang döste sie in der Badewanne. Der Mond war aufgegangen. Von den Hügeln her war seit einiger Zeit Grillenzirpen zu hören. Im Halbschlaf zog sie einen Handschuh aus und legte die bloße Hand auf das Herz.

Er hatte in der Zwischenzeit einen Mordsdurst bekommen. Er stahl sich in die Küche und trank ein Glas Wasser. An der Wand war ein kleiner Blutspritzer zurückgeblieben. Er tupfte ihn mit einem Lappen ab. Sie hatten allen erzählt, sie würden nach Miami fahren, es würde also Tage – wahrscheinlich Wochen – dauern, bevor man Brice vermißte. Um so besser. Aber das Grab war ein Risikofaktor. Die frisch aufgeworfene Erde war verräterisch. Außerdem war es möglich, daß Ratten oder Füchse es wieder offenlegten. Er schnappte sich die Schaufel aus der Garage, grub die Leiche wieder aus und schleppte sie tiefer in den Wald hinein. An einer Stelle mit hohen Farnen hob er eine Grube aus. Er verscharrte die Leiche und füllte die Grube auf. Als er wieder auf die Lichtung trat, stieg sie gerade aus der Badewanne. Sie rasierte sich mit Brices Rasierapparat die Beine. Dabei erinnerte er sich – er mußte sich einen neuen Rasierer kaufen! Sie ging in das anliegende Zimmer, und warf die Handschuhe in den Kamin.

Er stellte die Schaufel in die Garage zurück.

Sie zog sich wieder an – Stiefel und das braune Kostüm. Sie verstaute die italienischen Schuhe und das blaue Hochzeitskleid in dem Handkoffer. Sie nahm noch einen kräftigen Schluck Cognac und legte die Flasche ebenfalls in den Koffer. Sie ging noch einmal ins Schlafzimmer, zog die Brieftasche aus seiner Manteltasche, zählte das Geld und steckte es in ihre Handtasche. In seinen Hosentaschen stieß sie auf weitere Geldscheine, zwei-, dreihundert Dollar, die sie ebenfalls in die Handtasche stopfte. Hinzu kam noch sein gesamtes Wechselgeld, Vierteldollar-Münzen, Fünfcentstücke, alles. Mit einem Zipfel der Bettdecke wischte sie die Fingerabdrücke von der Brieftasche und warf sie achtlos unter einen Stuhl. Sie zündete sich eine Gitane an, schnappte sich Koffer und Handtasche und ging nach draußen. Sie verriegelte die Haustür.

Er rannte den Hügel hinunter zu dem Accord und fuhr Richtung St. Vincent. Ein paar Minuten später tauchte hinter ihm ein Triumph auf. Er beschleunigte.

Sie folgte ihm den ganzen Weg bis nach Fort Vale, dann überholte sie.

In dem kurzen Moment, in dem ihre Wagen nebeneinander fuhren, warf er ihr einen Blick zu. Sie schaute geradeaus und beachtete ihn nicht.

Um halb acht waren sie wieder in der Stadt. Sie stellte den Wagen in einem Parkhaus ab. Unterwegs hatte sie noch schnell die Perücken gewechselt. Als sie die Carter Street hinunterging, war sie wieder Eve Granger.

Das Auge folgte ihr, froh, den Accord endlich los zu sein.

Sie ging schnurstracks ins Hotel Concorde. Der Pförtner grüßte sie. »Guten Morgen, Miß Granger.«

»Hallo!«

Sie betrat die Hotelhalle. Voragine winkte ihr zu. »Sieh mal an, Miß Granger!«

»Guten Morgen.« Sie nahm den Schlüssel und ging zum Fahrstuhl.

Das Auge schlüpfte herein und setzte sich ins Foyer. Voragine kam herüber. »Gestern nacht hab ich zufällig Plattflut im Scipio's getroffen«, sagte er. »Er hat gemeint, du wärst in Montreal.«

»Da komm ich gerade her.«

»Hast du den Typen erwischt?«

»Noch nicht. Ich bin felsenfest davon überzeugt, daß er noch hier ist.«

»In diesem Hotel gibt es niemanden mit den Initialen J. R.«

»Das beweist gar nichts. Was ist mit R. J.?«

»R. J.?«

»Du weißt schon, rückwärts. Machen sie oft, wenn sie nicht erkannt werden wollen. Vertauschen einfach die Initialen.«

»Ja, das wär 'ne Möglichkeit. Ich schau mal nach.« Er schlurfte davon.

Eve Granger reiste um neun Uhr ab. Sie nahm ein Taxi zum Flughafen. Unterwegs nahm sie die Perücke ab.

Sie kaufte ein Ticket nach Chicago, einfach, und bezahlte in bar. Sie hieß jetzt Dorothea Bishop.

4

Ohne Perücke und Make-up sah sie viel jünger aus. Achtzehn oder neunzehn. Ihr kurzgeschnittenes Haar trug sie nach vorne über die Stirn gekämmt, ihre Augen verbarg sie hinter einer Sonnenbrille. An diesem Morgen trug sie Grau in verschiedenen Tönen, kombiniert mit einer schwarzen Strumpfhose. Sie hatte eine blaue Lufthansatasche dabei.

In der Flughafenbücherei kaufte sie eine Zeitung und ein Taschenbuch, eine *Folger*-Ausgabe von *Hamlet*. Sie ging auf die Bar zu, überlegte es sich anders und setzte sich schließlich in die Wartehalle.

Ein Matrose auf Brautschau versuchte sein Glück und fragte sie, ob sie nicht vielleicht Jennifer O'Neill sei. Sie würdigte ihn keines Blickes, setzte sich in die Nähe eines Fensters, schlug die Zeitung auf und las die Seite mit dem Horoskop. Danach nahm sie sich den *Hamlet* vor, bis ihr Flug aufgerufen wurde.

Im Flugzeug las sie weiter. Als sie den ersten Akt durch hatte, las sie ihn gleich noch einmal und unterstrich mehrere Passagen mit einem orangefarbenen Filzstift.

Auf der anderen Seite des Ganges saß ein junger Mann in einem rosa Hemd. Er lehnte sich zu ihr herüber.

»Entschuldigen Sie«, sagte er. Er blieb ohne Antwort. »Entschuldigen Sie.«

Sie blickte ihn kurz an. »Hätten Sie was dagegen, wenn ich ein bißchen mit Ihnen flirte?«

»Ganz und gar nicht«, sagte sie. »Aber einen Augenblick, ich les noch kurz zu Ende.«

Sie war am Ende des fünften Aktes angelangt.

Ruh, ruh, verstörter Geist.

Sie unterstrich den Satz.

Er stand auf und setzte sich neben sie. Eine Stewardeß kam vorbei.

»Einen Martini bitte«, sagte er und wandte sich an Dorothea. »Und für Sie?« Sie gab keine Antwort. Er wandte sich wieder der Stewardeß zu. »Zwei Martinis.«

»Nein«, Dorothea blickte einen Augenblick von dem Buch auf. »Für mich einen Cognac.« Sie las weiter:

Schmach und Gram
Daß ich zur Welt, sie einzurichten kam
Nun kommt, laßt uns zusammen gehen.

Sie verstaute das Buch in der Lufthansatasche. Sie blickte aus dem Fenster in das grenzenlose Blau.

»Ich bin eigentlich gar nicht so draufgängerisch«, sagte der junge Mann, »aber mir ist es lieber, wenn ich den ersten Schritt mache. Um mich zu verteidigen, wenn Sie verstehen. Wenn ein Mädchen mich anmachen will, werde ich sofort mißtrauisch.«

»Warum?« Sie taxierte ihn aus den Augenwinkeln. Sonnenbräune. Um die Dreißig. Anzug von Cardin. Eine gestreifte Samtweste. Ein goldener Füllfederhalter. Und das Rosarot seines Hemdes, das die gesamte Umgebung einzufärben schien.

»Das hat mit meinem Job zu tun.«

»Welcher Job?«

»Oh, übrigens, ich heiße Bing Argyle.«

»Dorothea Bishop.«

Die Stewardeß brachte die Drinks, und sie prosteten sich zu.

»Darf ich Ihnen eine sehr persönliche Frage stellen, Dorothea?«

»Nur zu.« Sie blickte wieder hinaus in den Himmel. Sie versuchte mit aller Kraft, den linken, gekrümmten Zeigefinger um das Glas herum zu legen.

»Welche Augenfarbe haben Sie?« Sie nahm die Brille ab und sah ihn an. Er schnappte nach Luft. »Türkis, einmalig! Unfaßbar! Lupenreines Türkis!«

»Sie meinen Grün?«

»Keine falsche Bescheidenheit. Ihre Augen sind wie indische Smaragde. Echte, lupenreine, makellose Rajasthan-Smaragde!«

»Is ja 'n Ding!«

»Ich muß es schließlich wissen!« Er spähte kurz auf den Gang hinaus, griff in die Tasche und zog ein kleines, rechteckiges, samtüberzogenes Kästchen heraus. Er klappte den Deckel hoch und grinste. Zum Vorschein kamen zwei große Smaragde.

»Sehr imponierend«, sagte sie.

»Ich will Ihnen nicht imponieren. Wenn es mir darum ginge, dann würde ich sie Ihnen einfach schenken. Aber sie gehören mir nicht. Ich spiele den Kurier, nichts weiter.«

»Darf ich?« Sie nahm die Schachtel und hielt die Edelsteine an das Fenster.

Kreuzworträtsel Nummer sieben war einfach nicht in den Griff zu kriegen. Mit Angaben wie zwei senkrecht, *Leprakranker König*, drei waagerecht, *Hauptstadt in der Tschechoslowakei*, und eins senkrecht, *Deutsche Katze Fünf*, konnte er absolut nichts anfangen. Er markierte die Seite und machte mit dem achten weiter.

Dorothea Bishop ging den Gang hoch und kam direkt an seinem Platz vorbei. Eine Stewardeß sprach sie an.

»Entschuldigen Sie...« Sie wirkte verunsichert, aber ihre Augen waren hart wie Stein. »Sie kommen nicht zufällig aus Cleveland?«

»Nein.«

»Dann heißen Sie nicht Doris Fleming?«

»Tut mir leid, nein.«

»Entschuldigung, aber ich... die...« Die Stewardeß wußte nicht, was sie sagen sollte und rang sich ein Lächeln ab. »Die

Ähnlichkeit ist wirklich... Ein Freund von mir war eine Zeitlang mit einem... einem Mädchen zusammen, das genauso aussieht wie Sie. In Cleveland. Vor ein paar Jahren.«

Dorothea stützte die Hände in die Hüften. »Ich war noch nie in meinem Leben in Cleveland.«

»Ich hätte schwören können...«

»Alle sehen irgend jemandem ähnlich.« Sie ging weiter und verschwand in der Toilette.

Eine zweite Stewardeß kam vorbei.

»Sie ist es«, flüsterte die erste. »Ich bin absolut sicher.«

»Wer denn überhaupt?« fragte die andere.

»Sie hat mir mal 'nen Typen ausgespannt.«

»Du heiliger Strohsack!«

»Sie sind zusammen weggefahren, und das war das letzte, was wir jemals von ihm gehört haben.«

»Vielleicht ist er in die Fremdenlegion eingetreten.«

Sie schoben sich weiter den Gang entlang.

Er stand auf und ging nach hinten. Doris Fleming! Jesus, Maria und Josef! Aber ja! Warum hatte er nicht schon früher daran gedacht? Mist! Anscheinend hatte er sämtliche von Plattflut aufgestellten goldenen Regeln vergessen. Wieviele andere Opfer gab es noch? Wieviele Perücken, wieviele Namen, Identitäten? Das ›No Smoking‹-Signal blinkte auf. Er spürte, wie der Boden unter seinen Füßen in die Schräge ging. Und wieviele Zeugen gab es noch, überall im Land verstreut, die sich an sie erinnerten? Wie lange konnte sie überhaupt durchhalten?

Die Tür ging auf, und Dorothea trat aus der Toilette, den Mund schmal vor Wut. Sie ging an ihm vorbei, ohne ihn zu beachten.

Am O'Hare-Flughafen verließen Dorothea und Bing Argyle gemeinsam das Flugzeug. Die Stewardeß hatte sich am Ausgang postiert und starrte sie unverwandt an. Dorothea lächelte freundlich.

Bing setzte seine Anmache fort, nichtsahnend, wem er aufgesessen war. »Haben Sie schon eine Bleibe, Dorothea?«

»Nein. Ich war noch nie in Chicago.«

»Wie wär's mit dem Ritz-Carlton? Das einzige Hotel, das wirklich in Frage kommt, glauben Sie mir.«

»Okay.« Sie hängte sich bei ihm ein. »Ich glaube Ihnen.«

Endlich hatte er sie rumgekriegt. Er strahlte über das ganze Gesicht. Sie nahmen ein Taxi zur East Pearson und quartierten sich im Ritz-Carlton ein. Sie hatte Zimmer Nr. 1214. Das Auge konnte für sich 1211 ergattern, schräg gegenüber. Bing war eine Etage tiefer auf 1109.

Das Auge ließ seine Tür angelehnt. Er nahm sich ein Kissen, setzte sich auf den Boden und beobachtete den Korridor. Er machte an Kreuzworträtsel Nummer sieben weiter, diesmal aber mit der Absicht, es zu knacken. *Leprakranker König*, vier Buchstaben, *Deutsche Katze Fünf*, sieben Buchstaben, *Hauptstadt in der Tschechoslowakei*, vier Buchstaben, und noch andere Hämmer wie *Ibiskopf, Arktischer Schwertfisch, Adrastea* bereiteten ihm aber weiter Kopfschmerzen.

Regen prasselte an die Fenster. Ein Hotelpage brachte Dorothea einen Korb Birnen. Am späten Nachmittag ging sie aus. Sie trug eine Hose, einen Rollkragenpulli, Gummistiefel und einen Anorak. Sie nahm einen Regenschirm mit.

Er folgte ihr.

Sie gingen zweimal um den Block. Sie gab einer Bettlerin fünfzig Cents, stand anschließend stumm im Regen da und starrte in den Verkehr. Sie ging die St. Clair Street hinunter, bog in die Huron Street ein, ging den ganzen Weg zum See hinunter und kehrte zur Pearson zurück. Auf der Seneca Street stieß sie noch einmal auf die Bettlerin. Sie gab ihr wieder fünfzig Cents. Sie kaufte eine Zeitung, stellte sich in einem Hauseingang unter und las das Horoskop. Die weggeworfene Zeitung klaubte er auf.

> STEINBOCK. Keine Probleme mit Ihrer Gesundheit, es sei denn, Sie übertreiben es. Sie müßten mal ausspannen, aber wer müßte das nicht?
> Meergrün ist Ihre Farbe, Samstag Ihr Glückstag. WASSERMANN-Bekanntschaften sind am vielversprechendsten.

Sie aß noch eine Birne. Auf der Michigan-Avenue schmiß sich ein schwarzes Mädchen an sie heran und wollte sie abschleppen.

Um sechs kehrte sie ins Hotel zurück.

Um acht klopfte Bing Argyle an ihre Zimmertür. Er trug ein scharlachrotes Dinnerjacket und hatte einen Aktenkoffer dabei und eine Rose. Als er Dorothea sah – sie trug ein moosgrünes Abendkleid und hatte sich ein olivfarbenes Seidenband ins Haar gebunden –, fiel er wie vom Blitz getroffen auf ein Knie. Er ahmte eine Trompete nach.

»Tat-ta-ta-taaa! Crescendo! Ich schwöre, Sie sind – entschuldigen Sie das viel zu schlichte Wort – wunderschön.«

»Wann sind Sie geboren?« fragte Sie.

»Siebzehnter Februar.« Er stand wieder auf. »Neunzehnhundertfünfundvierzig.«

»Wassermann!«

»So ist es. Ein Wasserträger. Und ein Blumenträger.« Er gab ihr die Rose. Sie schloß hinter ihm die Tür.

Gegenüber, auf 1211, schloß sich die Tür ebenfalls.

Er ging nach unten und wartete auf sie. Eine halbe Stunde später folgte er ihnen durch das Gewühl des Foyers auf die Straße hinaus.

»Du wirst sie bestimmt mögen«, sagte Bing. »Herrliche Typen. Araber.«

»Araber?«

»Ägypter, Irakis, Syrer. Sie sind so reich, daß sie gar nicht wissen, wohin mit den Schekels. Einer von ihnen – allein die Vorstellung! – hat gerade drei Wolkenkratzer an der Michigan Avenue gekauft. Ich steh auf Geld – du nicht auch?«

»Natürlich, und wie.«

»Jetzt mußt du dir nur noch einen John D. Rockefeller im Burnus vorstellen. Zum Schreien!«

Die Party fand in einem Hochhaus am North Boulevard statt, in einem Penthouse mit Blick über den Shore Drive und Lincoln Park. Auf einem Schild am Türeingang stand: Juden unerwünscht.

Dorothea und Bing durchquerten mehrere riesige Ballsäle,

in denen die Hautevolee Chicagos einen feuchtfröhlichen Abend feierte. Musiker in Farmerkluft spielten mit Geige und Banjo auf, während die Gäste in zwei Reihen Bauerntänze aufs Parkett legten. Ein Raum war wie ein Basar in einer Kasbah hergerichtet, mit Straßenständen und Marktbuden. Gemietetes Personal mit Turbanen und Djellabas reichte Speisen und Getränke herum.

»Bing Argyle, schön Sie zu sehen!« tönte es von irgendwoher.

Bing führte Dorothea zu einem kleinen, kugelrunden Mann, dem Gastgeber, der wie ein schwülstiger südamerikanischer Orchesterleiter aussah.

»Abdel Baby!« Bing umarmte ihn. »Shalom!«

»Bing, alter Junge! Ravi de vous voir. Wer ist dieses entzükkende Mädchen?«

»Dorothea Bishop, Abdel Idfa. Er ist der Scheich von Kilowatt oder sonstwo.«

»Kuwait.« Abdel gab Dorothea einen Handkuß. »Willkommen auf meiner Party, holdes Mädchen. Bei Allah, ist sie nicht bezaubernd!«

»Und jüdisch ist sie auch nicht«, sagte Bing.

»Bing, haben Sie die Ware mitgebracht?«

Bing hielt den Aktenkoffer hoch. »Zu Ihrer Verfügung!«

Abdel legte die Stirn in tiefe Falten und schaute Dorothea an. »Sind Sie denn auch noch Jungfrau, mein Kind?« fragte er.

»Das geht Sie einen Scheißdreck an«, sagte sie.

Bing wurde puterrot und lachte, mehr ein Gackern. Abdel und Dorothea lächelten sich an. Beide kochten vor Wut.

Auf dem »Suk« war ein Palästinenser im cremefarbenen Anzug mit Sonnenbrille, schwarz-weißen Schuhen, rotem Hemd und purpurnem Halstuch. Er war von einer Traube studentisch wirkender Mädchen umgeben und räsonierte über die Zeit der Kreuzzüge.

»Die Franken waren wesentlich imperialistischer als die Römer und Juden«, sagte er. »Sie haben sich das ganze Land einverleibt und sich Graf von Tripoli oder Prinz von Antioch und Herzog von St. Jean d'Acre und weiß der Himmel, was noch, genannt. Sie waren von der Idee besessen, den ganzen Islam zu versklaven.«

»Meine Lieblingsgestalt in der Geschichte ist Saladin«, warf eins der Mädchen ein.

»Ja«, stimmte ihr der Palästinenser zu. »Salah-ed-Din. Nun, er hat der ganzen Ausbeuterei ein Ende bereitet.«

»Und wie hieß noch einmal der König, der Lepra hatte?« fragte ein anderes Mädchen. »Der, der nicht aufstehen konnte und deshalb all seine Schlachten von einer Sänfte aus geführt hat.«

»Das war Baudouin der Vierte«, antwortete der Palästinenser. »Eine Gestalt von tragischer Abscheulichkeit.«

Das Auge drängelte sich zu ihm vor. »Wie hieß der Mann?« fragte er.

Der Palästinenser blickte ihn zornig an. Die Gläser seiner schwarzen Brille wirkten wie finstere Löcher. »Baudouin der Vierte«, sagte er.

»Und er war König?«

»Ja. Er nannte sich König von Jerusalem.«

»Und er hatte Lepra?«

»Ja, hatte er. Warum fragen Sie?«

Er verschwand in dem Gewühl. *Baudouin!* Acht Buchstaben! Damit wäre dieses beschissene Kreuzworträtsel vielleicht zu schaffen! Er ging zu einer Bude und aß ein Eis.

Dorothea ging zu einem anderen Getränkestand und studierte eingehend die Flaschenkolonnen. Sie war allein. Bing hatte irgend etwas mit Abdel zu erledigen. Sie entdeckte einen Remy Martin und schenkte sich ein Glas ein. An einem Ende des Tresens hatte jemand ein goldenes Zigarettenetui liegengelassen. Sie schnappte es sich und ließ es blitzschnell im Dekolleté ihres Kleides verschwinden.

Er stand hinter einer der Buden, ganz in der Nähe, und beobachtete sie. Er folgte ihr in den Tanzsaal.

Sie reihte sich in die Bauerntänze ein, schwenkte gekonnt von Partner zu Partner, hüpfte und sprang leichtfüßig umher, strahlte vor Freude, die Wangen gerötet.

Die Musik war zu Ende.

Sie ging hinaus auf die zugige Loggia.

Sie wischte sich mit dem Arm den Schweiß aus dem Gesicht, stellte sich an die Balustrade und blickte hinaus auf den Michigan See. Der Verkehr auf der North Shore schlängelte sich wie eine Perlenschnur um den Lincoln Park. Irgend etwas unter ihrem Schuh störte sie. Sie bückte sich und hob eine Packung Fromms auf. *Mit Nelkenaroma… gefühlsaktiv… rutschfest…* Sie warf die Packung in den Abgrund.

Sie streifte in dem Pflanzendschungel umher und reckte die Nase in die Luft. Die Dunkelheit duftete nach Laub und Wasser. Auf einem Tisch vor ihr lag ein orientalischer Krummsäbel in einer rostigen Scheide. Sie hob ihn hoch und zog die Klinge heraus. Sie wandte sich um und warf einen Blick über die Schulter. Durch ein Fenster sah sie Abdel und Bing. Sie saßen an einem Tisch, die zwei Smaragde funkelten auf einem Kassenbuch, das zwischen ihnen lag. Ein Mann kam in das Zimmer.

»Entschuldigen Sie, Sir, Mr. Iscari ist hier.«

»Ah, hervorragend! Bitte entschuldigen Sie mich einen Augenblick, Bing.«

Sie gingen hinaus, Bing war allein. Sie klopfte an die Scheibe. Er stand auf, öffnete das Fenster, den Mund vor Erstaunen sperrangelweit offen.

»Dorothea…«

Er trat auf die Terrasse hinaus und lief geradewegs in die Klinge. Der Säbel drang in seinen Unterleib ein, durchbohrte ihn.

Sie lief in das Zimmer, schnappte sich die Smaragde und rannte über die Terrasse zurück auf die Party. Ein berühmter Fernsehkomiker unterhielt eine begeisterte Menge mit seinen Witzen. Lachsalven, Applaus. Am Eingang, auf Stühlen und Sofas, stapelten sich Mäntel und Umhänge. Sie griff sich kurzerhand einen Nerz, schlüpfte hinein und ging zum Fahrstuhl.

Das Auge schleppte unterdessen Bings Leiche zwischen den Pflanzen hindurch und bugsierte sie in eine Ecke hinter einer Reihe Blumentöpfe. Abdel tauchte aus dem Zimmer auf.

»Bing? Wo sind Sie?«

Das Auge verpaßte ihm einen Handkantenschlag hinter das Ohr, Abdel sackte zusammen. Er zerrte ihn tiefer in das Grünzeug hinein und schob noch den Tisch davor.

Der Fernsehkomiker ließ einen Witz nach dem anderen los, die Menge tobte vor Lachen. Niemand bemerkte ihn, als er quer durch den Raum auf den Ausgang zu schlenderte.

Der Fahrstuhl brachte ihn nach unten ins Foyer. Er rannte auf den North Boulevard hinaus.

Sie war etwa einen Block voraus und ging die Astor Street in Richtung der East Burton hinunter.

Er folgte ihr.

Sie bog in die Burton ein, ging westlich, nahm die Dearborn Richtung Süden, wandte sich westlich zur Clark, ging dann, auf der Clark, den ganzen Weg südlich bis zur Goethe Street.

Sie nahmen jeder ein Taxi zum Hotel zurück.

Sie brauchte genau siebzehn Minuten, um sich umzuziehen, zu packen und abzureisen.

Zwei Taxis fuhren sie zum O'Hare. Sie nahmen eine Nachtmaschine nach New York. Laut Ticket nannte sie sich jetzt Annie Greene.

Im Flugzeug schüttete sie Malboros aus dem goldenen Zigarettenetui heraus und ersetzte sie durch Gitanes. Sie setzte ihre *Hamlet*-Lektüre fort.

Er versuchte unterdessen, das siebte Kreuzworträtsel zu knacken. *Leprakranker König* war *Baudouin. Ibiskopf* mußte *Thoth* sein. *Arktischer Schwertfisch* war Narwal, und *deutsche Katze Fünf* war ein deutscher Panzer in der fünften Version, ein *Panther V*.

Aber *Hauptstadt in der Tschechoslowakei* – vier Buchstaben, Praha hatte fünf –, blieb ihm weiterhin völlig schleierhaft. Alles war ihm schleierhaft, wenn er genau drüber nachdachte, diese ganze Scheißsituation, in der er steckte!

Aber er weigerte sich, weiter seinen trüben Gedanken nachzuhängen.

Er nahm das Klassenfoto aus der Tasche. Annie Greene war an das Ende des dritten Aktes gelangt. Dritte Szene.

Die Worte fliegen auf, der Sinn
hat keine Schwingen:
Wort ohne Sinn kann nicht
zum Himmel dringen.

Sie legte das Buch beiseite. Das Auge studierte die Gesichter der kleinen Mädchen. Annie hielt die Smaragde in einer Faust umschlossen und schüttelte sie wie zwei Würfel.

Beide versanken in Schlaf.

Er träumte, wie er einen langen Korridor hinunterging. Er glaubte, er wäre wieder im Ritz-Carlton. Aber nein... er öffnete eine Tür und sah eine Tafel, ein Kruzifix und mehrere Reihen von leeren Bänken. Eine Schule! Er öffnete eine weitere Tür und rief seine Tochter. Er fand sich in einer kleinen Kammer wieder, die Wände waren feucht und kahl. Vor ihm, auf einem Thron, saß ein alter Mann mit verfaultem Gesicht. Auf seinem Schoß lag eine Karte.

Ich beobachte seit geraumer Zeit Ihren Lebensweg, sagte er.

Wer sind Sie? fragte das Auge.

Ich bin der König von Jerusalem.

Dabei streckte er seinen Arm aus und zeigte ihm seine leprösen Klauen.

5

Am nächsten Tag erschienen in den New Yorker Zeitungen kurze fünf Zeilen über den Mord an Kent »Bing« Argyle. Nach dem Bericht der Chicagoer Polizei war seine Leiche morgens um neun Uhr im Lincoln Park gefunden worden, erstochen und ausgeraubt. Dorothea Bishop wurde nicht erwähnt. Abdel Idfa ebenfalls nicht.

Als er die Notiz gelesen hatte, war er erleichtert. Die Araber hatten offensichtlich keinen Bedarf an Scherereien. Sie hatten die Leiche heimlich weggeschafft, kümmerten sich wieder um ihre Geschäfte und sorgten dafür, daß nichts nach außen drang. Kismet!

Annie Greene war also außer Gefahr.

Aber sie war schon längst nicht mehr Annie Greene. Sie hatte sich im Park Lane Hotel im Süden des Central Parks unter Daphne Henry eintragen lassen (blonde Perücke). Sie verkaufte die Smaragde an einen Hehler in der Bedford Avenue in Brooklyn. Es war nicht das erste Mal, daß sie mit ihm

Geschäfte machte. Er hielt sie für einen Flüchtling aus Ungarn, Marta Ozd (rote Perücke). Sie deponierte das Geld in einem Schließfach einer Bank an der Jerome Avenue in der Bronx, wo man sie unter Erica Leigh kannte (platinblonde Perücke). Die meiste Zeit verbrachte sie in einem Privatclub für Frauen an der 59. Straße. Ihr Name dort war Debra Yates (ohne Perücke).

Lucy, Eve, Josephine, Dorothea, Annie, Daphne, Debra... irgendwann gab er es auf, zu verstehen, wann und wo sie wer war. Auf dem Boden seines Zimmers in der Park Lane, direkt neben ihrer Suite, lagen sämtliche Fotos, die er von ihr hatte, ausgebreitet vor ihm. Er studierte jedes einzelne mit akribischer Sorgfalt. Das erste war zugleich das beste. Die junge Frau, die er um vier Uhr an einem Nachmittag in einem Park gesehen hatte. Sie kam eine Allee entlang und trat wie die Anmut persönlich in sein Leben, eine Heilige, die einen Ungläubigen entflammte.

Auf einem anderen Foto, das er in der Flughafenhalle des O'Hare aufgenommen hatte, stand sie, einen Arm in die Hüfte gestemmt, vor dem Schaufenster einer Boutique und besah die Auslagen. Der gekrümmte Zeigefinger der linken Hand schmiegte sich an die Rundung ihrer Hüfte, eine rührende kleine Schlange ins Nest geringelt.

Er küßte ihn sanft.

Dann, plötzlich, überkam ihn ein fürchterliches Mitleid, umklammerte ihn qualvoll. In seinen Augen brannten Tränen. Er biß sich auf die Lippen, versuchte, einen Schluchzer zu unterdrücken. Langsam sank er in ihn hinein, elektrisierte seine Lungen, durchbohrte sie mit spitzen Angelhaken.

Er betrachtete die Wand.

Dort war sie, keine zwei Meter von ihm entfernt planschte sie vergnügt im Bad herum. Er hörte sie pfeifen. Er stand auf und ging durch das Zimmer.

Er berührte die Wand.

Dann geißelten ihn Schuldgefühle und ein tiefes Entsetzen.

Arme Maggie! Er hatte sie hintergangen. Bisher war er mit jedem dritten Gedanken bei ihr und hatte ihre Schritte wie ein Phantom an sämtlichen Fallgruben vorbeigelenkt, an jeder

Gefahr, die seine gepeinigte Seele erfinden konnte. Jetzt war sie zu einer Waise geworden, irrte völlig auf sich allein gestellt – wohin? Während er seiner Göttin, die nebenan ein Bad nahm, huldigte, wer würde da seine Maggie – wenn auch nur in Gedanken – vor der Gosse beschützen, den schäbigen Hinterhöfen, den leerstehenden Abrißhäusern und den dunklen Kellern, wer würde sie vor den geilen Säcken beschützen, die mit heraushängenden Schwänzen in den Türeingängen lauerten, den Gangstern, den Dealern und Zuhältern, den schäbigen Straßenkriminellen, die einen mittlerweile schon mit Eispikkeln überfielen, und den Junkies, die wie plündernde Räuber über die Dächer kletterten, vor all den ghulenhaften Dämonen des Großstadtschungels?

Seine Fingernägel krallten sich in die Wand, und er winselte wie ein Hund im Zwinger.

Sie und fünf oder sechs andere Mädchen trafen sich regelmäßig im clubeigenen Fitneßraum. Sie verbrachten dort den ganzen Morgen, drei Tage die Woche. Zwei von ihnen kamen augenscheinlich aus stinkreichen Familien und hatten nichts anderes zu tun. Die anderen waren Schauspielerinnen oder Fotomodelle.

Um die Mittagszeit herum machten sie stets einen Abstecher ins Schwimmbad im Obergeschoß. Eines Morgens steckte er dem Hausmeister des anliegenden Gebäudes zehn Dollar zu, um sie von dort durch ein Oberlicht beobachten zu können. Später, in einer Cafeteria auf der First Avenue, hörte er, wie zwei ihrer Gefährtinnen sich über sie unterhielten.

»Ich glaub, sie ist lesbisch. Ich wette, wenn wir weg sind, treibt sie's mit Ditty.«

»Nie im Leben. Ich hab sie mal unter Wasser berührt, und sie hat überhaupt nicht reagiert.«

»Dieser Blick, den sie manchmal drauf hat, jagt mir eine höllische Angst ein. Diese Augen.«

»Ich steh auf ihren Arsch. Perfekt!«

»Vor ein paar Tagen hat sie mich angeschaut, und mir wurde richtig schwindlig.«

»Ich würde nur zu gerne wissen, was sie überhaupt treibt, den lieben langen Tag.«

»Ich hatte mal eine Katze mit solchen Augen. Ein richtig gemeines Biest.«

»Wenn ich ihren Arsch hätte, würde ich vier Riesen die Woche machen.«

»Dieser Nerz, den sie immer trägt, hat bestimmt nicht weniger gekostet.«

»Ich hab sie gefragt. Sie hat gesagt, sie hat ihn sich an der Westküste besorgt, wo er spottbillig war.«

Als er ihnen das nächste Mal beim Schwimmen zusehen wollte, spielte der Hausmeister nicht mehr mit.

»Zieh Leine!« sagte er. »Gestern war auch einer da, und ich hab ihn erwischt, wie er da oben abspritzt. Wir sind hier kein Massagesalon!«

Debra Yates saß nackt am Beckenrand und las ihr Horoskop.

> Sie sind zu impulsiv. Dies ist nicht der richtige Augenblick für unüberlegtes Handeln. Vermeiden Sie unnötige Komplikationen. Haben Sie Vertrauen in eine feste Freundschaft.

Die anderen Mädchen tummelten sich vergnügt um sie herum und spähten immer wieder zum Oberlicht hinauf, um nachzusehen, ob sich an den Loftfenstern nebenan wieder ein paar Spanner eingefunden hatten. Sobald sie sich sicher waren, beobachtet zu werden, legten sie ein orgiastisches Zwischenspiel ein, tollten wie Bacchantinnen am Beckenrand umher, taten so, als ob sie einander leckten, tanzten lüstern auf dem Sprungbrett, dann im Reigen im Wasser, und schaukelten sich zu einer wilden Raserei hoch.

Debra nahm an diesen Kindereien nicht teil. Sie schwamm ihre zwölf Bahnen (eine unter Wasser), aß anschließend eine Birne, schmökerte in einem Buch oder lag einfach nur da, bis ihr kalt wurde, dann ging sie.

Sie unterhielt sich nur selten, war mit niemandem enger befreundet und lachte kaum.

Die Spekulationen über sie wurden immer abstruser. Sie war eine ehemalige Nonne. Sie hatte in Vassar studiert. Sie war die uneheliche Tochter des Schahs von Persien und einer

Apachen-Squaw. Sie war das höchstbezahlte Callgirl in Manhattan und hatte sich auf Anilingus, Sodomie, S/M und Kotfressen spezialisiert, des weiteren auf *Est*-Sex und auf Mitglieder der Vereinten Nationen. Sie drehte Pornos in L. A. Sie war die Mätresse eines Mafia-Bosses. Sie kam vom Mars. Sie war frigide. Am Ende einigten sie sich alle darauf, daß sie einfach nur seltsam war, basta.

Ditty, die Geschäftsführerin des Clubs, kam zu ihr herüber. »Komm mal her, Debra, ich möchte dir was zeigen.«

Debra stand auf und folgte ihr um das Schwimmbecken zu einem der Vorderfenster. Sie schauten auf die 59. Straße hinunter. »Mist«, sagte Ditty. »Jetzt ist er weg. Er hat die ganze Zeit dort unten vor Charlies Laden gestanden.«

Ein plötzlicher Kälteschauer durchlief Debras nackten Körper. Sie bekam eine Gänsehaut. »Wer hat da gestanden?« Sie wickelte sich in ein Handtuch ein.

»Hör mal.« Ditty nahm sie in den Arm und benutzte die verschwörerische Nähe dazu, Debras Schulter zu streicheln. »Vor ein paar Tagen – Freitag – war ich unten vor der Tür und hab auf Romy gewartet. Ich wollte wissen, wer sie immer mit dem Auto bringt.« Romy arbeitete in dem Fitneßcenter. Sie war Dittys Freundin und unterhielt ständig irgendwelche zwielichtigen Nebenbekanntschaften. »Ich glaube, sie spielt ein wenig Katz und Maus mit Liz. Du weißt schon, diese Schlampe vom Hunter College. Leisten sich hin und wieder mal einen Quickie.«

»Und was ist dann passiert, Ditty?«

»Also, ich hab wirklich die Augen offengehalten, sonst wär er mir überhaupt nicht aufgefallen. Dieser Typ, meine ich, er ist direkt an mir vorbeigegangen, verstehst du. Und dann ist er wieder zurückgekommen. Das ganze vier- oder fünfmal. Er war noch da, als du gegangen bist. Er ist dir dann hinterher und hat sich regelrecht an dich drangehängt.«

Debra wickelte sich fester in das Handtuch ein, die Schultern vorgebeugt und die Arme über dem Busen verschränkt. »Vielleicht nur einer von diesen Spannern nebenan«, sagte sie.

»Glaub ich nicht, Debra. Am Montag war er wieder da. In

einem Dufflecoat. Er ist vorbeigegangen, wie ich gesagt habe, zur York Avenue hoch. Fünf Minuten später war er schon wieder da, hat die Straße von der First Avenue her überquert. Nur daß er jetzt ein Sakko trägt, Harris Tweed. Und dann das Ganze noch mal in einem verdammten Regenmantel! Wahrscheinlich hat der hier irgendwo einen Wagen geparkt und wechselt ständig die Klamotten. Diese Deppen von nebenan würden sich nicht die Mühe machen.«

»Beschreib ihn mir.«

»Weder so noch so. Mittelmaß. Durchschnitt.«

»Das ist keine Beschreibung, Ditty!«

»Wie zum Teufel soll man Männer auch beschreiben? Sie haben kein Aussehen. Ich zeig ihn dir, wenn er wiederkommt.«

Aber er kam nicht mehr. Er hatte die beiden am Fenster stehen sehen und sofort den Rückzug zum Auto angetreten.

Sie kam die First Avenue hinunter und ging in ein Bürogebäude an der Ecke zur 57. Straße. Sie blieb in der Lobby stehen und schaute sich jeden, der hinter ihr hereinkam, genau an. Sie wartete etwa fünfzig Leute ab. Sie versuchte, jeden einzelnen im Gedächtnis zu behalten.

Sie ging sieben Querstraßen weiter zur 50. Straße, bog nach Westen und überquerte die Second, Third und die Lexington Avenue. Sie betrat die St. Bartholomäus Kirche auf der Park Avenue, setzte sich in eine der hinteren Bankreihen und beobachtete die Tür. Fünfzehn Minuten vergingen. Ein Mann trat ein. Er war Ende sechzig, dicklich, mit rosiger Haut und weißem Haar. Er trug einen schweren zweireihigen Wintermantel. Er trippelte zu einer Bank auf der anderen Seite des Ganges und rieb sie, bevor er sich setzte, penibel mit den Fingerspitzen ab.

Er schaute sie verstohlen an, zwinkerte ihr zu, wobei seine Gesichtsmuskeln unfreiwillig zuckten. Er rückte weiter zu ihr vor und knöpfte sich den Mantel auf. Zwischen seinen Schenkeln hing eine große grüne Gurke, die er sich mit einer Kordel um die Taille gebunden hatte. Er wackelte mit den Hüften und ließ die Gurke vor ihren Augen lose auf- und niederschwingen. Dann sprang er auf und trabte zur Tür hinaus.

Sie blieb noch einen Moment sitzen, verkniff sich ein Lächeln und gab ihm etwas Zeit zu entkommen. Sie ging zurück zur 50., dann wandte sie sich nach Norden.

In der 55. Straße betrat sie ein Hugo-Schuhgeschäft (»Gegründet 1867«). Sie stand vor dem Fenster und starrte nach draußen auf den Bürgersteig. Sie sagte dem Verkäufer, daß sie einen Freund erwarte.

Ein paar tausend Menschen gingen vorbei – zweitausend, dreitausend. Sie sah nur Männer, eine endlose Revue männlicher Profile – Nasen, Ohren, Kinne, Torsi, Bäuche, Hüte, Warzen, Grimassen, Leberflecken, rasche, verstohlene Blicke, Brillen, Zigarren, Pfeifen...

Sie ging wieder. In der 56. Straße kaufte sie sich in einem Lebensmittelgeschäft zwei Birnen, eine davon aß sie gleich.

An der Fifth Avenue nahm sie die U-Bahn nach Queensboro Plaza.

Sie aß die zweite Birne und studierte die Gesichter der Fahrgäste. Ein Soldat. Ein Japaner. Ein Junge mit Baseballmütze. Ein Priester. Ein Schwarzer. Noch ein Japaner. Drei Männer, die wie Einbrecher aussahen und Werkzeugtaschen trugen. Zwei Taubstumme, die gestikulierten und dabei vogelähnliche Geräusche von sich gaben. Ein Bulle. Ein Dutzend andere... alle mit leeren Gesichtern, ebenso nichtssagend und ausdruckslos wie Schrankwände.

Sie fuhr mit dem Bus nach Greenpoint, von dort zum Navy Yard und schließlich zur DeKalb Avenue. Sie aß einen Hamburger in einem Drugstore. Sie blieb einmal stehen und schaute über die Schulter, todsicher, daß er genau hinter ihr stand.

An der Pacific Street nahm sie wieder die U-Bahn.

Sie verbrachte den ganzen Nachmittag und den halben Abend damit, auf den Fourth Avenue-, West End- und Brighton Beach-Linien hin und zurück durch Brooklyn zu gondeln. Alle fünf Haltestellen wechselte sie den Waggon. Sie fuhr insgesamt vier Mal nach Coney Island. Sie war sich sicher, nie dem gleichen Gesicht zweimal begegnet zu sein.

Um ein Uhr nachts quartierte sie sich in einer billigen Absteige am Kings Highway ein. Sie gab dem Portier zehn Dollar.

»Ich will, daß Sie jeden notieren, der sich nach mir ein Zimmer nimmt«, sagte sie ihm.

»Weshalb?«

»Für einen weiteren Zehner, wenn ich morgen wieder verschwinde, deshalb.«

»Das ist echte Nachtarbeit, die sie da verlangen, Lady.« Er grinste. »Machen Sie besser zwanzig draus.«

Sie gab ihm noch einen Zehner. Den Rest der Nacht hockte sie in einem feuchtkalten Zimmer und beobachtete die Straße. Um sechs ging sie nach unten zum Empfang, und er reichte ihr eine Ausgabe von *Penthouse*. Auf der Titelseite standen drei Namen gekritzelt:

Mr. & Mrs. Clark Gable
Mr. William O'Something
Mr. Edward Dantes

Sie gab ihm zwanzig Dollar und setzte sich in das plüschmöblierte Foyer, las *Penthouse* und wartete, bis die drei herunterkamen.

O'Something tauchte um zwanzig vor sieben auf – groß wie ein Zirkusriese, mit drei schweren Koffern beladen. Er verschwand in einem Auto mit Idahoer Kennzeichen. Mr. & Mrs. Gable waren eine Hure mit Zuhälter, beide Puertoricaner. Sie gingen um zehn nach sieben. Edward Dantes war das Auge.

Noch bevor er die Treppe ganz unten war, hatte er sie gesehen. Er schlich lautlos auf den Korridor zurück und kletterte aus dem Fenster. Er sprang hinunter in den Hinterhof und konnte von dort die anliegende Straße erreichen.

Sie wartete bis neun, stets mit einem Auge auf der Treppe. Als der Portier für die Tagesschicht kam, ließ sie in seinem Zimmer anrufen. Niemand antwortete.

Sie ging.

Er befand sich auf dem Bahnsteig von Kings Highway, als sie die U-Bahn zurück nach Manhattan nahm. Sie bemerkte ihn nicht.

Sie kehrte ins Park Lane Hotel zurück und nahm ein Bad. Dann ging das Spiel wieder von vorne los. Sie ging in den Club und beobachtete zusammen mit Ditty bis kurz nach zwei die 59. Straße.

Mittagessen bei einem Chinesen auf der Third Avenue. Ein Kino in der 42. Straße. Sie durchquerte den Central Park zur Westseite der 72. und ging über die Columbus Avenue zum Broadway. In einer Pizzeria in der Nähe vom Grand Central aß sie zu Abend. Ein Mann in einem Hawaiihemd unter einem beigefarbenem Anzug setzte sich an den Nebentisch und gaffte sie pausenlos an. Der Typ verdarb ihr den Appetit.

Sie ging in eine Bar in der 55., trank zwei Cognacs und las *Hamlet*. Um Mitternacht rief sie das Hotel am Kings Highway an und fragte den grienenden Nachtportier vom Vortag, ob sie Mr. Dantes sprechen könnte.

»Wen?«

»Mr. Dantes.«

»Ausgezogen.«

»Hat er eine Adresse hinterlassen?«

»Sind Sie das hübsche Mädchen, das mir die beiden Zwanziger gegeben hat?«

Sie legte auf. Der Mann in dem beigen Anzug und dem Hawaiihemd betrat genau in dem Moment die Bar, als sie ging.

Sie spazierte die Fifth Avenue zur 42. Straße hinunter und den Broadway zur Seventh Avenue hoch.

Wie aus dem Nichts stürzten sich zwei betrunkene Marines auf sie. Sie veranstalteten einen Riesenradau, wirbelten sie quer über den Bürgersteig, hoben sie in die Luft, kämpften zum Spaß darum, wer sie bekommen würde, und schubsten sie zwischen sich hin und her. Sie riß sich los und stieß sie zur Seite. Sie torkelten über den Bordstein, und einer wurde von einem plötzlich ausscherenden Taxi gestreift und wie ein tanzender Derwisch zurück in die Menge gewirbelt. Irgend jemand schrie.

Sie ging ungerührt weiter, schaute sich nicht einmal um.

Sie bog in die nächste Querstraße ein und stellte sich kurz in einen Hauseingang unter. Ihr Kleid war vorne zerrissen, ihre Halskette ebenfalls. Der Anhänger war weg. Sie nahm die blonde Perücke aus der Handtasche und zog sie sich über.

Mit ein paar Sicherheitsnadeln brachte sie ihr Kleid wieder

halbwegs in Ordnung, dann überquerte sie die 57. Straße. Zehn Minuten später stand sie im Foyer des Park Lane Hotels, das bis auf den Nachtportier völlig leer war. Er gab ihr die Schlüssel.

»Gute Nach, Miss Henry.«

»Gute Nacht.«

In ihrer Suite nahm sie die Perücke wieder ab und atmete erstmal tief durch. Das Kleid war im Eimer. Sie streifte sich ein Paar Handschuhe über.

Im Schloß drehte ein Schlüssel, die Tür sprang auf. Hereinspaziert kam der Mann in dem beigen Anzug und dem Hawaiihemd.

Das Auge stand unter einer Straßenlaterne in der Seventh Avenue, sann über das siebte Kreuzworträstel nach und sah den Marines zu, wie sie mit Daphne Henry ihr Spiel trieben.

Arktischer Schwertfisch, sechs Buchstaben senkrecht, mußte einfach *Narwal* sein. Dann war *Adrastea* also *Nemesis*.

Er sah das Taxi kommen.

Aber vier waagerecht, *Hauptstadt in der Tschechoslowakei*, ergab immer noch keinen Sinn, wie überhaupt dieses ganze verdammte Scheißrätsel. Ein einziger Alptraum!

Er stürzte auf sie los, stieß mit einem von ihnen zusammen und rammte ihn vom Bürgersteig herunter. Der Marine taumelte auf die Straße und das Taxi erfaßte ihn, zertrümmerte ihn beinahe.

Aber diese beschissenen Kreuzworträtsel waren eine verdammt gute Tarnung gewesen, all die Jahre lang, das mußte er zugeben, machten einen so gut wie unsichtbar.

Irgend jemand schrie.

Niemand – aber wirklich niemand! – hatte auch nur eine Ahnung davon, wie durchgedreht er in Wirklichkeit war. Alle lebten sie in dem Wahn – Baker und Plattflut und die anderen Zombies im Büro mit den elf Schreibtischen – alle lebten in dem Wahn, daß er allenfalls ein kleiner harmloser Spinner war. *Ach der! Der ist harmlos. Ein Kreuzworträtsel-Fan. Der war schon immer so. Seit seine Frau ihn verlassen hat, ist der so. Ein bißchen daneben.*

Er folgte Daphne zur 57. Straße.

Angefangen hatte es in Washington D.C., damals, als er sechs Monate damit verbracht hatte, Maggie zu suchen. Einmal war er mitten in der Nacht aufgewacht und fand sich schließlich auf dem Sims seines Hotelzimmers im zehnten Stock wieder. Er war zurück ins Zimmer gekrochen, hatte sich eine Zeitschrift geschnappt und die restliche Nacht damit verbracht, Kreuzworträtsel zu lösen.

Und seitdem konnte er nicht mehr die Finger von den Dingern lassen.

Dann war diese Horrorgeschichte passiert, in einer Gasse in Cheyenne. Wenn er nur daran dachte! Im letzten Augenblick, der Hammer war schon erhoben, hatte er Grunder angeschaut und die Hörner und den Schwanz gesehen. Und als die Kugel ihn durchbohrte, hatte er Flammen ausgespien.

Etwas daneben, ohne Übertreibung! Wow!

Das war auch der Grund, weshalb ihm der Weg zurück ins Büro versperrt war, zur Zeit jedenfalls. Er konnte sich schließlich nicht ewig verstellen. Früher oder später würde jemand ihm auf die Schliche kommen. Und wenn das eintrat, würden sie sich mit Schmetterlingsnetzen auf ihn stürzen, und er säße den Rest seiner Tage mit klappernden Zähnen auf dem Fenstersims fest.

Er betete: *Nicht jetzt, oh Herr, nicht jetzt! Laß mich noch eine klitzekleine Weile frei herumlaufen.*

Er mußte mal ausspannen... brauchte einen Hafen... er sehnte sich nach Frieden... Geborgenheit. Ohne das konnte er nicht mehr weiter. Ohne sie. Sie war sein Hafen, in dem er zur Ruhe kam, sie sein Stecken und sein Stab im Tal des Todes. Und er gehörte ihr, für immer.

Er folgte ihr in das Park Lane Hotel, dicht hinter dem Mann mit dem beigen Anzug und dem Hawaiihemd.

»Sind Sie Daphne Henry?«

»Ja.«

»Ich bin Sergeant Sheen, New York Police Department.«

»Was kann ich für Sie tun?«

»Sie haben das hier verloren.« Er zeigte ihr den silbernen Anhänger.

»Gehört mir nicht.«

»Doch.«

»Woher haben Sie einen Schlüssel zu meinem Zimmer?«

»Vom Nachtportier unten. Er sagt, Sie kommen aus Iola, Kansas.«

»Richtig.«

»Er gehört dir und niemand anderem.« Er warf ihn in die Luft und fing ihn wieder auf. »Würdest du dich etwa in Iola, Kansas, heimlich von einem Unfallort entfernen?« Sie war zwischen ihm und dem Tisch eingezwängt. Er beugte sich vor und berührte sie fast. »So was verstößt auch in New York gegen das Gesetz, falls du's noch nicht weißt.«

»Wieviel?«

»Was?«

»Wieviel kostet so was?«

»Willst du mich etwa bestechen, Kleines?«

»Ich will nur wissen, wie hoch die Strafgebühr ist.«

»Fünfhundert Dollar.« Er grinste sie an. »Was ist das für ein Zeugs?« Er zeigte auf eine Flasche auf dem Tisch.

»Courvoisier.«

»Was ist Courvoisier?«

»Ein Cognac.« Sie zog die Handschuhe aus und warf sie auf das Sofa.

»Fünfhundert Dollar und ein Schluck von dem Zeugs.«

»Bedienen Sie sich.« Sie schob sich an ihm vorbei zur Kommode, auf der ein Tablett mit Gläsern stand. »Für mich auch einen.« Sie gab ihm zwei Cognacgläser.

»Wo haben Sie eigentlich dieses abscheuliche Hemd her?«

Er zog das Sakko aus und hängte es über eine Stuhllehne. »Ein Geschäft auf der Third Avenue. Im Ausverkauf. Hab mir gleich sechs Stück davon besorgt.« Er trug eine Pistole im Halfter an der Hüfte. »Was machst du beruflich, Daphne?«

»Perückenmacherin.« Sie nahm die Perücke und legte sie auf den Kaminsims. »Ich bin nach New York gekommen, um sie hier zu verkaufen.«

»Bist du etwa deshalb um ein Uhr nachts kreuz und quer durch die Straßen gelaufen? Um den Perückenhandel in Schwung zu bringen?«

»Ich hab mir ein bißchen die Stadt angesehen.«

»Kannst du dich irgendwie ausweisen?«

»Irgendwie was? Ausweisen? Natürlich?«

»Dein Kleid ist kaputt.« Er schnallte das Halfter mit der Pistole ab und legte sie auf den Tisch.

»Davon geht die Welt nicht unter. Ich hab mehrere Kleider.«

Er trank seinen Cognac, stürzte ihn in einem Zug hinunter. »Wumm«, sagte er und schenkte sich gleich noch einen ein. Er reichte ihr ihr Glas. »Zieh es aus.«

»Reicht Ihnen ein Führerschein?« Sie zog ihr Kleid aus. »Oder Kreditkarten? Wie Sie wollen.«

»Du weißt, was ich will, Kleines.« Er ging durch das Zimmer und schnallte sich den Gürtel auf. Er ließ die Hose herunter und warf sich in einen Sessel. »Und die fünfhundert hast du? Sicher?«

»Ja.«

»Nun denn, dann sind wir uns ja einig.« Er zog seine Unterhose herunter. »Komm her.«

Sie trank einen Schluck Cognac und ging zum Tisch. Sie stellte das Glas ab, nahm das Halfter, öffnete es.

»Laß die Finger von dem Ding!« rief er.

Sie drehte sich um und ballerte ihm mitten ins Gesicht.

Sie ging zum Sofa und zog die Handschuhe an. Sie nahm ihr Kleid und wischte die Pistole ab. Sein Glas lag auf dem Boden. Sie wischte es ab. Sie schaute sich kurz um. Um keine Fingerabdrücke zu hinterlassen, hatte sie in der Suite immer Handschuhe getragen. Ihr Gepäck mußte sie zurücklassen. Schade drum. Sie holte sich noch schnell die platinblonde Perücke aus einer der Reisetaschen und stopfte sie in ihre Handtasche. Sie fischte sich ihren silbernen Anhänger aus seiner Sakkotasche.

Sie stürmte die Personaltreppe – zehn Stockwerke – in den Keller hinunter. Sie durchquerte einen dunklen Gang, in dem das Pochen und Dröhnen von Maschinen wie im Bauch eines Schiffes widerhallte. In einer Ecke schnarchte ein Wachtposten in einer kleinen Koje. Sie schlich sich auf Zehenspitzen an ihm vorbei, schob den Riegel einer Tür zurück und gelangte ins Freie.

Sie ging am Central Park entlang und bog auf der Höhe der

72. Straße in den Park. Sie stieg einen Hügel hoch und setzte sich unter einen Baum.

Sie blieb dort bis zum Morgengrauen sitzen und schaute den Elfen der Nacht zu, die sich im Mondlicht um sie herum ein Stelldichein gaben. Drei jüngere Typen trieben es direkt vor ihr im Gras. Zwei andere zogen sich aus und schlüpften in Ballettröckchen. Sie verschwanden pfeifend im Dunkel eines Spazierweges.

Um halb sechs stieg sie von dem Hügel wieder herab und nahm in der 72. eine U-Bahn zur Bronx. Sie fuhr zur Endstation in der Dyre Avenue und nahm die gleiche Linie zurück bis zur 180. Straße. Von dort fuhr sie zur Endstation in der 241. Straße und zurück zur 149. Von dort fuhr sie die ganze Strecke nach Woodlawn und zurück.

Auf die Art verbrachte sie drei Stunden.

Um halb neun frühstückte sie in einem Coffee Shop an der Tremont Avenue. Um zehn nach neun setzte sie sich die platinblonde Perücke auf und ging zu der Bank in der Jerome Street. Sie leerte Erica Leighs Schließfach. Als sie am Straßenrand auf ein Taxi wartete, schaute sie noch schnell in ein Geschäft hinein und kaufte einen Koffer. Sie fuhr mit dem leeren Koffer zum Kennedy Flughafen.

Sie kaufte ein Ticket nach Los Angeles. Ihr Name: Charlotte Vincent.

6

Sie saß in der Flughafenbar, nackt unter ihrem Nerz, las zum x-ten Mal den *Hamlet* und trank einen Gaston de Lagrange. Mit rotem Filzstift unterstrich sie:

> *... und das lehr uns,*
> *daß eine Gottheit unsre Zwecke formt ...*

Sie war der einzige Gast, außer einem Mann am Ecktisch.

»Wie spät ist es, bitte?« fragte er. Sie beachtete ihn nicht. »Wie spät ist es, bitte?«

Genau über ihnen hing eine Wanduhr. Sei zeigte darauf.

»Entschuldigen Sie bitte, können Sie mir sagen, wie spät es ist?«

»Zwanzig vor elf.«

»Danke.«

Ein paar Minuten später stieß er sein Glas um. Ein Kellner kam herbeigeeilt und wischte den Fußboden sauber.

»Tut mir leid«, sagte der Mann.

»Ist schon in Ordnung. Wollen Sie noch einen?«

»Ja, bitte.«

Sie starrte ihn fasziniert an. Er war Mitte fünfzig, hager und grau, ruhig und gelassen. Seine Hand fuhr tastend umher. Sie blickte nach unten. Auf dem Fußboden neben seinem Stuhl lag ein Spazierstock. Sie stand auf, ging hin, hob ihn auf und drückte ihn ihm in die Hand.

»Danke.«

Sie setzte sich wieder an ihren Tisch. Er zog eine Brieftasche hervor, nahm einen Zehner heraus und tastete ihn ab. Der Kellner brachte den Drink.

»Ich zahle sofort.«

»Jawohl, Sir. Fünf sechzig.« Er nahm den Zehner. »Das ist ein Fünfer, Sir.«

»Ach, wirklich? Bitte vielmals um Entschuldigung.« Er fummelte in der Brieftasche nach Geld. »Ich dachte, es wäre ein Zehner.«

Sie starrte wütend den Kellner an. »Natürlich ist das ein Zehner, du blöder Scheißer!«

Er starrte zurück. »Ach, ja, stimmt. Wie dumm von mir.« Er ging weg, kochend vor Wut. Der Mann lachte in sich hinein.

»Kellner versuchen den Trick immer wieder bei mir«, sagte er. »Eigentlich kann ich sehr wohl zwischen einem Zehner und einem Fünfer unterscheiden.«

»Wie?« fragte sie.

»Ich falte sie auf unterschiedliche Weise.«

»Ziemlich clever.«

»Friede sei mit Ihnen«, sagte er und prostete ihr zu.

»Amen«, sagte sie. Sie hoben ihre Gläser und tranken.

»Was lesen Sie da Schönes?«

»Woher wissen Sie, daß ich lese?«

»Ich höre, wie Sie die Seiten umblättern.«

»Hamlet.«

»Habe ich auf Platte«, sagte er. »Burton, Barrymore, Gielgud, Evans, Leslie Howard – alle. Ein Dutzend Aufnahmen.«

»Ich habe es mit Richard Burton gesehen.«

»Ich habe es nie gesehen«, sagte er sachlich. »Warum lesen Sie gerade dieses Stück?«

»Ein Vers darin fasziniert mich.« Sie lachte. »So als ob man sich immer wieder seinen Lieblingssong vorspielt. Jedesmal haut es einen um.«

»Welcher Vers?« fragte er.

Sie blätterte zum zweiten Akt, zweite Szene zurück. Sie las ihm vor: »Denn Mord, hat er schon keine Zunge, spricht mit wundervollen Stimmen.«

Der Flug nach L. A. wurde aufgerufen. »Das bin ich.« sagte er.

»Und ich«, sagte sie. »Kann ich Ihnen helfen?«

»Das wäre nett. Ich heiße Ralph Forbes.«

»Charlotte Vincent.«

Der Kellner beobachtete, wie sie zusammen die Bar verließen. Er wandte sich an den Barkeeper. »Ist ja herrlich«, brummte er. »Sie wird ihm wahrscheinlich so ziemlich alles abknöpfen, was er hat.«

Das Auge war ganz seiner Meinung.

Als sie den Aufgang hinaufstiegen, schaute sie sich unter den anderen Passagieren um.

»Suchen Sie jemanden?« fragte Forbes.

»Ich hab gedacht – ein Freund wollte mich eventuell verabschieden.«

Er faßte sie am Handgelenk. »Immer mit der Ruhe«, flüsterte er.

Sie schaute ihn erschreckt an. »Wie bitte?«

»Ihr Puls«, sagte er. »Der rast ja wie im Galopp. Sie müssen auf Ihren Blutdruck achten.«

»Ich hasse Fliegen.«

»Ich werd schon auf Sie aufpassen.« Er tätschelte ihren Arm. »Solange ich in Ihrer Nähe bin, wird Ihnen nichts passieren.«

Sie starrte ihn an, wie vom Donner gerührt.

Sie saßen in der ruhig vor sich hinsurrenden Beschaulichkeit der ersten Klasse, vierzigtausend Fuß über Pennsylvanien.

Sie betrachtete aus den Augenwinkeln sein Profil. Er hatte eine Hakennase und ein markantes, widerspenstiges Kinn. Seine Wange wies mehrere Rasierschnitte auf.

Er öffnete den Reißverschluß einer kleinen Reisetasche und nahm eine Tüte Bonbons heraus. »Bitte bedienen Sie sich. Sollen angeblich beruhigend wirken.«

»Nein, danke.«

»Dann vielleicht ein Kaugummi?« Er holte eine Packung hervor. »Oder wie wär's mit ...« Er stöberte in der Tasche herum und zog eine rote Schachtel heraus. »Erdbeer-Sahnekaramellen? Original aus England. Callard und Bowser, London.«

»Also, ich bitte Sie, Ralph!«

»Was ...?«

»Kaugummi, Karamellen!« Sie lachte. »Ich hoffe, Sie halten mich nicht für eine Zwölfjährige. Also ... das bin ich nämlich nicht.«

»Dessen bin ich mir durchaus bewußt.«

»Sehr gut. Ich hab schon befürchtet, als nächstes drehen Sie mir ein Komikheft an.«

Er wickelte eins der Bonbons aus und aß es. »Sie sind ungefähr –« Er zögerte einen Augenblick. »Fünfundzwanzig?«

»Ja. Ungefähr.«

»Und auf alle Fälle sehr groß. So groß wie ich.«

»Was bin ich noch?«

»Sie tragen einen Pelzmantel.« Er befühlte ihre Schulter. »Wollen Sie ihn nicht lieber ausziehen? Darin verschmort man ja.«

»Nein, es geht schon. Fahren Sie fort.«

»Sie rauchen ausländische Zigaretten.«

»Gitanes.« Sie öffnete das goldene Zigarettenetui und bot ihm eine an. Er holte sie sich mit geschickten Fingern heraus. Sie zündete sie für ihn an.

»Sie waren vor kurzem in einem Swimming-pool«, sagte er.

»Woher wissen Sie das?«

»Ihr Haar. Das Chlor. Riecht übrigens noch intensiver als der Cognac, den sie getrunken haben.«

Sie nahm einen Kaugummistreifen, öffnete die Verpackung und schob ihn in den Mund.

»Ich hoffe, Sie sind jetzt nicht beleidigt, Charlotte...«

»Nein, nein.«

»Sie sind es doch.«

»Natürlich nicht.«

»War mal wieder unmöglich von mir!« Er fuchtelte aufgeregt mit den Händen umher, stieß dabei die Reisetasche um, so daß sämtliche Kaugummis und Bonbons herunterfielen. »Wie kann man nur einer Frau sagen, daß sie aus dem Mund stinkt.«

Sie sammelte die Schachteln und Packungen auf und stopfte sie wieder zurück in die Reisetasche. Auf ihrem Schoß lagen fünf Einhundert-Dollar-Scheine, nur von einer Heftklammer zusammengehalten.

»Das macht mein Riechkolben«, sagte er und kniff sich in die Nase. »Hält mich richtig auf Trab. Ich rieche bevorstehenden Regen, Erdbeben, Stürme, Waldbrände, Temperaturwechsel... Einmal, ich war noch ein kleiner Junge, unten in Tijuana, habe ich – es hat meiner Mutter das Leben gerettet. Wir haben im Wald Picknick gemacht, und ich habe eine Schlange gerochen, die im Gebüsch versteckt war. Ein furchtbarer Gestank! Urzeitlich! Scheußlich!«

»Wie lange...?« Sie zögerte mit ihrer Frage.

»Was?«

»Nichts.«

»Bitte sprechen Sie.« Er legte die Hand auf ihren Arm.

»Wie lange sind Sie schon so?«

»Schon immer.«

Das Flugzeug schwankte plötzlich. Irgend jemand in der Nähe kreischte auf. »Hab keine Angst«, flüsterte er.

»Ich hab keine Angst«, sagte sie und legte das Geld in die Tasche zurück.

Das Auge saß etwas weiter hinten und löste alle Kreuzworträtsel des Taschenbuchs – alle bis auf das siebte. Scheiß drauf! Er legte es beiseite und widmete sich der Morgenzeitung. Die Schlagzeile war beeindruckend, die Details aber um so dürftiger. POLIZIST IN EINER HOTELSUITE ERSCHOSSEN. Irwin Sheen. Sechsundvierzig Jahre alt. Vernon Boulevard in Queens. Geschieden, zwei Söhne, achtzehn und einundzwanzig Jahre alt. Mit der eigenen Pistole. Daphne Henry. Um die zwanzig. Iola, Kansas. Ohne festen Wohnsitz. Dringend als Zeugin gesucht.

Der unbekannte Hotelgast aus dem Zimmer daneben, der zur gleichen Zeit wie sie verschwunden war, wurde mit keinem Wort erwähnt, aber er wußte genau, daß auch er »als Zeuge gesucht« wurde. Einen solchen Zufall konnten die Bullen nicht ohne Überprüfung durchgehen lassen. Scheiß drauf! Er hatte sich in dem Hotel unter falschem Namen angemeldet. Und für das Ticket hatte er nochmals den Namen gewechselt. Eine Daphne Henry gab es nicht. Ebensowenig wie Erica Leigh. Und auch ihn nicht.

Er klingelte nach der Stewardess und bestellte einen Cognac.

Scheiß drauf!

Sie verließen das Flughafengebäude und standen im wärmenden Sonnenschein. Forbes strich über den Pelz.

»Sie tragen noch immer Ihren Nerz. Ziehen Sie ihn doch endlich aus, um Himmels willen!«

»Geht nicht.« Sie lächelte.

»Warum nicht?«

Ein uniformierter Chauffeur kaum auf sie zu.

»Guten Morgen, Mr. Forbes.«

»Sind Sie es, Jake?«

»Ja, Sir. Entschuldigen Sie die Verspätung.«

»Das macht nichts. Ich bin in guten Händen. Jake, das ist Miss Vincent. Wir fahren sie zu ihrem Hotel.«

»Ja, Sir.«

Er sah, wie sie in einem Bentley davonfuhren.

Sie blieb drei Wochen im Beverly Wilshire. Sie kleidete sich vollkommen neu ein und kaufte einen Wagen. Einen MG. Sie aß so gut wie jeden Tag mit Ralph Forbes zu Mittag. Und jeden Abend gingen sie zusammen aus.

Er wohnte in einem Chateau am Benedict Canyon. Sein

Großvater war um die Jahrhundertwende nach Kalifornien gekommen und hatte sich als Immobilienmakler mit Orangenplantagen eine goldene Nase verdient. In der Innenstadt von L.A. war eine Straße nach ihm benannt. Sein Sohn hatte später ein Mädchen aus dem Kreis der Ölfamilien geheiratet. Ralph selbst besaß eine Textilfabrik in San Bernadino – Forbes Sportswear, Inc. Es gab eine Forbes Kosmetikfirma in Burbank, die seiner Schwester gehörte. Dann eine Forbes Galerie auf dem Sunset Boulevard, die von seinem Bruder Ted betrieben wurde. Ein anderer Bruder, Basil, war Vizepräsident einer Fernsehgesellschaft. Ihr Onkel war Bezirksstaatsanwalt.

Charlotte Vincent wurde mit allen bekannt gemacht. Sie blühte förmlich auf, mehr im Verborgenen allerdings. Und trotzdem, das Auge war beunruhigt. Wenn sie plante, ihre übliche Nummer durchzuziehen, würde sie diesmal nicht ungeschoren davonkommen.

Im Oktober mietete sie ein kleines Haus am Oak Drive. Sie möblierte es nur spärlich, wie einen Asketentempel, Zimmer für Zimmer – ein paar Stühle, Teppiche, ein Bett, einen Tisch mit Bänken, ein kleines Sofa und einen Schaukelstuhl. Ralph schenkte ihr einen dreihundert Dollar teuren Dual 1249, und sie begann, sich eine Plattensammlung anzulegen. Bach, Verdi, Ravel, Shakespeare, Chopin. Ted Forbes besorgte ihr ein paar Gemälde – einen Thomas Eakins und einen William Parker. Joan Forbes steuerte eine Kiste Champagner bei, und irgendwann kam der Tag, an dem sie sich einmal alle bei ihr zum Abendessen versammelten – Ralph, Joan, Ted, Basil und Charlotte. Charlotte tischte *navarin aux navets nouveaux* mit einer *tarte au citron meringuée* als Nachtisch auf. Anschließend fuhren sie nach Hollywood und gingen ins Kino. Ralph und der Chauffeur, Jake, fuhren Charlotte um Mitternacht wieder nach Hause und setzten sie vor ihrer Tür ab. Sie saß den Rest der Nacht im Wohnzimmer und rauchte Gitanes.

Es war praktisch unmöglich, irgendwo in ihrer näheren Umgebung einen geeigneten Unterschlupf zu finden, und er nahm sich deshalb ein möbliertes Zimmer in einer Pension an der La

Cienega, zwei Querstraßen weiter. Er hatte sich sogar einen Wagen zugelegt, aber ständig vor ihrem Haus auf und ab zu kutschieren, wäre auf die Dauer doch zu auffällig gewesen. Stattdessen trat er als Kindermädchen auf.

Er kaufte sich eine Perücke, ein Kleid, ein Paar hochhackige Schuhe, ein Cape und ein Häubchen. Und dann stöckelte er mühsam über die Oak Lane zum Oak Drive, vor und zurück, morgens und nachmittags, und schob einen Kinderwagen mit einer Babyattrappe an ihrem Haus vorbei.

Zuerst kam er sich ziemlich lächerlich vor, wie ein verhinderter Transvestit. Aber es gab noch mehr Kindermädchen, die mit ihren Wägen in den Straßen umherwandelten, und seine Aufmachung war keineswegs zu gewagt. Er mischte sich unter sie, achtete aber darauf, sich seinen Kolleginnen niemals zu weit zu nähern.

Irgendwann erwachten in ihm alte Erinnerungen. Er stellte sich vor, er wäre wieder Vater, und das hohle Etwas in dem Kinderwagen sei seine kleine Maggie. Sie war vier Monate alt, in helle Wolldecken eingewickelt, und blickte ihn mit ernstem Gesichtsausdruck aus großen blauen Augen an. Längst verschüttet geglaubte Bilder und Gerüche stürmten auf ihn ein... seine kleine, kaum wirklich existierende Tochter in der Wiege, im Bad, im Lampenschein, in der Dunkelheit... die Taufe, ihre Schreianfälle, die Fläschchen, Puderdöschen und Salben, die Fiebererkrankungen, ihr Schlaf, ihr Erwachen... All das war so schnell vorbeigegangen! Er hatte sie nicht einmal wirklich kennengelernt. Echte Erinnerungen hatte er kaum.

Dann, eines Tages, war sie verschwunden.

Aber jetzt war sie zurückgekehrt. Er hatte sie wiedergefunden, so, wie er es immer geglaubt hatte – und das in Beverly Hills! Wer hätte das gedacht! Sie wurde älter... sechs Monate, zehn, fünfzehn Monate... der wunde, faltige Rohzustand eines Neugeborenen verschwand allmählich, und sie wurde sanft, schimmernd, goldig, ein Strahlenbündel. Sie fing an, die Worte, die er ihr vorsagte, nachzusprechen: *Baum... Straße... Hand... Pappi... Himmel...*

In einem Geschäft am Wilshire Boulevard kaufte er ihr eine Kinderrassel und eine Stoffpuppe.

Natürlich wußte er, daß er gerade dabei war, endgültig dem Wahnsinn zu verfallen, klar, aber was kümmerte ihn das noch. Sein Glück war zum Anfassen echt, alles andere verschwand dahinter.

Er schloß mit ihr einen Pakt, ein Bündnis, das seinen Wahnsinn feierlich besiegelte. Er bat sie, zu versprechen, ihn in Geistergestalt heimzusuchen, wenn sie gestorben war – so oft sie Lust hatte, aber mindestens ein einziges Mal, damit er zweifelsfrei wußte, daß sie tot war, und die Suche nach ihr endlich einstellen konnte. Sie war einverstanden. Sie einigten sich sogar bereits auf den Ort der Geisterbegegnung – irgendwo unter einer Eiche, zur Abendstunde, kurz bevor die Trostlosigkeit der Nacht hereinbrechen würde.

Und während der ganzen Zeit beobachtete er Charlotte. Er sah sie beim Autowaschen, wenn sie die Jalousien auf- und zuzog, mit Einkaufstaschen nach Hause zurückkehrte, von einem Zimmer ins andere ging, oder im Garten stand, die Arme in die Hüften gestützt.

Nachts legte er seine Verkleidung ab, bezog hinter ihrer Garage Stellung und spähte durch die Fenster.

Eines Abends besuchte Forbes sie und blieb über Nacht.

Sie saßen auf dem Sofa und schauten fern, und um elf Uhr führte sie ihn in ihr Schlafzimmer.

Das Auge schlief in dieser Nacht im Auto und träumte von dem Schulkorridor mit Türen zu beiden Seiten. Aus einem der Klassenzimmer drang ein Kinderchor, der ein Weihnachtslied sang. Er ging zu einer der vielen Türen und horchte. Er hatte Angst, sie zu öffnen, er wußte, daß sie nur aus der Schule heraus in einen anderen Traum führen würde. Er klopfte an.

Maggie! rief er wimmernd. Aber vielleicht mochte sie es nicht, wenn man sie Maggie nannte. Kinder entwickelten oft eine Abneigung gegen ihren Namen. *Margaret!* rief er jetzt. Nein, so klappte das nie. Er machte viel zu viel Krach. Jemand würde kommen und ihn vom Schuldgelände weisen. Er ging weiter, trat durch ein offenes Tor. Jetzt befand er sich auf einem Friedhof, der von Ziegen überlaufen war. Auf einem Grabstein, in einer zerlumpten Konföderiertenuniform, saß ein alter Schäfer und sah ihn an.

Du hast immer noch nicht die Minolta abgegeben, sagte er. *Baker wird völlig in Tränen aufgelöst sein, wenn er erfährt, daß eine seiner Kameras verloren gegangen ist.*

Gibt es hier in der Nähe eine Schule? fragte er den alten Mann.

Ja, stimmt. Da, wo die Kinder singen... hörst du sie jetzt?

Er wachte auf und beschloß, in das Haus einzubrechen.

Bei einem Gebrauchtwagenhändler in Glendale fand er einen alten, zerbeulten Lieferwagen. Die Seiten waren mit einem weißen Schriftzug versehen, in dem die Ws von WENTWORTH INSTALLATEUR in grüne Dreiecke eingekeilt waren. Der Verkäufer überließ ihm den Wagen für fünfzig Dollar pro Tag.

Um drei Uhr fuhr er den Oak Drive hoch, nahm seinen ganzen Mut zusammen und bog in ihre Auffahrt ein. Er parkte vor der Garage und sprang mit einer Werkzeugtasche aus dem Fahrerhäuschen. Er trug einen khakifarbenen Overall und eine Schirmmütze. Er lief zur Hintertür. Er brauchte knappe vier Minuten, um das Schloß zu knacken. Er drang in die Küche ein.

Der Schweiß lief ihm herunter. Er blieb an der Spüle stehen, einen Augenblick, bis das Hämmern in der Brust sich legte. Er drehte den Hahn auf und benetzte das Gesicht mit Wasser. Sie war um ihn, bestürmte ihn von allen Seiten, wütend, zornig, zischte ihn mit geräuschloser Stimme an, ihre umherfahrenden Arme schlugen auf ihn ein, und seine Ohren wedelten im Luftzug wie Fledermausflügel.

Die Küche war kahl und makellos sauber. Ein Korb Birnen zierte den Stehtisch in der Frühstücksecke. Daneben lag eine aufgeschlagene Zeitung, die Steinbock-Rubrik der Horoskopspalte war mit einem Buntstift eingekreist. Er las:

> ...Sie, die 22. Dez. – 20. Jan. geborenen Steinböcke feiern zusammen mit Katy Jurado (1924), Cary Grant (1904) und Danny Kaye (1913) Geburtstag, des weiteren mit Tippi Hedren (1935), Guy Madison (1922), Paul Scofield (1922), Linda Blair (1959), Ann Sothern (1911)...

Er ging ins Wohnzimmer und blieb neben dem Schaukelstuhl stehen. Er lauschte. Entweder hatte sie seine Gegenwart akzeptiert, oder sie hatte sich aufgemacht, ein paar Rachegöttinnen zusammenzustrommeln, um ihn aus dem Haus zu jagen. Im Augenblick aber war es totenstill.

Er stellte die Werkzeugtasche ab und schaute sich um. Fünf Champagnerflaschen standen in einem Regal aufgereiht wie Grenadiere. Auf dem Sofa lag ein Buch – *Prousts Gedankenwelt* von F. C. Green. Auf dem Tisch lag eine *Paris-Matsch*, auf der Bank eine *Elle*. Neben dem Telefon lag eine Birne. Ein Parker an der einen Wand, ein Eakins an der anderen. Eine Pakkung Gitanes auf der Fensterbank.

Er ging ins Schlafzimmer.

Etwas klapperte gegen die Tür, als er sie öffnete. Er blieb wie angewurzelt stehen. Er schob sich vorsichtig weiter. Am Türknauf hing einer von Ralphs Spazierstöcken.

Die Jalousien waren heruntergezogen. Die Luft war duftgeschwängert. Eine Sternzeichenkarte war an eine der Wände geheftet. Fische, Wasserman, Steinbock, Schütze, Skorpion...

In einem Aschenbecher auf dem Nachttisch lag eine Pfeife. Hatte dieser Hurenbock etwa im Bett geraucht? Hatte er dort gelegen und an seiner stinkenden Pfeife gepafft? Eine stechende Eifersucht durchfuhr ihn. Dieses geile Stinktier! Dieser stockblinde Schwanzlutscher! Ausgestreckt auf den sauberen, kühlen Laken rauchte er seine stinkende Pfeife, sein dürres, fleckiges Gerippe schweißtriefend, klappernd voll im Saft...

Er lehnte sich gegen die Wand, wutschäumend. Mist, verdammter. Reiß dich zusammen! Er wischte sich mit dem Ärmel den Schweiß aus dem Gesicht und ging ins Badezimmer. Mann! Wow!

Er fiel auf die Knie und kotzte in die Kloschüssel. O Gott, o Gott! Mann! Die Schüssel füllte sich mit ekligem dickflüssigem Brei. Igitt! Er kam wieder auf die Beine und spülte die Pampe hinunter. Scheiße, Mann! Er stöpselte das Waschbekken zu, ließ es vollaufen, steckte den Kopf unter Wasser und öffnete den Mund. Seine Knie waren weich wie Butter. Mist! Er zog den Stöpsel wieder heraus. O Scheiße, Mann! Er wusch sich die Hände, wischte das verschmierte Becken sauber. Ein Glas auf der Ablage enthielt zwei Zahnbürsten.

Großer Gott! So was war ihm schon eine Ewigkeit nicht mehr passiert, seit – wann war das nochmal? Richtig, seit seine Frau ihn mit Maggie verlassen hatte. Dann wieder, als sie ihm dieses beschissene Foto geschickt hatte…

Er ging mit schlotternden Beinen am Bett vorbei und betrat das Wohnzimmer.

Wenn es so war, daß die beiden miteinander liiert waren, würde sie wohl kaum noch Handschuhe im Haus tragen. Oder? Er hatte einen Geschmack im Mund wie von Sitting Bulls Genitalschutz! Er aß eine Birne. Dann öffnete er die Werkzeugtasche, nahm ein Fläschchen mit einem Pulver heraus, einen Pinsel, eine Rolle Klebeband und mehrere weiße Kärtchen.

Er stäubte die Kühlschranktür ein, die Oberfläche des Dualplattenspielers, die Schaukelstuhllehnen, das Telefon, ein paar Gläser, eine Schublade, den Rahmen des Parker-Gemäldes. Die Wohnung war voll von Fingerabdrücken, klar und sauber zu erkennen. Stammten Sie von ihm oder ihr? Oder von jemand anders?

Dann hatte er's. Unter der *Paris-Match*, an der Ecke der Tischplatte, fand er den makellosen Abdruck einer linken Hand – drei Finger, ein Daumen, aber kein Zeigefinger. Er überklebte die Abdrücke und übertrug jeden für sich auf ein Kärtchen.

Er wischte mit einem Ledertuch den Staub ab und räumte die Ausrüstung zurück in die Tasche. Als er ging, verriegelte er wieder die Tür. Er kletterte in den Lieferwagen und setzte auf die Straße zurück. Es war jetzt drei Uhr neunundzwanzig. Er war genau achtzehn Minuten im Haus gewesen.

Die Zweigstelle von Watchmen, Inc. an der Westküste war in einem funkelnagelneuen Wolkenkratzer an der Central Avenue untergebracht. Für das Archiv zuständig war eine ehemalige Polizistin namens Gomez. Er war überrascht, daß sie sich noch an ihn erinnerte. Nicht nur das – sie war sogar hocherfreut, ihn zu sehen.

»Sieh mal an, wer kommt denn da! Ein seltener Gast! Seit wann sind Sie hier?«

»Gestern nacht. Wie geht's, wie steht's, Miß Gomez?«

»Rauf und runter, wie bei der Börse. Hey! Letzten Monat ist bei uns ein ausführliches Telex über Sie hereingeflattert, alter Junge. Baker scheint wie verrückt nach Ihnen zu suchen.«

»Will mir wahrscheinlich ein frohes neues Jahr wünschen.«

»Genau wie ich.«

»Und ich Ihnen.« Er gab ihr die Kärtchen mit den Abdrükken. »Können Sie die für mich durch den Apparat laufen lassen, Miß Gomez?«

»Klar.«

»Wie lange wird das dauern?«

»Ein paar Stunden.«

Er fuhr zurück zu seiner Wohnung in der La Cienega Street und starrte aus dem Fenster. Mist, verdammter! Er mußte sich unbedingt um Baker kümmern. Er konnte nicht ewig ohne irgendeine verdammte Erklärung wegbleiben. Er rief ihn an.

»Sie Arsch! Wo zum Teufel stecken Sie?«

»In Los Angeles. Am Flughafen.«

»Hören Sie –«

»Hallo?«

»Hallo! Jetzt passen Sie mal auf, Sie Saftarsch –«

»Hallo! Ich kann Sie nicht verstehen!«

»Paul Hugo!!! Was ist mit Paul Hugo?«

»Er hat den Namen gewechselt. Er nennt sich jetzt Gregory Finch. Er hat eine Woche in Montreal verbracht, zwei in Ottawa, eine Woche in Seattle und einen Monat in Butte, Montana. Er ist jetzt hier in Los Angeles und wartet auf seinen Flug nach Rom. Und ich mit ihm.«

»Rom?«

»Hallo?«

»Was soll das nun wieder? Rom? Hören Sie, verdammter Mist, ich kann seine Eltern nicht mehr länger hinhalten! Sie wollen mit der ganzen Sache zum FBI gehen! Und noch was! Haben Sie noch die Minolta, aus dem Depot? Hallo?«

»Mein Flug wird gerade aufgerufen! Bis dann!«

Er legte auf.

Um sechs war er wieder bei Miß Gomez im Büro.

»Sie ist vorbestraft!« verkündete sie freudig. Leute vom Archiv waren immer völlig aus dem Häuschen, wenn sie mit einem Schwerverbrecher auftrumpfen konnten. »Bundesstaat von New York.«

»Interessant?« Er zitterte wie ein Tattergreis. Er hielt die Hände vorsichtshalber auf dem Rücken. »Wird nach ihr gefahndet, Miß Gomez?«

»Nein. Sie hat ihre Zeit abgesessen.« Sie schlug einen Hefter auf und nahm ein Watchmen-Formular heraus. Er streckte die Hand danach aus und riß es schließlich mit einem Ruck an sich, um sein Zittern zu verbergen.

Er versuchte, es zu lesen. Sein Blick wurde immer verschwommener.

»Wir schließen«, sagte sie. »Ich lad Sie auf 'nen Drink ein, haben Sie Lust?«

»Eigentlich ja.« Er rieb sich die Augen. »Aber vielleicht ein anderes Mal. Ich muß unbedingt – unbedingt – ich habe in fünf Minuten eine Verabredung.«

Er faltete das Formular und eilte zu den Fahrstühlen. Er fühlte sich wie Dolly Madison, als sie mit der Unabhängigkeitserklärung aus dem in Flammen stehenden Weißen Haus floh. Himmel! Er mußte unbedingt schiffen! Sie war vorbestraft. Kein Wunder, daß sie Handschuhe trug. Was würde Baker jetzt unternehmen? Was k o n n t e er überhaupt unternehmen? Nichts! Klar hat sie Handschuhe getragen, ist ja nicht dumm. Sie hat gesessen! Das bedeutete, daß ihre Akte ein Foto enthielt, und falls man sie identifizierte, konnte es in Umlauf gebracht werden. Aber, warte mal! Schließlich gab es auch Fotos von Josephine Brunswick – diese Fotografen auf der Hochzeit mit Dr. Brice! Auch diese Aufnahmen konnten zur Fahndung benutzt werden. Falls man Brices Leiche fand. Himmel! Ein kleiner Windstoß genügte, und dieses verdammte Kartenhaus würde über ihrem Kopf zusammenbrechen. Steinböcke waren besessene Spielernaturen, eindeutig.

Im Aufzug rückten zwei Frauen von ihm ab – bei seiner Zappelei war ihnen unbehaglich geworden. Sie konnten ihn mal, diese Tucken, alle beide! Und Baker genauso. Wow! Wenn er gleich schiffen ging, würde daraus ein ganzer See werden! Einfach widerwärtig, zum Kotzen!

Unten im Foyer fand er ein Klo. Dann ging er nach draußen und setzte sich auf eine Bank an der Central Avenue. Nein, besser nicht! Gomez könnte ihm hier zufällig über den Weg laufen. Er stieg in seinen Wagen und fuhr weit hinaus, bis zur Hollywood Bowl.

Er parkte etwas abseits auf einem Hang. Er zitterte immer noch. Er hockte eine Weile da und trommelte mit den Fingern auf das Lenkrad. Dann las er das Formular und deckte mit dem Daumen die erste Zeile – ihren Namen – ab.

NAME
GEBURTSDATUM 24. Dezember 1952
GEBURTSORT Trenton, N.J.
ADRESSEN 1952–1963, Tyler Street 127, Trenton, N.J. 1963–70, Mercer-Bezirkswaisenhaus für Mädchen, Mercerville, N.J. 1970–71 Gefängnisaufenthalt. Aufenthaltsort 1971 – heute, unbekannt.
GERICHTSSTAND White Plains, N.Y. 1970
ANKLAGE & URTEIL Autodiebstahl, 13 Monate, Landwirtschaftliches Frauengefängnis, Norwich, N.Y. Aug 70 – May 71.

Motorengebrüll. Ein Dutzend Jungen und Mädchen kam auf Motorrädern die Straße entlang gefegt. Sie trugen dicke Motorradbrillen, Football-Helme und Lederjacken, auf denen rote Sterne prankten. Sie jagten an ihm vorbei in einem Taifun aus Staub und Lärm.

Er nahm den Daumen vom Blatt und las ihren wirklichen Namen.

JOANNA ERIS.

7

Im Dezember pachtete sie einen leerstehenden Laden in der Innenstadt – ein kleiner, moderner Bau in der Hope Street, rechteckig, aus Ziegelstein und Glas. Fast über Nacht verwandelte er sich in eine Buchhandlung, *The Librairie*.

Genau gegenüber war ein Hotel, das Del Rio. Er nahm sich dort ein Zimmer zur Straße hinaus, behielt aber weiterhin das möblierte Zimmer in der La Cienega-Pension.

In den Tagen, als das Geschäft renoviert wurde, kam sie früh morgens an und überwachte bis in die Abendstunden hinein die Schreiner- und Malerarbeiten sowie die Elektriker. Um eins kam stets der Bentley vorgefahren, und sie und Ralph gingen zusammen zum Mittagessen. Um zwei kehrten sie zurück. Ralph verzog sich irgendwo in eine Ecke und versuchte, so wenig wie möglich im Weg zu stehen. Der Chauffeur, Jake, zog sich die Uniform aus und verbrachte den Nachmittag damit, Bretter zu sägen oder Nägel einzuschlagen. Ein Problem stellten höchstens die Motorradbanden dar, die die Straße rauf und runter röhrten, die Fußgänger terrorisierten und gelegentlich sogar eine Fensterscheibe zerschmissen.

Das Auge saß oben in seinem Zimmer und beobachtete alles durch ein Fernglas.

Am Eröffnungstag waren sämtliche Mitglieder des Forbes-Clans anwesend. Man ließ die Champagnerkorken knallen und reichte Tabletts mit Sandwiches herum. Charlotte und Joan stellten Porträts von Proust und Hemingway, Conan Doyle und Joyce in den Schaufenstern auf. Basil dagegen hatte sich auf einen Stuhl gesetzt und spielte auf einer Zither Folk-Songs. Ted hatte sich draußen vor der Tür postiert und lud Passanten auf einen Drink ein. Ein Bestseller-Autor, ein Freund von Ralph, schaute kurz herein und signierte Exemplare seines neuesten Romans. Auf dem Bürgersteig drängten sich die Besucher. Zwei Filmstars kamen auf einen Sprung vorbei und ließen sich fotografieren.

Um die Mittagszeit hatten so viele Kunden Bücher gekauft, daß die Regale fast wieder leer waren.

Es war Heiligabend, Joanna Eris' Geburtstag.

In dieser Nacht tastete er sich durch die Finsternis ihres Gartens zum Wohnzimmerfenster vor. Forbes saß auf dem Sofa und rauchte seine Pfeife, ein Glas Cognac in der Hand.

Joanna ging an ihm vorbei. Sie hielt seinen Gehstock und ließ ihn herumwirbeln.

»Ich wollte mal Tambourmajorin werden«, sagte sie. »Konnten wir uns dann aber nicht leisten. Die Uniform hätte fünfzig Dollar gekostet. Damals eine astronomische Summe für uns.« Sie warf den Stock in die Luft und fing ihn wieder auf. »Ich hatte immer stundenlang dafür geübt. Mit einem Stock. Daddy hatte nicht aufgehört, zu versprechen, sobald etwas Geld auf der Bank wär, würde alles gut werden. Aber auf der Bank war nie Geld, und nichts wurde jemals gut.«

Ralph sagte irgend etwas.

»Er hat alles gemacht«, fuhr sie fort. »Klempner, Lastwagenfahrer, Tapezierer... was du willst. Barmixer, Fernsehschnelldienst, Gärtner, Müllabfuhr, Maurer. Alles und nichts. Einen Sommer lang –« Ihre Stimme brach, sie hustete. »Einen Sommer lang ist er von Tür zu Tür gezogen und hat Lexika verkauft. Beziehungsweise hat es versucht. Wirklich verkauft hat er nicht ein einziges.« Sie ließ wieder den Stock rotieren, er fiel zu Boden. »Der schlimmste Job, den er jemals hatte – Mann o Mann, der war wirklich das letzte! Er war der Cheftürhüter vom Mayfair. Gott!« Sie hob den Stock auf und legte ihn auf einen Stuhl. »Das Mayfair war ein Kino in der Broad Street. Er hatte eine rote Uniform mit riesigen Knöpfen und Epauletten und einen Umhang – einen lila Umhang – und einen kleinen runden Hut...«

Sie trat zum Fenster. Das Auge ging in die Hocke. »Er hat Eintrittskarten im Foyer abgerissen und absolut lächerlich gewirkt! Wie ein – ein – was weiß ich, was.« Sie ging zum Plattenspieler und schaltete ihn ein. Sie nahm eine Platte aus dem Ständer. »Klempner war schon schlimm genug, wenn er nach Hause kam und drei Meilen gegen den Wind stank. Aber diese Uniform! Alle meine Schulfreundinnen haben ihn gesehen, meine Lehrer, die Nachbarn...«

Musik ertönte. »Aber dann, Gott sei Dank, wurde er gefeuert... wie üblich. Das war in dem Herbst, in dem meine Mutter gestorben ist, im September. Und dann haben wir dagestanden, mein Vater und ich. Er hatte nicht mal 'nen Gelegenheitsjob, damals. Wir waren total pleite. September. Oktober. November.«

Sie irrte im Zimmer umher, rieb sich die Hände, biß sich auf den krummen Finger. »Dann der Dezember. Wir standen kurz davor, gepfändet und rausgeschmissen zu werden. Eines Nachmittags ist ein Mann aufgekreuzt und hat Gas und Strom abgestellt. An meinem Geburtstag. Am vierundzwanzigsten Dezember. Ich war elf Jahre alt. Daddy hatte irgendwie einen Baum gekauft, und wir haben ihn mit Papierschnipseln geschmückt. Eine alte Frau, die ein paar Häuser weiter unten wohnte – Mrs. Keegan – hat mir ein paar Birnen geschenkt. Das war unser Abendessen. Dann sind wir spazierengegangen. Wir sind durch die Straßen geirrt wie zwei Landstreicher und haben uns jedes Schaufenster angeschaut. Es hat geschneit, und die Leute waren gerade mitten in ihren Weihnachtseinkäufen. An den Straßenecken standen als Weihnachtsmänner verkleidete Typen mit Klingelglöckchen. Ich hab fürchterlich gefroren. Wir sind in ein Kaufhaus gegangen, um uns aufzuwärmen.«

Sie ging zum Plattenspieler und ließ die Platte ein zweites Mal laufen. »In dem Kaufhaus spielte damals gerade dieses Lied. ›La Paloma‹« Sie starrte auf die kreisende Platte. »Wie schön das war! Das schönste Lied, das ich jemals gehört hatte. Ich hab damals richtig geflennt. Er hat geglaubt, ich weine, weil er... weil er... ich hab dagestanden und geheult, verstehst du, und er hat geglaubt, daß es deshalb war, weil er mir nichts schenken konnte. Und dann hat er gesagt, ›Warte einen Augenblick, ich hol dir was.‹ Der arme Teufel! Er hat versucht, einen Pullover zu stehlen, und sie haben ihn erwischt. Ich bin rausgerannt. Ich bin nach Hause gegangen und hab auf ihn gewartet. Die ganze Nacht. Am nächsten Morgen sind zwei Polizisten gekommen und haben gesagt, daß er tot war.«

Sie kam am Fenster vorbei. »Er war tot. Er hatte auf dem Polizeirevier einen Herzinfarkt bekommen. Er ist einfach... er...« Ihr Mund war weit aufgerissen. Sie biß sich auf den Finger. Sie wurde von einem abgründig traurigen Röcheln im Hals geschüttelt. Sie ließ sich auf den Boden fallen und saß mit wilden tränenüberströmten Augen auf dem Teppich.

Ralph stand auf, machte ein paar Schritte und tastete nach ihr. Er stieß einen Stuhl um.

»Charlotte!«

Seine herumsuchenden Hände fanden sie, packten sie. Er sank neben ihr auf den Boden und nahm sie in die Arme.

Sie drückte sich an ihn und weinte sich an seiner Brust aus.

»Ich kann den Jüngsten Tag kaum erwarten«, seufzte sie, »wenn ich vor Gott stehe und ihm endlich sagen kann, wie sehr ich ihn hasse!«

Das Auge verließ seinen Fensterplatz und ging auf die Straße.

Den Rest des Heiligen Abends verbrachte er mit ein paar Bieren und einem Kreuzworträtsel in einer Bar in der La Cienega. Um zwei Uhr morgens kreuzte er einsam in Los Angeles umher und sah dem feiernden und dem spät heimkehrenden Weihnachtspublikum zu. Er parkte auf der Fünften Straße und setzte sich eine Stunde lang auf die Stufen zur Bibliothek. Eine Hure, dann ein Schwuler, dann noch eine Hure versuchten, sich an ihn ranzumachen. Er ging an der *Librairie* auf der Hope Street vorbei und schaute sich die Bücher und die Porträts in den Auslagen an. In einem durchgehend geöffneten Laden trank er eine Tasse Kaffee. An der Kasse wurden Weihnachtskarten zum Verkauf angeboten. Er kaufte eine. Eine norwegische. VELKOMMEN DEILIGE JULEFEST! Er nahm einen Stift und schrieb darauf folgende Nachricht:

> Schon viel zu lange her, daß wir uns das letzte Mal gesehen haben. Wie geht's Dir? Ich kann Dir gar nicht sagen, wie sehr ich Dich vermisse. Ich hoffe, du bist glücklich. Bitte, vergiß mich nicht. Ich wünsche mir so sehr, Dich zu sehen, aber ich weiß, wie unmöglich das ist. Frohe Weihnachten.
> Daddy

Er addressierte den Umschlag an Maggie, c/o American Express, Ulan Bator, Mongolei, und warf ihn am Pershing Square in einen Briefkasten.

Am nächsten Tag flog er nach New Jersey.

Das Mercer-Bezirkswaisenhaus für Mädchen war Charles Dickens, wie er im Buche steht. Schmutzige Wände, ein rußverschmierter Hof, speckige Fensterscheiben, kerkerhafte Torbögen. Ein viktorianischer Alptraum.

1963–70
Joanna Eris
Eine Mädchenkolonne in grauen Kitteln kam mit Eimern aus einem Schuppen herausmarschiert. Andere fegten einen Korridor. Wieder zwei andere wechselten den Reifen eines Lasters, der im Hof aufgebockt stand.

Ein dürrer, kahler, ausgemergelter Typ, der eine Uniform ähnlich der eines Straßenbahnschaffners trug, führte ihn einen Flur entlang. Er klopfte ehrfürchtig an eine Tür und führte ihn in das Kabuff einer alten Frau, Mrs. Hutch.

Sie war Mitte Siebzig, mit dickem, walroßähnlichem Hals, aufgedunsen, fleischig und gemein.

»Joanna Eris? Ich erinnere mich an sie, ja.« Sie bot ihm nicht einmal einen Stuhl an. »Was ist mit ihr?«

»Meine Firma ist beauftragt, sie zu suchen. Ein verstorbener Onkel in West-Virginia hat ihr eine kleine Lebensversicherung vermacht.«

Er gab ihr eine seiner getürkten Visitenkarten. Sie beachtete sie nicht.

»Wahrscheinlich ist sie in Sing-Sing.«

»Ist das der Ort, wo Ihre Elevinnen gewöhnlich landen, Mrs. Hutch?«

»In den letzten fünf Jahren, Mr. Wiseacre« – sie nahm ein Lineal und legte es von der linken auf die rechte Seite des Schreibtisches – »sind 1536 Mädchen aus dieser Anstalt entlassen worden, und alle haben höchst vielversprechende Anstellungen gefunden, jede einzelne.«

»Ein bemerkenswertes Ergebnis.«

»Das möchte ich meinen. Wir sind sehr stolz auf unsere Erfolgsrate. Eine unserer Elevinnen, wie sie sich gerade ausdrückten, ist sogar auf dem Kapitol beschäftigt, als Privatsekretärin des Gouverneurs von New Jersey. Eine andere ist leitende Angestellte der Bell Telefongesellschaft, sie ist verantwortlich für hunderte von Schalttafeln.«

»Und Joanna Eris?«

»Joanna Eris« – sie verschob einen Bleistift – »war einer unserer wenigen Ausfälle. Sie ist mit achtzehn hier weggegangen. Zu guter Letzt!«

»Sie mochten sie nicht, Mrs. Hutch?«

»Sie war eine Unruhestifterin. Unbotmäßig, wo es nur ging, niederträchtig. Ein verkommenes, undurchsichtiges katzenäugiges Biest.«

»Wohin ist sie gegangen, als sie von hier weg ist?«

»Nach Trenton. Sie hat zwei Monate bei General Motors gearbeitet. Dann hat man sie rausgeschmissen. Der Personalleiter hat mich eines Tages angerufen und gesagt, ›Tut mir leid, Mrs. Hutch, aber wir müssen uns von ihr trennen.‹ Und dann fragte er mich noch, ob sie geistig zurückgeblieben sei.«

»Was haben Sie ihm geantwortet?«

»Ich habe gesagt, daß mich das Mädchen nichts mehr anginge.« Sie legte das Lineal von der rechten auf die linke Seite zurück. »Dann ist sie nach New York gegangen und wegen Diebstahls im Gefängnis gelandet.« Ihr scheinheiliger Großmutterkopf sank in den wabbeligen Hals, und sie blickte verstohlen zu ihm auf. »Geht es wirklich um eine Versicherungsangelegenheit?« fragte sie.

Er war völlig verblüfft. »Ich verstehe nicht, Mrs. Hutch...?«

»Sie sind nicht vielleicht hier, um« – sie lächelt trübe – »um hier ein bißchen im Dreck zu wühlen?«

»Im Dreck wühlen?«

»Na, daß Sie die Anstalt nach all den Jahren verklagen wollen?«

Er lächelte matt.

»Sie hat gedroht, sie würde mich eines Tages vor Gericht bringen. Traue ich ihr glatt zu. Unverschämtes Luder.« Er hatte tatsächlich nicht die geringste Ahnung, wovon sie redete. Er wartete ab.

»Sie war selbst schuld. Genau wie bei dieser Sache mit dem Strom. War ja fast wie auf 'nem elektrischen Stuhl, damals, als sie an dem Sicherungskasten herumgespielt hat. In ganz Mercerville waren die Lichter ausgegangen. Oder als sie einmal in der Küche die ganze Nacht den Gashahn offen ließ. Hätte uns alle umbringen können.«

Sie verschob den Briefbeschwerer. »Sie hat immer was kaputtmachen müssen. Sie war unbeholfen, dumm, unfähig, etwas anzufassen, ohne es gleich zu zertrümmern. Drei Nähmaschinen sind durch sie kaputtgegangen! Mußte ich ersetzen lassen. Hat mit dem Ellbogen ein Fenster im Treibhaus zerschlagen, mußte mit fünf Stichen genäht werden. Wenn ich ihr eine Rechnung über ihr gesamtes Zerstörungswerk schicken würde, würde sie das ein Vermögen kosten. Die Sache mit der Hand ist ganz allein ihre eigene Schuld gewesen!«

»Mit der Hand? Sie meinen den Finger?«

»Reine Unachtsamkeit.«

»Was war los?«

»Da haben wir's! Sie wollen nur im Dreck wühlen!«

»Nein, will ich nicht.«

»Wenn doch, brauchen Sie es nur zu sagen«, – sie deutete auf das Telefon –, »und ich rufe unseren Anwalt an.«

»Ich bin nicht hier, um im Dreck zu wühlen, Mrs. Hutch. Was war los?«

»Eine Sichel.«

»Eine Sichel?«

»Beim Heuschneiden.«

Er blickte an ihr vorbei. An der Wand hinter dem Schreibtisch hing das verstaubte Ölgemälde einer hübschen jungen Frau mit scheuem, ängstlichem Gesichtsausdruck. »Wer ist das?« fragte er.

Sie drehte sich um. »Ich.« Ihre Miene verdunkelte sich. »Eins von unseren Mädchen hat es gemalt. 1929. Das Jahr des großen Börsenkrachs. Herbert Hoover. Alle lebten von der Fürsorge, aber meine Mädchen hatten stets drei üppige Mahlzeiten pro Tag. Im Winter gab es immer genügend Kohle zum Heizen, und jeden Sommer hatten sie eine Woche Ferien in Atlantic City. Heute hat man die Depression vergessen. Lange hat sie auch nicht gedauert, dem Herrgott sei Dank. Nichts ist ewig.« Sie schob eine Schere an das andere Ende des Schreibtisches. »Die Zeit vergeht. Würde mich interessieren, wie Joanna heute aussieht. Das kleine Biest.«

Sie ließ klammheimlich einen ziehen, und in dem Zimmer verbreitete sich der scharfe Gestank einer Dampflokomotive.

Er kehrte nach Trenton zurück.

Er ging die Tyler Street hinunter.

Nummer 127 war ein kleiner aschgrauer Holzbau neben einem Lebensmittelgeschäft. Das Geländer der Vorderveranda war kaputt. Die Fenster waren offen, und im Wohnzimmer lachte und tratschte eine Fernsehstimme.

Ein junger Schwarzer trat aus der Tür. »Kann ich dir helfen, Typ?«

Er überlegte einen Augenblick. Wie war nochmal der Name, den Joanna erwähnt hatte? »Ich suche –« Zum Teufel, wie hieß sie doch gleich? Diese alte Frau, die ihr die Birnen geschenkt hatte. »Mrs. Higgins.«

»Kenn' ich nich.«

»Nein – warten Sie. Mrs. Keegan.«

»Ach, die. Hat etwas weiter oben gewohnt. Die ist gestorben, schon 'ne Ewigkeit her. Als die abgetreten ist, war ich noch 'n richtiger Zwerg.«

»Wie lange gibt es Sie denn schon hier?«

»Was geht dich das an, Typ?«

»Nichts. Reine Neugier.« Weitere Schwarze tauchten auf und gafften ihn mit ausdruckslosen Gesichtern an. Vier... fünf... acht... schließlich um die zehn. Sie standen auf dem Bürgersteig, der Straße und auf den Veranden der anderen Häuser. »Ich habe die Familie gekannt, die in der einhundertsiebenundzwanzig gewohnt hat. Mr. Eris und seine Tochter. Haben Sie die auch noch gekannt?«

»Wann soll das denn gewesen sein?«

»In den Fünfzigern oder frühen Sechigern.«

»Nee, nie und nimmer!« Er kicherte. »Zu der Zeit haben hier noch die Käsegesichter gewohnt. Jetzt ist hier Zulu-Land, wie du siehst.«

Ein hünenhafter Schwarzer in einem Rollkragenpulli schob sich vor, offensichtlich, um vor den anderen eine kleine Show abzuziehen. »Ist irgendwas, Typ?«

»Nein, gar nichts.«

»Warum ziehst du dann nicht einfach weiter?«

Er nahm den Zwölf-Uhr-Zug nach New York und fuhr von dort nach White Plains, erst zum Gericht, wo er ihre Prozeßakte einsah, dann zu einer Autowerkstatt an der Hudson

Avenue, wo er sich mit einem buckligen Mechaniker unterhielt, der in einer Montagegrube stand. Er hieß Zalesny.

»Ja, Mann. Und ob«, sagte er schmachtend. »Wahnsinnig gut aussehende Tussi, in ihrem weißen Overall. Die Jungs haben ihr wie wild hinterhergehupt. Lange war sie ja nicht hier. Hat im Büro gearbeitet, bei Mr. Wozniak. Und die Tankstelle hat sie auch gemacht, wenn sie mußte. Eines schönen Tages ist sie dann in einen brandneuen Lancia Skorpion gestiegen und abgezischt. Irgendwo in der Nähe von Albany ist sie den Bullen ins Netz gegangen. Der Typ, dem der Schlitten gehört hat, hat 'nen Riesenterror veranstaltet. Er hat dafür gesorgt, daß der Staatsanwalt ihr richtig eins reinwürgt, das Schwein. Ich kapier überhaupt nicht, warum die sich so aufgeregt haben. Sie wollte doch nur 'ne kleine Spritztour machen. Wahrscheinlich hätte sie den Schlitten sogar zurückgebracht. Und dafür haben sie ihr dreizehn Monate aufgebrummt.«

Er fuhr an das obere Ende von Norwich und sah sich das Landwirtschaftliche Frauengefängnis an. Es handelte sich um eine Siedlung makellos weißer Gebäude in einer hundert Hektar großen Wald- und Wiesenlandschaft. Mädchen in olivgrüner Wollmontur saßen auf Traktoren oder marschierten in Reih und Glied mit Schaufeln auf den Schultern umher. Von weitem sahen sie wie Soldaten aus.

Der Wachtposten am Tor rief die Verwaltung an, und ein paar Minuten später kam ein Aufseher in einem Jeep vorgefahren. Er hieß Giulianello.

»Time Magazine.« Er zückte wieder eine seiner getürkten Visitenkarten. »Ich wollte euren Psychiater interviewen.«

»Psychiater?«

»Ihr habt doch einen, oder?«

»Ja, Sir. Dr. Brockhurst.«

»Wir arbeiten an einer Geschichte über Gefängnispsychiatrie. Ich recherchiere über die Situation der Besserungsanstalten im New Yorker Bundesstaat.«

»Ohne Genehmigung aus Albany können wir Sie leider nicht reinlassen, Sir. Abgesehen davon ist Dr. Brockhurst nicht da. Er hält bis zum Ende des Monats Vorlesungen in Yale.«

»Ach so. Dann versuch ich's besser ein anderes Mal. Und klär das vorher noch mit Albany ab.«

»Wär, glaub ich, das beste, Sir. Ich hab ein Drei-Jahresabnonnement von *Time*.«

»Glückwunsch. Wie lange ist Brockhurst schon bei euch?«

»Seit dreiundsiebzig.«

»Und wer war vor ihm da? Vielleicht kann ich mit seinem Vorgänger sprechen, würde mir diesen ganzen bürokratischen Kram ersparen.«

»Das war Dr. Darras«, sagte Giulianello. »Martine Darras. Sie hat jetzt eine eigene Praxis aufgemacht. In Boston.«

Er übernachtete in New York. Am nächsten Morgen nahm er einen Pendler-Flug nach Boston. Die Adresse von Dr. Martine Darras in der James Avenue hatte er aus dem Telefonbuch.

Ihre Praxis lag im zehnten Stock, gegenüber dem John Hancock-Tower, auf den man durch mehrere Zentimeter dicke Glaswände schaute. Das Wartezimmer war nüchtern und blau, mit einem langen niedrigen Sofa gegenüber dem Fenster und einer Sternzeichenkarte an der Wand.

Eine junge Frau in einem perfekt sitzenden, granatroten Chanel-Kostüm trat aus dem Büro. Sie war Anfang dreißig, dunkel, gepflegt und mit Augen, die wie Spiegel wirkten. Um den Hals trug sie eine dünne, feingliedrige Kette mit einem silbernen Anhänger, auf dem das Sternzeichen der Jungfrau eingraviert war. Sie hielt eine Packung Gitanes in der Hand.

»Wir haben zu«, sagte sie freundlich. »Heute ist Samstag.«

»Dr. Darras?«

»Ja.«

»Sie waren doch vor ein paar Jahren Gefängnispsychologin an dem Landwirtschaftlichen Frauengefängnis in Norwich, richtig?«

»Ja, war ich.«

Er beschloß, sie nicht anzulügen. Er gab ihr eine seiner Watchmen, Inc.-Visitenkarten. »Eine frühere Insassin ist in einen meiner Fälle verwickelt. Ich werde sie nicht lange aufhalten.«

»Um wen geht es?«
»Joanna Eris.«
»Kommen Sie herein«, sagte sie.

8

»Sie war im August 1970 angekommen. Ich habe sie noch am gleichen Tag abgefertigt. So haben die das genannt – abfertigen.« Sie lachte.

»Ein paar harmlose Tests, um festzustellen, ob es sich bei der Insassin um eine völlige Idiotin handelte. Was bei den meisten Mädchen tatsächlich der Fall war. Die Anstalt war ein Hort der Ahnungslosigkeit, des Analphabetismus, Treffpunkt schwachsinniger Hohlköpfe weiblichen Geschlechts. Bewaffneter Überfall, Diebstahl, Eigentumsdelikte, Erpressung, Einbruch. Zwei hatten sogar Geld gefälscht. Irgendeinen Dachschaden hatten sie alle, und um ihre Zeit auf der Farm absitzen zu können anstatt hinter Gittern, haben sie einem die Nummer von der armen, reuigen Unschuld vom Lande vorgespielt. Mit ihnen zusammen eingesperrt zu sein, hat auf Dauer eine richtige Übelkeit in mir verursacht. Das gleiche Gefühl, das Sartre in »Geschlossene Gesellschaft« beschrieben hat. Joannas Ankunft war dagegen ein echter Segen. Wirklich kennengelernt hab ich sie aber erst, nachdem ich sie aus der Arbeitskolonne herausgeholt hatte.«

Sie saßen gegenüber dem Fenster, jeder in einer Ecke des Sofas. Das Zimmer wirkte gletscherblau, und im Morgennebel vor ihnen ragte der Hancock Tower auf wie ein gelber Eisberg.

»Unsere Profs haben uns immer davor gewarnt«, sagte Dr. Darras, »sich in unsere Patienten zu verlieben. Und jetzt stand ich da, in diesem Zoo, in dem es überall nach Verwesung roch, unter Menschen, die der Abschaum waren… und dann kam sie, tauchte vor mir auf wie eine Jeanne D'Arc. Und ich kam mir völlig wehrlos vor. Eris, Joanna. Nummer 643291. Sie war so rein, so makellos, so wohltuend. Ich habe sie oft beobachtet, wie sie im Hof auf- und abmarschiert ist… in der Kolonne… wie sie im Hörsaal gesessen ist, oder im Speisesaal... Ich konnte mich an ihr nicht sattsehen. Ich bin sogar um halb sechs in der Früh aufgestanden, nur um sie ›Hier!‹ rufen zu hören, wenn beim Morgenappell ihr Name aufgerufen wurde. Zu der Zeit gab es dort eine ziemlich ekelhafte Lesbe, die alle tyrannisiert hat. Eine Seneca-Indianerin, die zehn Jahre wegen Totschlags absitzen mußte. Als ich gemerkt hab, daß sie dabei war, ihre Pfoten nach Joanna auszustrecken, hab ich sie kurzerhand in die geschlossene Abteilung nach Bellevue verlegen lassen. Richtig edel von mir, hm?«

»Und warum haben Sie Joanna aus der Arbeitskolonne geholt?« fragte er.

»Einmal, als sie mit der Kolonne draußen auf dem Feld war, um einen Graben auszuheben, hat sie plötzlich, wie aus heiterem Himmel, aufgehört zu arbeiten und in den Wald hineingestarrt. Die Aufseher haben auf sie eingeredet, daß sie wieder zurück in den Graben gehen solle. Zwecklos. Dann haben sie sie angeschrien und herumgestoßen – keine Reaktion. Sie war in Trance. Als sie im Krankenrevier abgeliefert wurde, konnte sie weder sprechen noch sich bewegen. Eine Katatonie. Ich hab sie sofort ins Bett verfrachtet und Thiopental gespritzt. Dann habe ich sie gefragt, was mit ihr los sei. Sie hat gesagt, sie habe irgendwas im Wald gesehen.«

»Was?«

»Sie hat sich absolut geweigert, es mir zu sagen. Das heißt, sie hat sich damals geweigert, während der ersten Sitzung. Später, viel später, habe ich dann herausgefunden, was es war. Monate hab ich gebraucht, um es ihr aus der Nase zu ziehen.«

»Was hat sie gesehen, Dr. Darras?«

»In dem Wald hat ein Mann gestanden und sie beobachtet. Ihr Vater, offensichtlich. Sie hatten sehr aneinander gehangen. Seinen Tod hat sie nie wirklich akzeptiert. Also, lange Rede, kurzer Sinn –« sie stand auf und lief ziellos im Zimmer umher – »ich habe sie einer – äh, einer kleinen Analyse unterzogen. Und ich bin dabei auf manische Wut, Feindseligkeit und Melancholie gestoßen. Wollen Sie noch mehr wissen?«

»Jungfrau«, sagte er.

»Wie bitte?«

»Ihr Sternzeichen.« Er deutete auf den Anhänger.

»Ja.«

»Sie ist Steinbock.«

»Ich weiß. Das hab ich zu verantworten, daß sie sich dafür interessiert. Ich hab sie in die Astrologie eingeführt, ganz einfach, um sie auf andere Gedanken zu bringen. Und –«

»Und was?«

»Musik. Auf der Farm gab es eine ziemlich gute Musiksammlung. Ich hab ihr klassische Musik vorgespielt, Opern, Jazz, alles. Alles, was sie beflügelte und inspirierte. Ich hab sie Gedichte aufsagen lassen, ihr das Tanzen beigebracht. Und Bücher. Ich hab sie für Literatur begeistert. Sie hat Hunderte von Romanen verschlungen. Proust, Balzac, Dostojewski, Stendhal, Tolstoi. Möchten Sie vielleicht einen Drink?« Sie öffnete ein kleines Schränkchen und nahm eine Flasche Gaston de Lagrange und zwei Gläser heraus.

»Tragen Sie eine Perücke?«

»Ja, tu ich.« Sie schenkte ein, setzte sich neben ihn und zog sich die Perücke vom Kopf. Zum Vorschein kam kurzgeschorenes, platinblondes Haar. »Ich hab sie als Bibliothekarin einstellen lassen, und damit war sie aus der Kolonne heraus.« Die metallische Transparenz der Augen, der Anhänger und das Haar verschmolzen miteinander und überzogen sie mit einem silbernen Schein. Sie nippte an ihrem Cognac.

»Ist sie selbstmordgefährdet?« fragte er.

Sie blickte ihn überrascht an. »Sie kennen sie anscheinend sehr gut.«

»Nein... ich kenne sie überhaupt nicht. Aber als sie noch in diesem Waisenhaus war, in New Jersey, hat sie mit dem Ellbogen eine Scheibe zerschlagen und mußte mit fünf Stichen genäht werden. Bei einer anderen Gelegenheit hat sie eine ganze Nacht lang das Gas in der Küche angelassen.«

»Sie hat mehrmals versucht, sich umzubringen. Einmal hätte sie es beinahe geschafft, mit Strom. Und sie hat sich mit einer Sichel geschnitten.« Der Gedanke ließ sie erschaudern. »Eine Sichel!«

Er fragte sie wie aus der Pistole geschossen, dachte dabei allerdings weniger an die Sichel als an das Fenstersims. »Ist Selbstmord eine Form von Wahnsinn, Doktor? Und Halulull –«, er stotterte, »Halluzinationen und all das?« *Wie Grunder in der Gasse*, hätte er beinahe hinzugefügt, *als Mephisto verkleidet*.

Sie füllte ihr Glas auf. »Wahnsinn ist nur ein anderes Wort für Unglücklichsein«, sagte sie.

»Der Verstand ist wie jedes andere Organ auch, schlechte Nahrung vergiftet ihn. Und Selbstmord ist nur eine andere Form von Thiopental-Spritzen.«

Sie preßte zornig die Lippen zusammen. »Dieses verdammte Waisenhaus hätte sie beinahe fertiggemacht! Sind Sie gegen die Todesstrafe? Ich würde nur zu gerne sehen, wie diese Kinderquäler gevierteilt werden, oder wie ihnen der Bauch aufgeschlitzt wird...« Dann lachte sie und zündete sich eine Gitane an. »Und doch hat mein eigener Sohn mich gestern verlassen... Er sagt, ich würde ihn tyrannisieren und hat mich eine Sadistin geschimpft.« Sie zuckte mit den Schultern.

»Wie gut kannten Sie sich wirklich?«

»Wie gut was?« Sie sah ihm einen Moment lang in die Augen.

»Sie und Joanna.«

Sie stand auf, stellte sich ans Fenster und sah auf die St. James Avenue hinunter. »Ich erzähle Ihnen all das, obwohl ich genau weiß, daß ich es besser nicht täte. Reichlich absurd. Ich werde Ihnen sagen, wie gut wir uns kannten.« Sie schlenderte auf die andere Seite des Zimmers und warf die Zigarette in einen Aschenbecher. »Wir haben uns jede Nacht, nachdem die Lichter ausgeschaltet waren, in der Bibliothek getroffen. Ich habe den Cognac mitgebracht. Wir haben uns ausgezogen und uns vollaufen lassen. Dann haben wir getanzt, dann auf dem Boden gesessen und uns unterhalten. Oder Schach gespielt – hab ich ganz vergessen, Ihnen zu sagen, ich habe ihr auch das Schachspielen beigebracht, oder es zumindest versucht. Ein ziemlicher Reinfall. Dann haben wir uns geliebt. Nur daß es mehr mit Verzweiflung als mit Liebe zu tun hatte. Trostlosigkeit. Noch eine Form des Wahnsinns und des Selbstmords.«

»Haben Sie sie seit ihrer Entlassung noch einmal gesehen?«

»Nein. Kein einziges Mal.« Sie kam zum Sofa zurück. »Jetzt rücken Sie schon raus mit der Sprache – was hat sie getan?«

Er rieb sich müde die Stirn. Die Anstrengungen der letzten Tage machten sich bemerkbar. »Was haben Sie ihr gesagt, das sie tun sollte, Dr. Darras?«

»Ich?« Sie runzelte nachdenklich die Stirn. »Ich habe ihr gesagt, daß sie sich dem Leben stellen soll, daß sie kämpfen soll, nicht aufgeben oder sich unterkriegen lassen.«

»Sehen Sie, und genau das ist es, was sie getan hat.«

Auf dem Rückweg nach L. A. nahm er sich das Kreuzworträtsel im *Boston Globe* vor. Dann blätterte er ein paar TWA-Broschüren durch. Eine davon enthielt eine Flugroutenkarte Europas. Er sah sich die Tschechoslowakei an. Nur eine Stadt war eingezeichnet, Praha, das von der Air France von Paris aus angeflogen wurde. Er holte sein Taschenbuch heraus und schlug Kreuzworträtsel Nummer sieben auf. *Hauptstadt in der Tschechoslowakei.* Vier Buchstaben. Aber er war viel zu schlapp, um das Ganze wieder von vorn aufzurollen. Er hatte das Buch zweimal in den Papierkorb geschmissen, und zweimal hatte er es zurückgeholt, um dieses verdammte Ding doch noch zu meistern. Früher oder später würde er es knacken, aber für den heutigen Tag reichte es ihm.

Er warf das Buch auf den Nebensitz und lieh sich von einer Frau auf der anderen Seite des Ganges eine *Los Angeles Times.* Er las über die Probleme der Wirtschaft. Den Verfall der Stahlproduktion. Er las über die sowjetischen Raketen, über das *Programme Commun* in Frankreich und den Rassismus in Rhodesien. Er las die Gesellschaftsspalte. *Miss Charlotte Vincent und Mr. Ralph Forbes gaben gestern auf einer Party im Mark Taper Forum ihre Verlobung bekannt...*

Er fuhr hoch. Plötzlich war er wieder hellwach. *Die Hochzeit ist auf den 10. April...* Die Zeitung brachte ein Photo des Paares: sie lehnten an einem geschwungenen Treppengeländer und lächelten. Mist, verdammter! Sie hätte sich ebensogut auf eine Personengegenüberstellung im New Yorker Polizeihauptquartier einlassen können! Hatte sie nicht mehr alle Tassen im Schrank? Alles, was ein aufmerksamer Bulle vom Morddezernat jetzt noch zu tun hatte, war, sie sich anzuschauen und – nein warte. Er sah sich das Bild genauer an. Sie trug ein schimmerndes Abendkleid von Cardin, um ihren Kopf war wie ein Turban ein Tuch gewunden. Das Gesicht war eine liebliche Maske sanft lächelnder Anonymität. Sie war nicht Daphne Henry, das mußte er zugeben. Nein, sie war niemand, den irgend jemand in New York wiedererkannt hätte... auch nicht in Chicago, wenn es darum ging.

Miss Vincent stammt aus New Jersey... Was für eine Frau! Dr. Darras wäre stolz auf sie. *Mr. und Mrs. Paul Newman wünschten dem Paar alles Gute, ebenso Jodie Foster, Mr. und Mrs. Warner LeRoy, Lily Tomlin, LeVar Burton, Gore Vidal...* Welch ein Aufgebot zukünftiger Zeugen!

Angeklagte, bitte erheben Sie sich. Mr. Newman, erkennen Sie diese Frau?

Ja.

Ist dies die gleiche Frau, die Ihnen als Mrs. Ralph Forbes alias Charlotte Vincent bekannt ist?

Ja.

Einspruch! Wer diese Dame ist, möchten wir gerne von Mr. Newman selbst erfahren.

Einspruch stattgegeben.

Mr. Newman, würden Sie dem Gericht bitte in Ihren eigenen Worten sagen, wer diese Dame ist?

Sie ist Mrs. Forbes. Die Witwe von Ralph Forbes. Wie Sie bereits gesagt haben, alias Charlotte Vincent.

Himmel! Diesmal würde sie nie und nimmer davonkommen. Der glatte Wahnsinn, was sie da vorhatte. Er mußte sie aufhalten.

Ein Unfall auf dem Freeway legte den Verkehr eine Stunde lang lahm, und als er wieder in der Hope Street war, war es bereits acht Uhr. Die *Librairie* war geschlossen. Er vergewisserte sich noch schnell, daß das Zimmer im Del Rio weiter für ihn reserviert war, und fuhr nach Beverly Hills.

Sie aufhalten? Wie? Er hatte bis April Zeit, sich etwas zu überlegen. Hatte er das wirklich? Vielleicht hatte sie vor, die Sache noch vor der Hochzeit über die Bühne zu bringen. Eine Wochenendreise irgendwohin... in die Wüste oder die Berge oder ans Meer. Einen Blinden umzubringen war kinderleicht.

Vielleicht war er bereits tot. Vielleicht hatte sie sich schon längst wieder aus dem Staub gemacht. Dieser Ausflug nach Trenton war der reine Blödsinn gewesen! Drei ganze Tage lang hatte er sie alleingelassen!

Er fuhr den Oak Drive hinunter und wurde vor dem Haus langsamer. Ein Stein fiel ihm vom Herzen. Der Bentley parkte am Straßenrand.

Allenfalls ein Aufschub, eine kurze Gnadenfrist. Was war morgen? Nein, er konnte unmöglich bis April warten. Schließlich hatte er keinen blassen Schimmer, wann, wo oder wie sie ihren Plan ausführen wollte. Seit sie in L. A. angekommen war, ergab ihre Vorgehensweise ohnehin keinen Sinn mehr.

Er bog in die Oak Lane, fuhr die Ledoux hoch und erreichte über die Stanley Terrace wieder den Oak Drive.

Joanna, Ralph und der Chauffeur kamen gerade aus dem Haus. Die beiden Männer stiegen in den Bentley und fuhren davon. Sie ging zurück ins Haus.

Er parkte am Straßenrand und durchquerte den düsteren Irrgarten verschiedener Spazierwege hinter ihrem Haus. Er schlüpfte an der Garage vorbei in die Büsche und schlich sich unter das Wohnzimmerfenster.

Sie saß im Schaukelstuhl und pfiff leise vor sich hin.

Er lächelte und fühlte sich erleichtert. Endlich wieder daheim!

Sie stieß die Schuhe von den Füßen, hob ihr Kleid und streifte sich die Strumpfhose ab.

Sie waren wieder miteinander vereint. Alles andere war vergessen.

Sie stand auf, öffnete den Reißverschluß ihres Kleides und zog es aus. Sie setzte sich auf das Sofa und nahm den Büstenhalter ab.

Er lockerte die Krawatte und lehnte sich an die Wand. Wieder vereint. Unzertrennlich für immer. Alles andere zählte nicht mehr.

Sie gähnte und streichelte ihre Brüste. Seine Hände wurden in ihrem warmen Fleisch immer schwerer. Ihre Brustwarzen grüßten seine Finger wie zwei alte Freunde. Er stöhnte vor Erregung.

Um Mitternacht ging sie ins Bett. Er fuhr zur La Cienega Street und übernachtete in der Pension.

Er träumte wieder von dem Korridor. Sämtliche Türen öffneten sich ihm, aber es war Sonntag, und die Klassenzimmer waren leer.

Bis auf das eine.

In der gleichen feuchten Kammer, in der er schon dem leprakranken König begegnet war, traf er nun auf Mrs. Hutch. Sie stand schreibend an einer Tafel.

Ihre Tochter ist nicht mehr hier, Mr. Wiseacre, sagte sie ihm. *Sie hat in einer Leichenhalle eine höchst vielversprechende Anstellung als Einbalsamiererin gefunden.* Sie lachte wie eine Hyäne. *In den nächsten Tagen wird sie eine neue Leiche bekommen. Und zwar Ihre. Sie wird Sie für die Beerdigung präparieren, ohne jemals zu erfahren, daß es ihr Vater ist, den sie da in den Kasten schiebt. Die Zeit vergeht. Nichts ist ewig. Außer alte Fotografien hübscher junger Gesichter.*

Er schaute an ihr vorbei. Auf der Tafel stand in Druckbuchstaben das Wort TSCHECHOSLOWAKEI geschrieben. Und plötzlich, wie aus dem Nichts, sah er die Auflösung des siebten Kreuzworträtsels. Jesus, Maria und Josef! Dort stand sie! Direkt vor ihm auf der Tafel!

Mrs. Hutch wischte sie sofort wieder weg. *Lassen Sie sich dadurch nicht stören,* sagte sie. *Sie wissen, was Sie zu tun haben.*

Er wachte erschrocken auf. Und ob er das wußte! Es gab nur eine Möglichkeit, sie davon abzuhalten, Ralph Forbes zu töten.

Um neun setzte sie ihren MG aus der Garage und fuhr in den Benedict Canyon. Sie versteckte sich den ganzen Sonntag über hinter den hohen Mauern von Ralphs riesiger Villa.

Um halb acht fuhren sie nach Santa Monica und aßen im Nero's zu Abend. Um zehn brachte sie ihn nach Hause.

Er lief eine dunkle Mulde entlang, direkt hinter dem Anwesen. Er kletterte über die Mauer und landete in einem Obstgarten. Er schlich langsam zwischen den Bäumen vorwärts, sein Radar durchkämmte die Dunkelheit nach möglichen Gefahren.

Einen Herzschlag lang verspürte er eine Bedrohung... kaum mehr als ein Rascheln im Gras. Er blieb regungslos stehen und lauschte. Eine Schlange? Ein Hund? Da war es wieder! Er wartete. Ein Stachelschwein rannte vor seinen Augen durch einen Streifen Mondlicht.

Er ging weiter. Er stieß auf einen gepflasterten Pfad, der an einem Tennisplatz und einem Schwimmbecken vorbeiführte. Dann sah er das Haus, pechschwarz wie ein Mausoleum.

Der MG parkte in der Nähe der Terrasse. Joanna und Ralph standen daneben. Sie lachten.

Er zog sich wieder in das Dunkel der Bäume zurück und beobachtete sie.

»Aber du hast eine riesige Familie«, sagte Joanna. »Tanten, Vettern und Onkel, die einander so gut wie nie begegnen, es sei denn auf Hochzeiten und Begräbnissen. Alle haben bei mir Sturm geläutet und wollen eine Mordsfete.«

»Ich möchte eine ruhige Hochzeit. In einer kleinen Kirche irgendwo in einem Dorf. Wenn die Familie darauf besteht, können wir ja später alle noch einmal hierher einladen.«

»Aber warum liefern wir ihnen nicht einfach die perfekte Schau, wenn es das ist, was sie wollen?«

»Hör mich an, Charlotte, die Vorstellung, sämtliche Verwandten dazuhaben, die von ihren Bänken aus zusehen, wie ich zum Altar marschiere, und die nur darauf warten, daß ich über irgend etwas stolpere, ist alles andere als ermutigend.«

»Okay.« Sie lachte. »Aber wenn das so ist, worauf warten wir dann noch? Dann laß uns besser gleich verschwinden.«

»Verschwinden wohin?«

»Keine Ahnung. Nach San Luis Obispo, nach irgendwo.«

»Heute nacht?«

»Klar.«

»Können wir nicht. Ich habe morgen früh einen Termin mit der Buchhaltung.«

»Dann eben morgen.«

»Okay!« Er nahm sie in die Arme. »Morgen nachmittag. Abgemacht.«

Sie löste sich aus der Umarmung und zeigte in Richtung der Auffahrt. »Sieh nur!«

»Ich sehe nie, Schatz. Was gibt's denn?«

»Ein Stachelschwein!« Sie kam um den Wagen herumgelaufen und ging an einem Chrysanthemenbeet vorbei. »Es muß hier irgendwo in den Büschen sein!« rief sie. »Soll so was nicht Glück bringen, Ralph?«

»Stachelschweine? Ja, ich glaube schon. Wenn man eins bei Vollmond sieht oder so ähnlich.«

»Ist heute nacht Vollmond?« Sie fand einen Stock und stocherte damit in den Büschen herum, nur Zentimeter von seinen Füßen entfernt.

»Woher soll ich das wissen? Nein, ich glaube, wir haben höchstens einen Viertelmond. Bist du sicher, daß es keine Ratte war?«

»Ich hab es gesehen. Genau hier. Heißt das, daß ich jetzt nur fünfundsiebzig Prozent Glück abkriege?«

Ein paar Minuten später fuhr sie weg.

Ralph zündete seine Pfeife an und klopfte auf dem Weg zurück hinter das Haus den Terassenboden mit seinem Blindenstock ab. Plötzlich blieb er stehen und lehnte sich gegen einen Stützpfeiler. »Ich weiß, daß du da drin bist«, sagte er. »Also, was willst du?«

Das Auge sprang zurück, der Stock fegte an seinem Gesicht vorbei. Er rannte um Ralph herum und trat ihm in die Kniekehle. Ralph stürzte auf die Auffahrt hinunter. Das Auge sprang hinterher, versuchte, mit voller Wucht auf seinen Beinen zu landen. Er setzte zu einem Schlag auf die Schenkel an, traf aber nur das Handgelenk. Ralph wand sich von ihm weg, schrie wie im Todeskampf und hackte wild mit dem Stock nach ihm. Das Auge hämmerte wieder auf ihn ein, brach ihm den Arm. Ralph kreischte auf und zappelte hilflos auf dem Boden umher. Das Auge tanzte um ihn herum und drosch ihm auf die Wade. Schmerzhaft, aber viel zu harmlos. Er mußte ihm ein Bein brechen.

Er schnappte nach seinem Fuß, mußte aber vor Ralphs umherwirbelndem Stock zurückweichen. Er schlug ihm in die Hüfte, in die Nieren. Ein Bein! Er mußte ein verdammtes Bein erwischen! Er holte wieder gegen den Oberschenkel aus, schlug wieder daneben, traf nur das Schienbein.

Die Fenster waren plötzlich hell erleuchtet. Er versuchte einen letzten verzweifelten Schlag zu landen. Er traf nur Ralphs Schuh, der sich wie ein Stück Holz überschlug und den Rasen hinunterflog.

Er hörte Rufe auf der Terrasse. Er rannte um das Haus herum, überquerte einen Hof und raste eine Steintreppe hoch. Er versuchte, zu erfassen, in welchem Teil des Anwesens er war. Der Obstgarten lag östlich des Hauses. Der rückwärtige Teil blickte nach Norden. Er lief Richtung Westen – direkt auf den Benedict Canyon zu. Kein Durchkommen. Er drehte nach links ab. Er kam an einem Schuppen vorbei, einer Sonnenuhr, einem Sonnenschirm mit Stühlen und einer Schaukel. Dann wieder links – nach Osten. Hinter ihm klatschte jemand in die Hände – Klatsch! Klatsch! Klatsch! Drei Kugeln zischten vorbei. Scheiß drauf! Flinte oder Karabiner! Er hörte ein Hecheln, ganz nahe am Ohr. Eine brummende Hummel wäre beinahe auf seiner Nase gelandet. Querschläger! Er sauste einen Hügel hoch. Bäume. Der Obstgarten. Die Mauer. Er zog sich hoch, schwang sich drüber hinweg und ließ sich fallen. Wieder umfing ihn die Dunkelheit der Mulde.

»Heh! Was war das?!«

Eine Taschenlampe leuchtete auf. Er sah zwei nackte Gestalten, die unter einem Weidenbaum auf einer Decke standen und sich vorbeugten.

»Sind das die Schweine, George?«

»Jemand ist über die Mauer gesprungen!«

Er sauste im Galopp an ihnen vorbei.

»Da ist er!«

Der Strahl der Lampe verfolgte ihn, leuchtete ihm gleichzeitig den Weg. Er sprintete quer über eine Lichtung, drehte nach rechts ab – nach Süden – in ein ausgetrocknetes Flußbett, und noch einmal nach rechts – nach Westen – auf das Ende des Benedikt-Tales zu.

Fünf Minuten später war er endlich in Sicherheit, im Schoß seines Wagens, den er auf dem Sunset Boulevard geparkt hatte.

Den Morgen verbrachte er am Fenster des Zimmers im Del Rio und beobachtete durch sein Fernglas die *Librairie*.

Joanna kam um acht, das andere Mädchen um viertel nach. Sie kochten sich auf dem Herd einen Kaffee. Joanna las die Post. Sie packten einen Karton Bücher aus und legten ein Exemplar in die Auslage – *Roots* von Alex Haley. Ein Kellner aus dem Restaurant etwas weiter unten brachte eine Tüte mit Brötchen und drei Birnen vorbei. Die erste Kundin betrat das Geschäft – eine Frau mit Hund. Sie fing an, ihren Einkaufskorb mit Taschenbüchern vollzustopfen – vier… sechs… acht… zehn… ein ganzes Dutzend. Die Taschenbücher waren zur Linken aufgebaut, die Hardcovers zur Rechten, Romane hinten, Sachbücher vorn. Entlang der hinteren Wand stand der Ladentisch. Die wertvoll ausgestatteten Bücher befanden sich in mehreren Regalen in der Ladenmitte, und Joannas Schreibtisch war in einer Nische direkt hinter den Romanen untergebracht.

Weitere Kunden traten ein. Sie kauften fünf Exemplare von *Roots*. Einer kaufte einen voluminösen Picasso-Band in einem pompösen Schuber. Die Frau mit dem Hund und dem Einkaufskorb ging zur Kasse. Sie lehnte sich über den Ladentisch, benetzte mit der Zunge einen Füllfederhalter und schrieb einen Scheck aus. Sie zerriß ihn und schrieb einen neuen aus. Ein Mädchen mit Cowboyhut kaufte ein großes dickes Wörterbuch – fünfundzwanzig Dollar. Ein kleiner Junge kaufte ein Tarzan-Album und zahlte mit einer Handvoll Kleingeld. Jetzt war dem Füller die Tinte ausgegangen. Die Frau schüttelte ihn hin und her, ließ ihn dabei fallen, hob ihn wieder auf, feuchtete ihn wieder an und kratzte damit über den Ladentisch. Joanna lieh ihr einen Kugelschreiber.

Weder in den Morgenzeitungen noch in den Neun-Uhr-Nachrichten wurde Ralph auch nur mit einer einzigen Silbe erwähnt. Das Auge hoffte, er läge in irgendeinem Krankenhaus, für die nächsten zwei Wochen ans Bett gefesselt. Ein gebrochenes Bein hätte ihn um einiges länger aus dem Verkehr gezogen, aber einen Blinden zu verprügeln hatte sich entgegen allen Erwartungen als äußerst schwierig erwiesen. Seine Hände und Handgelenke waren von den Stockschlägen purpurrot angelaufen…

Heute Nachmittag jedenfalls fiel die Hochzeit erst einmal flach.

Er holte die Buchhandlung mit dem Fernglas näher heran.

Joanna stand jetzt vor ihm. Sie lehnte sich gegen den Ladentisch, eine Hand an der Hüfte, in der anderen hielt sie ihr Sternzeichen und ließ es, während sie mit einer Kundin sprach, zwischen den Fingern rotieren.

Plötzlich wandte sie sich um und blickte ihn direkt an.

Sie sah nichts als vorbeifließenden Straßenverkehr und ein Hotel auf der gegenüberliegenden Straßenseite.

»Stimmt irgendwas nicht?« fragte die Kundin.

Sie lachte. »Nein, nur, daß mich gerade unerklärlicherweise eine Gänsehaut überläuft.«

Der Bentley fuhr vor. Jake kam mit einem schnellen Satz herausgesprungen und öffnete die hintere Tür. Ralph mühte sich auf den Bürgersteig. Sein Arm hing in einer Schlinge, ein Fuß war in einen Verband gepackt. Er ging an Krücken.

Das Auge stand auf. Nicht zu fassen! Er rannte nach unten ins Foyer.

Gerade als Joanna aus dem Laden gestürmt kam, trat er auf den Bürgersteig hinaus.

Sie stand vor Ralph wie vom Blitz getroffen. Er klemmte sich die Krücke unter den Arm und lachte. Er küßte sie und schlug sich vergnügt auf den bandagierten Fuß. Auch Jake mußte lachen, er sprang wie ein Boxer umher und schlug in die Luft.

Das Auge überquerte wie betäubt die Straße.

Röhrende Motoren näherten sich. Ein Rudel Motorräder donnerte an ihm vorbei. Er wirbelte herum und sah die Football-Helme, die schwarzen Lederjacken und die roten Sterne, die bärtigen Visagen und die käferaugenähnlichen Schutzbrillen. Einer der Typen tauchte plötzlich vor ihm auf, jagte auf ihn zu. Sein Ochsengesicht stierte ihn an, sein Maul war weit aufgerissen. Er stieß ein wildes Gebrüll aus.

Das Auge sprang zur Seite.

Der Typ wendete geschickt und raste ein zweites Mal auf ihn zu. Das Auge rettete sich über den Bürgersteig in einen Hauseingang. Das Motorrad schoß an ihm vorbei, heulte wie ein wütendes Ungeheuer. Es prallte voll auf Ralph und wirbelte ihn, als ob er in einer Slapstick-Show Pirouetten drehte, den Bürgersteig entlang, riß ihn hoch und warf ihn akrobatisch auf die Stoßstange eines vorbeifahrenden Autos. Das Auto machte eine Vollbremsung und zerrte ihn unter den quietschenden Reifen mit.

Joanna rannte zu der zermalmten Masse am Straßenrand. Sie stürzte sich auf den Toten, hob ihn hoch, und nahm ihn in ihre Arme.

Und in diesem grausamen Augenblick wußte er, daß sie niemals vorgehabt hatte, Ralph Forbes zu töten.

Auf Gottes Schicksalstafel, in der Hope Street, blinkte ein winziges Rotlicht.

9

Während der Beerdigung stand er etwas abseits der offiziellen Trauerschar hinter einem Senator und lokalen Politikergrößen. Auch Joanna blieb im Hintergrund und stand an der Peripherie des Familien-Clans, unauffällig und isoliert. Sie trug Trauer, ohne durch ihre Aufmachung prunken zu wollen.

Nach dem Begräbnis fuhr sie allein nach Hause.

Das Auge schlüpfte in seine Gouvernantenkluft und spazierte mit dem Kinderwagen an dem Haus vorbei. Sie saß im MG, auf der Auffahrt, und starrte das Garagentor an. Sie schob sich erschöpft aus dem Wagen und ging die Straße Richtung Wilshire herunter.

Er folgte ihr, und die Räder des Kinderwagens quietschten wie eine Mäuseversammlung.

Sie überquerte die La Cienega und kam an seiner Pension vorbei. Sie kaufte eine Zeitung, blieb an der Kreuzung zur Gale Street stehen und las die Horoskopseite. Er wußte, was ihr unter Steinbock geraten wurde. Er hatte es bereits gelesen.

> Ihnen steht ein Winter der Kälte und der Lieblosigkeit bevor, in dem ein Schicksalsschlag dem anderen folgt.
> Ein radikaler Tapetenwechsel ist angesagt.
> Lebewohl, und viel Glück!

Sie spazierte bis zum Museum hinunter und wieder zurück. Dann kehrte sie nochmals um, spazierte quer durch Wilshire und schlenderte die Hamilton Street entlang bis nach San Vicente. Sie ging über die La Cienega nach Wilshire zurück und bog in die Ledoux. Über die Oak Lane gelangte sie auf den Oak Drive zurück. Sie stand wie angewurzelt da, die Arme in die Hüften gestützt, und starrte das Haus an. Sie stieg in den MG und setzte auf die Straße zurück.

Das Auge sprintete los und brach dabei alle Gouvernanten-Geschwindigkeitsrekorde (mit Kinderwagen). Sein Wagen stand in der Ledoux. Zwei echte Kindermädchen beobachteten verblüfft, wie er den Karren zusammenfaltete und in den Kofferaum hob. Er sprang in den Wagen und ließ den Motor an. Es war vier Uhr. Er hatte keinen Zweifel, daß sie entweder auf dem Weg zur Buchhandlung oder zur Bank war. Er fuhr zum Olympic Boulevard.

Der MG war vor ihm und steuerte auf Santa Monica zu.

Sie ging zur Bank und räumte ihr Schließfach leer. Dann fuhr sie zur Buchhandlung, die schon den ganzen Tag geschlossen hatte. Sie sperrte die Eingangstür auf und ging an den Vitrinen der Luxusausgaben vorbei zu ihrem Schreibtisch in der Ecke hinter den Romanen. Sie setzte sich und zündete sich eine Gitane an. Die Kasse stand auf dem Boden hinter einer Topfpflanze. Sie hob sie sich auf den Schoß, tippte eine Zahlenkombination ein und öffnete sie.

Das Auge nahm sein Gouvernantenhäubchen ab, ebenso die Frau Holle-Perücke, und zog das Kleid aus. Er ging in das Del Rio, packte seine Sachen, zahlte die Rechnung und ging.

Gegenüber verließ Joanna die *Librairie* und machte sich nicht einmal mehr die Mühe, abzuschließen.

Sie fuhr zurück zum Haus.

Er fragte sich, ob ihm genügend Zeit blieb, noch schnell die Sachen, die er in der Pension zurückgelassen hatte, zu holen. Außer einem Paar Schuhe, die ihm sehr am Herzen lagen, gab es dort jedoch nichts von Wert. Er beschloß, sie dort zu lassen.

Sie kam mit zwei Reisetaschen aus dem Haus und verstaute sie in dem MG. Sie setzte sich ans Steuer und fuhr weg. Sie blickte nicht zurück.

Lebewohl, und viel Glück!

Zwei Monate lang kurvte sie ziellos in Südkalifornien umher. Sie stieg in Motels ab oder mietete sich in Feriensiedlungen ein – San Diego, El Centro, Lakeside, San Bernadino, San Ysidro, Escondido, Oceanside, Elsinore, Redlands, zurück nach San Bernadino und von dort zurück nach El Centro. Von oben nach unten, rein und raus.

Sie ließ sich die Haare schneiden. Ihr Teint hatte in der Sonne den Glanz gebrannten Kupfers angenommen.

Sie trug gewöhnliche Kleidung – Hosen, Pullover und abgetragene Jacken. Sie trank drei, manchmal vier Cognacs am Tag. Jeden Morgen las sie ihr Horoskop. *Hamlet* wurde zu ihrer ständigen Lektüre. Wichtige Stellen unterstrich sie mit roten, organgenfarbenen und gelben Filzstiften. Eines Nachmittags, in einer Bar in La Jolla, spielte sie pausenlos »La Paloma« auf der Jukebox, insgesamt siebzehnmal.

Dann, im März, machte sie sich nach Los Angeles auf, stellte den MG am Flughafen ab und flog nach Las Vegas. Sie blieb einen Monat, als Miss Leonor Shelley.

Sie verspielte dort sechstausend Dollar beim Würfeln.

Die zum Haus gehörigen Aufpasser, die wie ein Ameisenheer um die Tische herumkrabbelten, hatten schon ihre Fühler nach ihr ausgestreckt, aber irgendein sechster Sinn sagte ihnen, daß es besser wäre, die Finger von ihr zu lassen. Vielleicht handelte es sich dabei nur um ein altmodisches italienisches Gespür für das Böse, das Echo einer Seemuschel aus dem Thyrrhenischen Meer: *Carriveria*. Sie beobachteten sie, umgaben sie mit einem Wall von Mißbilligung, wagten es aber nie, einzugreifen. Das Auge betete unterdessen zu Gott, daß sie keinen ihrer Coups plante. Sollte sie es trotzdem wagen, würden sie ihr, dessen war er sicher, einen Pflock durchs Herz stoßen und den Mund mit Knoblauch vollstopfen. Aber solange sie artig war, blieb ihre Anonymität unerschütterlich und absolut.

Er wußte, daß man ihn genauso belauerte, und daß die seltsame Verbindung zwischen ihm und Miss Shelley längst kein Geheimnis mehr war. Offensichtlich machte man sich nicht allzu viel Gedanken darüber. Man hielt sich im Hintergrund und wartete darauf, daß dieses seltsame Duo endlich weiterzog.

Das Auge hatte dagegen nichts einzuwenden, im Gegenteil. Seine Arbeit wurde dadurch erheblich leichter. Er mußte ihr jetzt nicht mehr vierundzwanzig Stunden am Tag auf den Fersen bleiben. Ein Barkeeper oder Rausschmeißer konnte ihm stets genauestens darüber Auskunft geben, wo sie war, er brauchte nur zu fragen.

Er konnte sich ausruhen, mal Ferien machen. Er aß regelmäßig und nahm sogar etwas zu. Er hatte einen gesunden, traumlosen Schlaf. Er rackerte sich in einem Sportcenter ab, spielte Handball, ging regelmäßig schwimmen und gewann achtzehnhundert Dollar beim Roulette. Er fand immer mehr Geschmack an Gitanes. Er kaufte ein Exemplar von *Hamlet* und lernte es auswendig. Sein Lieblingsvers war:

Überlaß sie dem Himmel
Und den Dornen, die im Busen
Ihr stechend wohnen

Am meisten jedoch genoß er die langen Nächte – den Geschmack der Wüste auf dem Kopfkissen und den tiefen Schlummer, ohne Korridore und Alpträume. Von Maggie träumte er ausschließlich tagsüber. Er nahm sie dann mit an den Schwimming-pool, frühstückte mit ihr zusammen auf der Terrasse, traf sie an schwülen Nachmittagen auf der Straße und flüchtete mit ihr in ein kühles klimatisiertes Kino oder in einen Eissalon. Dann verschwand sie plötzlich, und seine Sehnsucht nach ihr setzte ihm solange zu, bis sie wieder zurückkehrte. Und sie kam zurück – immer. Sie überquerte eine Kreuzung und winkte ihm zu, oder tauchte plötzlich aus der Menge auf, nahm ihn bei der Hand und rief ihn im Sonnenlicht mit sanfter Stimme beim Namen.

Sie verbrachten mehr als einen Monat miteinander, Tag für Tag. Er kaufte ihr ein »Nevada«-Emblem, das sie sich auf den Pullover nähen sollte. Er schenkte ihr Jetons, mit denen sie an den Automaten spielen konnte. Als ihm bewußte wurde, daß sie kein kleines Mädchen mehr war, sondern eine junge Frau Mitte zwanzig – und was für eine Frau! –, brütete er tagelang über ein Geschenk für sie nach. Es sollte etwas Außergewöhnliches sein. Ein Armband, ein Lancia oder ein Kleid von Saint

Laurent... aber was zum Teufel schenkte heutzutage ein Vater seiner über alles geliebten Tochter, um ihr zu huldigen, ihr seine Zuneigung zu beweisen? Schließlich ließ er in dem Schmuckgeschäft des Hotels ihr Sternzeichen auf einen Platinanhänger eingravieren und trug es für den Rest seines Lebens um den Hals.

Im April, als Joannas/Leonors Verluste am Würfeltisch auf 6200 Dollar gestiegen waren, flog sie nach Los Angeles zurück.

Zum Zeitpunkt ihrer Ankunft war am Flughafen irgendein Krawall im Gange. Eine Gruppe Männer und Frauen mit Gasmasken im Gesicht besetzte die Rollbahn und schwenkten Schilder wie WEG MIT DEN FLUGZEUGEN! VORSICHT ABGASE – BEI ATMUNG LEBENSGEFAHR! RETTET DIE UMWELT! Die Polizei löste das Ganze auf bewährte Art auf, und das Auge verlor in der allgemeinen Keilerei seinen Hut. Ein halbes Dutzend Demonstranten wurde von einer Rampe hinuntergestoßen und mußte mit der bereitstehenden Krankenwagenflotte ins Spital gebracht werden. Joanna/Leonor wurde gegen eine Wand gequetscht. Ihr Kleid war zerrissen, ihr Arm blutverschmiert. Ein Flughafenarzt legte ihr einen Verband an.

Sie holte ihren MG im Parkhaus ab und fuhr die Küste entlang nach Norden. Sie verbrachte die Nacht in Santa Maria und bog am nächsten Tag ins Landesinnere ab. Sie fuhr durch Paso Robles, Coalinga, Harford und Selma. An der Peripherie von Fresno hielt sie an einem an der Straße gelegenen Krankenhaus an und ließ den Verband wechseln.

Er fuhr an dem Krankenhaus vorbei, bog in eine Seitenstraße und hielt neben dem Zaun einer Golfanlage. Er schlug die *Chicago Sun-Times*, die er im Flugzeug gefunden hatte, auf und machte sich an das Kreuzworträtsel.

Das war der Tag, an dem die Spottdrossel ihn mit ihrem Gesang nervte – Gott sei Dank! Sonst hätte er den ganzen Vorfall unter Garantie vergessen. Sie höhnte von einem Baum in der Nähe auf ihn herunter und lärmte dabei wie ein wildgewordener Flötist. Einer der Golfer kam an den Zaun.

»Sie können hier nicht parken«, sagte er höflich. »Hier ist Privatgrund.«

Das Auge entschuldigte sich. »Ich bin schon den ganzen Tag unterwegs. Ich wollte mich nur kurz ausruhen.«

»Also gut, ich schätze, das geht in Ordnung. Solange Sie die Straße nicht blockieren.« Er ging weg.

Das Auge versuchte, sich wieder auf das Kreuzworträtsel zu konzentrieren, aber die Drossel schien ihn auf dem Kieker zu haben und bombardierte ihn mit ihrem Hohn und ihrer Verachtung. Er faltete die Zeitung zusammen und legte sie beiseite.

Joanna übernachtete in einem Hotel in Fresno unter dem Namen Diane Morell. Am nächsten Tag kehrte sie um und fuhr wieder Richtung Küste.

Ein paar Meilen vor Gilroy hielt sie auf dem Seitenstreifen und öffnete die Motorhaube des MG. Der Kühler dampfte. Sie versuchte, den Verschluß aufzuschrauben, verbrannte sich aber die Finger. Ein funkelnagelneuer Porsche hielt an. Ein Mann in einer rosa Strickjacke kam herausgesprungen.

»Lassen Sie nur«, sagte er. »Vergessen Sie die Kiste, ich kaufe Ihnen einen neuen.«

Das Auge trat auf die Bremse und hielt neben ihnen. »Ein Stück weiter gibt's eine Werkstatt«, rief er. Dümmer ging's nicht.

Er konnte um's Verrecken nicht verstehen, was ihn dazu bewogen hatte. Irgendein unwiderstehlicher Drang, eine andere Erklärung gab's dafür nicht. Sie nahmen natürlich nicht die geringste Notiz von ihm, standen über den dampfenden MG gebeugt und rissen Witze, unter anderem über ihn. Er fuhr weiter.

Herr Rosa Strickjacke holte sein Abschleppseil und beförderte sie nach Gilroy. Sie brachten den MG in eine Werkstatt und gingen auf einen Drink in ein Rasthaus.

Er folgte ihnen kurze Zeit später. Er setzte sich an die Bar. Sie hatten sich in das schummrige Licht eines Ecktisches zurückgezogen. Sein Radar benahm sich wieder seltsam auffällig. Irgend etwas war im Gange, das hatte er im Gespür!

Er nannte sie Diane, sie ihn Ken.

Der Laden war fast leer. Zwei kernige Tennisspieler standen an der Bar und verbreiteten den Gestank von Umkleidekabinen. Der Barkeeper war in irgendeine Diskussion verstrickt. Die Fensterläden waren geschlossen und ließen die Tische in einem trüben dunklen Licht verschwinden.

Ken. Ken. Ken. Er kannte ihn, er war sich sicher – sagte ihm sein Gespür. Kenneth. Kenley. Kendall. Indianapolis. St. Louis. Kansas City – Gefährlicher Typ. Fall von Hardcore-Sex. Südstaatler. Er öffnete die Aktenschränke seiner Erinnerung und kramte haufenweise Steckbriefe in verstaubten, mit Spinnweben überzogenen Kisten hervor. Tennessee. North Carolina. Mississippi. Nashville. Memphis. Chattanooga. Harte Sachen. Brutal. Gemein. Ein Draufgänger.

Ken bestritt fast die gesamte Unterhaltung. Joanna/Diane hatte sich zurückgelehnt und ließ sich von ihm in Zuckerwatte verpacken. Ken. Ken.

»Hat dir schon mal jemand gesagt« – er steckte sich zwei Zigaretten zwischen die Lippen – »daß du Augen wie ein Puma hast? Und welche Farbe – moosgrün!«

»Möschengrün, oder?« sagte sie lachend. »Möschengrüne Augen!«

Einen Augenblick lang war er wie vor den Kopf gestoßen. Dann lächelte er. »Lieber Himmel«, sagte er gedehnt. »Wie du redest!« Er zündete die Zigaretten an und gab ihr eine.

Du bist einfach hinreißend«, sagte sie. Das Auge erkannte die Stimme – Akzent – Tonfall – alles – sogar die Ironie. Er hörte gerade Dr. Martine Darras reden. »Hinreißend und superb. Und rosa.« Sie streifte über den Ärmel der Strickjacke. »Warum haben alle Männer es sich nur in den Kopf gesetzt, rosa zu tragen?«

»Die hier hat mir meine kleine Schwester gestrickt.« Er hielt sie am Handgelank fest und betrachtete den Verband. »Hast du dich geschnitten, Süße?«

»Ich bin gestürzt«, sagte sie. »Beim Skilaufen. In Chamonix. Daddy und ich. Im meterhohen Schnee, unter dem die rauhen Felsen lauerten. Dann hat er mich hochgezogen aus dem Loch und den Arm mit seinem Schal verbunden. ›Halt dich an mir fest‹, hat er gesagt. Und dann hat er mich auf den Rücken genommen und ist den Berg hinuntergesaust. Und was soll ich dir sagen, diese Vollidioten... diese Snobs und Playboys... diese Ski- und Schlittenesel, diese Millionäre und Neunmalklugen... diese ganzen arroganten Lackaffen mit Gesichtern wie babylonische Götzen... sie alle haben sich verschämt abgewendet. Weil sie selbst nämlich völlig unfähig gewesen wären, so zu handeln, weißt du. Die hätten ihre Tochter nämlich im Schnee verrecken lassen.«

Er grinste. Seine ebenmäßigen weißen Zähne schimmerten im Dunkeln. »Hast du noch mehr solcher Geschichten auf Lager?« fragte er.

Das Auge ging nach draußen. Der Porsche 927 stand in einer Ecke des Parkplatzes, die vom Rasthaus aus nicht eingesehen werden konnte. Er knackte das Kofferaumschloß und hob die Haube hoch. Der Kofferraumboden war mit einer Decke ausgelegt. Er zog sie weg und fand darunter ein Bowiemesser in einer Hartgummischeide, ein Bajonettmesser in einem langen Futteral, ein Jagdmesser mit Zehn-Zentimeter-Klinge, deren Spitze in einem Korken steckte, ein Fellmesser, drei große Springmesser und ein paar Schlagringe aus Messing. Alles schön säuberlich aufgereiht, wie ein Satz Schlachterutensilien in Frankensteins Labor.

Ken. Genau, jetzt erinnerte er sich. Da war noch ein Schuhkarton. Er nahm den Deckel ab: zig kleine Plastiksäckchen, ein Löffel, zwei Spritzen, Nadeln und ein Döschen mit Blue Devils. Er deckte den Karton zu und schlug die Decke wieder zurück.

Er hieß Dan Kenny. Das Auge schloß den Kofferraum und verriegelte ihn wieder. Louisville, Kentucky. Dan »Ken Tuck« Kenny. Alias Kenny Tucker. Triebtäter, Psychopath. Drei Verurteilungen – ein Raubüberfall, eine Körperverletzung und eine Homo-Sache. '76 hatte er eine gute Woche lang die Titelseiten der Zeitungen beschäftigt. Eins seiner Opfer, ein Typ aus Elkton, hatte ihn wegen sexueller Mißhandlung angezeigt. Es war aber nie zur Anklage gekommen.

Um halb sieben kehrten sie zu der Werkstatt zurück. Dann machten sie sich auf den Weg. Kenny fuhr mit dem 927er voraus, Joanna folgte im MG. Sie fuhren Richtung Santa Cruz und quartierten sich in einem Motel über der Bucht von Monterey ein. Die kommende Nachte würde es in sich haben.

Das Auge packte seine 45er aus, schob ein Magazin ein und steckte sie in den Gürtel. Ihr Bungalow lag am Ende der Häuserreihe in den Dünen, vom Meer durch einen hohen Drahtzaun getrennt. Er blickte durch das Badezimmerfenster. Joanna saß in der Wanne. Sie war erschöpft und stützte den Kopf in die Hände. Auf einem Stuhl stand ein Radio und spielte Beethovens Klavierkonzert in c-Moll. Ihr Sternzeichen lag auf der Fensterbank, keine zehn Zentimeter vor ihm. Er ging weiter zum nächsten Fenster.

»Diane?«

»Is' was?«

»Mach fix, Zuckerpüppchen!«

»Immer mit der Ruhe, du Arsch. Dein Zuckerpüppchen ist noch mitten in der Waschung.«

Im Schlafzimmer zog sich »Ken Tuck« Kenny gerade die Strickjacke aus und grinste in sich hinein. »Wie du redest!« Er knöpfte sich das Hemd auf. Er trug einen schweren Geldgürtel um die Hüften geschnallt. Er nahm ihn ab, deponierte ihn hinter der Couch und ging zu dem Schuhkarton auf der Kommode. Er hob den Deckel hoch und nahm eine Spritze heraus. Er drehte sich um. Joannas Handtasche lag auf dem Bett. Er ging hinüber, öffnete sie und kramte kurz darin herum. Sie war randvoll mit Geld. Er fing an zu pfeifen. »Einfach klasse, die Braut!«

Das Auge ging zurück zum Badezimmerfenster. Joanna stieg aus der Wanne, das Wasser triefte auf den Boden. »Was?«

»Ich hab gesagt, was für 'ne Klassebraut.«

»Ich kann dich nicht verstehen.«

»War auch nicht wichtig.«

Sie warf sich einen Kimono über, zum Abtrocknen fühlte sie sich zu schlapp. Sie nahm das Sternzeichen und hängte es sich wieder um den Hals. Sie ging ins Schlafzimmer.

Er schlich sich an das andere Fenster. Kenny war weg. Sie ging zur Kommode und betrachtete stirnrunzelnd die Spritze. Sie griff in den Karton und nahm eine Nadel heraus. Wo zum Teufel war Kenny abgeblieben? Sie ging zum Bett und öffnete die Handtasche. Das Geld war noch da. Sie atmete erleichtert auf, kramte etwas tiefer und holte einen winzigen Revolver heraus. Das Auge staunte Bauklötze. Wo, verdammt nochmal, hatte sie den her? Mußte sie sich in Las Vegas besorgt haben! Sie steckte ihn unter das Kopfkissen. Wo zum Teufel war Kenny?

Er drehte sich um.

Kenny holte nach ihm aus. Er duckte sich. Der Schlag landete auf der Wand hinter ihm. Er rannte los. Kenny schlingerte hinterher und holte mit einem Mordsgebrüll wieder aus. Der Schlagring schrammte quer über seine Schulter, riß ein Loch in das Sakko und verletzte ihn an der Wirbelsäule. Er sprang den Zaun hoch, schwang sich drüber hinweg, ließ sich auf die andere Seite fallen und purzelte die Düne herunter. Er taumelte wieder auf die Beine und raste am Strand entlang.

Kenny lachte. »Ahoi, du Wichser!« rief er hinterher. Er kehrte in die Hütte zurück. Endlich kam er in Fahrt! Er zitterte vor Aufregung und erwartungsvoller Freude. Joanna starrte den Schlagring an. Er warf ihn auf das Bett. »Bloß 'n mieser kleiner Spanner draußen«, sagte er, immer noch außer Atem. »Konnte es wohl nicht lassen.« Er spielte mit den Fingern vorne an ihrem Kimono herum. »Kann man ihm wirklich nicht verübeln. Da gehen einem ja die Augen über, Kleines. Du siehst einmalig aus, echt scharf!«

Sie deutete auf die Spritze. »Was willst du mit diesem Ding, Ken?«

»Die ist für dich, Zuckerpüppchen.«

»Ist sie nicht.«

»Klar.«

»Nicht mit mir.«

»Ich hab das nicht gern, wenn ich mich alleine anturnen muß.«

»Du legst jetzt schon mal los. Ich schau nur zu.«

»Nur zuschauen, hm?« Er stieß sie gegen die Wand, grapschte nach ihr. »Den Freaks zuschauen. Mal sehen, was die für komische Sachen machen. Wie im Zirkus. Eintritt frei.«

Seine Hose wölbte sich. Er rieb sich an ihr. »Du wirst deinen Freunden schon was zu erzählen haben, verlaß dich drauf.«

Sie versuchte, an ihm vorbeizukommen. »Ich hab keine Freunde.«

»Dann deinem Daddy.« Er rammte ihr sein Knie zwischen die Beine. »Der gute alte Daddy.«

»Mein Vater ist tot.«

Sie stieß ihn zurück und rannte zum Bett, um nach dem Revolver zu greifen. Er holte nach ihr aus und traf sie seitlich am Kopf. Sie fiel zu Boden. Er trat ihr mit dem Fuß auf die Hand.

»Gefällt dir, oder? Willst du mehr?« Er schlug sie wieder und drückte sie der Länge nach auf den Boden nieder. »Hm? So! Fang jetzt bloß nicht an, zu schreien, ich tret dir die Zähne ein!« Er beugte sich vor und biß sie in den Po. »Kleine süße Pumatussie!« Er riß den Kimono zurück und rieb sein Gesicht an ihren Schenkeln.

Er ließ einen Augenblick von ihr ab und ging zur Kommode. Er zog sich die Hose aus, machte an seinem Ständer rum, tätschelte ihn. Er zerknüllte eine Zeitung, warf sie in den Aschenbecher und zündete sie an. Er nahm den Löffel aus dem Karton und erhitzte ihn über die Flamme.

Er nahm die Spritze, steckte eine Nadel drauf und füllte sie auf. Er hüpfte selig zu ihr zurück, kniete sich nieder und rollte sie auf den Rücken. Er stieß ihr die Spritze in den Arm und drückte sie aus.

Danach bereitete er einen zweiten Schuß vor und setzte sich ihn. Er ließ sich auf den Boden nieder und tätschelte weiter seinen Schwanz, bis die Droge wirkte. Er kroch zu Joanna und riß ihr den Kimono vom Leib. Er spielte an ihren Zehen, den Brustwarzen und dem Bauchnabel herum. Er versuchte, ihr Ohr zu penetrieren, erschlaffte dabei aber. Er drückte ihr den Schwanz in die Hand und stieß vor und zurück, bis er wieder stand.

Sie starrte ihn an, blickte finster auf seine Brusthaare. Er setzte sich auf ihr Gesicht, federte auf und ab und versuchte, zu defäkieren. Dann ließ er sich nach vorne auf die Ellbogen fallen und horchte.

Draußen röhrte ein Wagenmotor auf.

Er schnellte hoch, sprang zur Tür, schob den Riegel zurück, riß sie auf und wankte nach draußen. Der Porsche und der MG standen immer noch Seite an Seite im Hof. Er schlenderte gemächlich um die beiden Fahrzeuge herum und überprüfte die Türen. Alles verriegelt.

»Du kannst es wohl nicht lassen, was!« rief er in die Dunkelheit hinaus. Er stolperte in die Hütte zurück, knallte die Tür zu und verriegelte sie wieder.

Joanna schleppte sich zum Bett. Er quiekte vor Freude, packte sie an den Knöcheln und zerrte sie auf den Boden zurück. Er ging ins Badezimmer, setzte sich auf den Wannenrand, schnappte sich einen ihrer Strümpfe, wand sich lüstern, zog ihn an und hob wie ein Revuegirl sein haariges Bein hoch. Dann legte er sich ihren Büstenhalter an. Er stand auf und tänzelte ins Schlafzimmer zurück. Er klatschte in die Hände, stakste auf und ab und trällerte ausgelassen.

Er tanzte einen Cakewalk um das Bett, hopste über Joanna hinweg – und blieb stehen. Das Auge lehnte an der Kommode und lächelte ihn an. Sein Arm schoß katapultartig nach vorne und peitschte mit dem Lauf der 45er über sein Kinn, zertrümmerte seine ebenmäßigen weißen Zähne und jagte ihn geradewegs in die Bewußtlosigkeit.

Er schlug die Bettdecke zurück, hob Joanna sanft vom Boden auf und legte ihren nackten Körper vorsichtig aufs Bett. Ihr Mund schäumte, und sie murmelte immer wieder, »Tu ihr nicht weh... bitte tu ihr nicht weh.« Sie starrte ihn mit halbgeschlossenen Lidern an und versuchte, sich aufzurichten. Er hielt sie sanft unten. Als sie endlich schlief, befeuchtete er einen Waschlappen und wischte ihr Gesicht ab.

Er fischte die Wagenschlüssel aus Kennys Jeans, öffnete die Tür, schleppte ihn nach draußen, schloß den Porsche auf und wuchtete ihn hinein.

Er ging zurück und hob den Geldgürtel hinter der Couch auf. Er enthielt dicke Bündel von Hundert-Dollar-Scheinen. Er zweigte zwanzig davon für sich ab, den Rest legte er neben Joanna auf das Kopfkissen.

Er sammelte die rosa Strickjacke auf, das Hemd, die Hose, die Schuhe und die Socken, Kennys Reisetasche und den Schuhkarton, brachte alles zusammen nach draußen und stieß mit dem Fuß die Tür hinter sich zu. Er leerte die Plastiksäckchen über Kenny aus, schüttete die Nadeln und Spritzen über ihn und schmiß noch die Reisetasche samt den Kleidern auf ihn drauf.

Er setzte sich hinters Steuer, löste die Handbremse und rollte geräuschlos auf den Highway hinaus. Nach ungefähr fünf Meilen fuhr er den Wagen in die Dünen, schraubte den Tankdeckel ab und schüttete mehrere Handvoll Sand in den Tank. Danach ließ er die Luft aus den Reifen.

Als er wieder im Hof des Motels angelangt war, ging bereits die Sonne auf.

Der MG war weg.

Er rannte in den Bungalow. Das Bett war leer. Der Geldgürtel war weg. Auch Joannas Gepäck. Und sie selbst.

Weg.

Er stand da und blickte hilflos umher. Der Schlagring war auf dem Boden liegengeblieben. Er hob ihn auf und griff unter das Kopfkissen. Auch der Revolver war noch da. Er steckte ihn ein und ging.

Auf der Veranda stand eine alte Frau im Schlafanzug, die sich einen Zigarrenstumpen anzündete.

»Guten Morgen«, sagte sie.

»Das Mädchen von Nummer hundertelf...«

»Die ist gerade weg.«

»Vor wieviel Minuten?«

»Zwanzig.«

»In welche Richtung?«

»Wie zum Teufel soll ich das wissen?« Sie wies zum Highway hinüber. »Die Richtung.«

Er stieg in seinen Wagen und fuhr zum Tor hinaus. Er hielt an und blickte die Straße auf und ab. Links ging es nach Santa Cruz, rechts nach Wastonville. Wohin – das war die Frage! Sie konnte auf dem Weg nach San Francisco sein, oder sie war zurück nach Los Angeles gefahren.

Er fuhr links herum. In Santa Cruz kaufte er sich eine Zeitung und sah in der Horoskopspalte nach.

STEINBOCK: »Wer viel reist, erfährt viel.« Ihnen entgeht nichts, wenn Sie eine Zeitlang allein verreisen, um sich in Ruhe ein paar Sachen durch den Kopf gehen zu lassen. Unbekannte Ufer locken. Folgen Sie Ihrer Eingebung.

10

Er fuhr nach Los Gratos und San Jose. Nach Palo Alto, Redwood City und San Mateo. Er fuhr praktisch überallhin, zeigte jedem, der ihm über den Weg lief, die Fotos: Hotelportiers, Zimmermädchen, Barkeepern, Kellnerinnen, Tankstellenwärtern, Busfahrern, Taxifahrern, Friseuren, Bahnhofsgepäckträgern und Zeitungsjungen.

Das Haus auf dem Oak Drive in Beverly Hills blieb weiterhin leer. Auf dem Rasen stand ein Schild: »Zu verkaufen«. Er rief Ted Forbes an, spielte den alten Schulkameraden, der Charlotte Vincent noch aus ihrer Zeit in New Jersey kannte, und bat ihn um ihre Adresse.

»Damit kann ich leider nicht dienen«, sagte Ted. »Charlotte hat Los Angeles bereits vor Monaten verlassen. Im März. Seitdem haben wir nichts mehr von ihr gehört.«

»Wie kann ich sie erreichen?«

»Ich hab nicht die leiseste Ahnung. Tut mir leid.«

Das Auge hatte ebenfalls nicht die leiseste Ahnung. Er fuhr an der Buchhandlung in der Hope Street vorbei. Ein Friseursalon hatte dort eröffnet.

Er blieb zwei Monate in Alameda und kurvte endlos im Umland herum. Er machte Station in Livermore, Tracy, Stockton, Sonora, Angel's Camp, Lodi, Rittsburg, Richmond, Berkeley und Oakland. Anschließend hielt er sich einen Monat in San Francisco auf und klapperte systematisch Hotels ab.

Es gab jedoch, mußte er sich eingestehen, keinen einzigen Beweis dafür, daß sie noch in Kalifornien war. Aber wo sonst hätte er suchen, was sonst tun sollen? Er stand regelmäßig um sechs Uhr morgens auf, hielt das Morgengrauen für Abenddämmerung, döste bis Mittag im Zimmer in Erwartung der

Dunkelheit, legte sich wieder schlafen und wachte um vier oder fünf auf, in dem Glauben, der Tag sei gerade erst angebrochen. Einmal, an einem Nachmittag, fand er sich am Half Moon Beach wieder und rätselte, wie er dorthin geraten war. Ein anderes Mal, es war Abend, schlief er in seinem Wagen auf einem Parkplatz in San Lorenzo ein, um fünf Stunden später am anderen Ende der Bucht im Wartesaal eines Busterminals wieder aufzuwachen. Eines Morgens schaute er in den Spiegel und stellte völlig überrascht fest, daß er einen Schnurrbart hatte.

Manchmal lag er stundenlang auf dem Boden seines Hotelzimmers, umgeben von ihren Fotos, und versuchte, sie sich zu vergegenwärtigen, sich aus den unzähligen Masken und Perücken ein lebendiges Bild der echten Joanna zusammenzusetzen, zu irgend etwas Greifbarem zu kommen, etwas, das seiner Hoffnung, sie wiederzufinden, Nahrung geben könnte. Seine Radarsonde fuhr in alle Richtungen aus, strich über Hunderte von Dörfern und Städten hinweg, bekam sie aber einfach nicht zu fassen.

Drei Monate lang schaute er nicht ein einziges Kreuzworträtsel an.

Im August las er in einer Zeitung, daß drei Sträflinge bei einem Aufstand in einem Gefängnis in San Jose umgekommen waren. Einer von ihnen war Dan »Ken Tuck« Kenny. Er war zu einer zehnjährigen Freiheitsstrafe wegen eines Drogendelikts verurteilt worden.

Anfang September mußte er sich eingestehen, daß er gescheitert war. Entweder er gab auf, oder er landete über kurz oder lang in der Irrenanstalt. Schließlich rasierte er sich und rief Baker an.

»Mist, verdammter! Das darf doch nicht war sein!«

»Ich habe Paul Hugo verloren, Mr. Baker.«

»Ich habe zwei Jungs nach Rom geschickt, die die ganze Stadt nach euch beiden durchkämmen!«

»Ich bin nicht in Rom, ich bin in Frisco.«

»In Frisco?!«

»Im Mai ist er nach Kairo geflogen, und von da aus via Bombay und Singapur nach Hongkong gereist.«

»Der reine Wahnsinn!«

»Er ist gestern in die Staaten zurückgekehrt, und heute morgen habe ich seine Spur verloren. Was soll ich jetzt tun?«

»Wir blasen die Sache ab. Seine Eltern haben letzte Woche nach einem Autounfall in Florida das Zeitliche gesegnet. Kein Klient, kein Auftrag.«

»Das ist aber Pech.«

»Machen Sie sich keine Sorgen. Die letzte Überweisung von den Hugos wird Ihre Kosten schon decken. Wieviel haben Sie ausgegeben?«

»Also, ich schätze... hmm...vierzig Riesen.«

»Allmächtiger Gott!«

»Ich hab mich bemüht, so wenig wie möglich auszugeben, aber –«

»Okay. Geht schon in Ordnung. Dann kommen Sie mal zurück.«

»Ich würde gerne ein paar Wochen freinehmen. Ich könnte etwas Taschengeld gebrauchen.«

»Wenden Sie sich an unsere Filiale. Und die verdammte Buchhaltung lassen sie ebenfalls dort abwickeln!« Er legte auf.

Das Auge lieh sich im Hotel eine Schreibmaschine aus, fälschte ein paar Quittungen und ging damit zur Watchmen, Inc.-Filiale auf der Post Street. Die Buchhaltung ließ die Quittungen über Telex verrechnen und stellte ihm einen Scheck über fünfundvierzigtausend Dollar aus, ungefähr das Dreifache der Summe, die er in den letzten acht Monaten ausgegeben hatte.

Er ließ sich den Scheck bei einer Bank gutschreiben, kaufte sich zwei Anzüge, ein halbes Dutzend Hemden, mehrere Krawatten, ein Paar Hugo-Schuhe (»Gegründet 1867«) und einen Harris-Tweedmantel. Er kaufte sich einen fabrikneuen VW Golf, seinen alten Wagen konnte er in Zahlung geben. Er wechselte das Hotel. Er trank drei doppelte Cognacs. Dann legte er sich ins Bett. Er wartete auf das, was kommen würde.

Er war überrascht, als er sich plötzlich in dem Schulkorridor wiederfand, wie er versuchte, die Klassenzimmertüren zu öffnen. Sie waren alle vierriegelt, was sonst. Schließlich spielte er immer noch in dem gleichen alten, drittklassigen Film! Zum Totlachen! Er war vernarrt in diesen Film! Hunderte von Malen hatte er ihn gesehen! Der Held war ein armer kleiner Schnüffler, der seine Tochter suchte, und der nicht müde wurde, an Türen anzuklopfen... Zum Schreien! Da war dieses Klassenzimmer, irgendwo in dem Gebäude, und fünfzehn kleine Mädchen drückten die Schulbank. Eins davon war Maggie... aber er wußte nicht, welches. Sie versteckte sich vor ihm. Warum? Das war das Geheimnis. *Das Geheimnis der fünfzehn winzigen Schulmädchen.* Wie dem auch sei, sein großer Auftritt – das Denouément (*theatersprl. Auflösung einer undurchschaubaren Verkettung von Ereignissen*, zehn Buchstaben) – war, daß er in das Zimmer platzte und schrie, *Maggie! He, Maggie! Wo bist du?* und... Nun, es war eben ein Film. Er würde sie dann zwischen den Unterrichtsstunden erwischen. In der – wie sagte man doch gleich. Klassenpause.

Er setzte sich auf eine Bank im Korridor, rauchte eine Gitane und wartete auf das Glockenzeichen. An der Wand gegenüber waren zwei Handtuchhalter angebracht, der eine war *FÜR IHN*, der andere *FÜR SIE*. Er holte das Taschenbuch hervor, um endlich das siebte Kreuzworträtsel zu lösen.

Tschechoslowakei. Moment mal! Er wußte die Lösung, aber sein Füllfederhalter war leer. Er versuchte, die vier Buchstaben hinzukritzeln, was nicht ging, klar. Keine Tinte. War aber egal. Jetzt, wo er einmal die verdammte Lösung kannte, mußte er sie nur im Gedächtnis behalten, bis er wieder aufwachte. Es handelte sich um den Namen eines Heiligen, der mit einem *J* begann. *Sankt Johannes... Sankt Jakob... Sankt Joseph... Sankt Johanna... J... J...* Warum eigentlich *J*? Hospitaliter, das war's! Die Ritter des Johanniterordens! Aber was zum Teufel hatte das mit der Tschechoslowakei zu tun? Dann hörte er ihre Stimme, wie sie ihm ins Ohr flüsterte – *Tu ihr nicht weh.*

Plötzlich richtete er sich auf. Er war hellwach.

Regen prasselte an das Fenster. Die Nachttischlampe brannte. Er schaltete sie aus. Das trübe Licht der Morgendämmerung schlug sich in den Ecken des Zimmers als Feuchtigkeit nieder.

Tu ihr nicht weh. Das hatte sie in dem Motel gesagt, kurz nachdem er Kenny umgehauen hatte.

Er zog sich an und ging ins Foyer hinunter. Es war jetzt ungefähr sechs. Der Nachtportier rang sich ein klägliches Lächeln ab. »Guten Morgen, Sir.«

»Guten Morgen.« Er ging nach draußen und spazierte in den verlassenen, bleiernen, regennassen Straßen umher. *Tu ihr nicht weh.* Sie erzählte ihm, wo sie war, die Lösung dazu lag in seinem drittklassigen Traum, daran gab es keinen Zweifel.

Er setzte sich auf eine triefnasse Bank in der Nähe des Parks.

Sie hatte ihn damals für Kenny gehalten und ihn angebettelt, ihr nicht weh zu tun. Ihr. Mir. Reflexiv oder nicht? Nein! Quatsch! Sie hatte eindeutig *ihr* gesagt – bitte tu *ihr* nicht weh! Sie mußte also jemand anderen als sich gemeint haben! Aber *wen*?

Er würde schon noch draufkommen.

Er strich den Satz erst mal aus seinem Gedächtnis, und versuchte statt dessen den Rest des Traums zu analysieren. Den leeren Füllfederhalter – eine typisch freudianische Verschlüsselung. Eindeutig. Der unvermeidliche Penis. Keine Tinte. Impotent oder steril oder so was. Das *J* war – was? Ein Heiliger? *San* oder *Santa*? Vielleicht eine der Städte, die er erst kürzlich durchkämmt hatte? San Jose? San Juan? Santa Juanita? Und die Schule mit den Klassenzimmern... der Korridor, das ganze Drum und Dran... das war Maggie gewesen. Eine Montage, nichts weiter.

Moment mal! Vielleicht aber auch nicht. Träume waren mitunter von solcher Raffinesse, daß sie einem im wachen Zustand stets lächerlich vorkamen. Maggie. Seine Tochter. Die Schule. Ein Gebäude. Ein Gebäude mit darin versteckten Kindern. Vollidiot! Langsam kam es ihm! *J*! Ihre und seine Johanniter! Tu ihr nicht weh!

»Was gibt's, Freundchen?«

Er drehte sich um. Neben der Bank stand ein großgewachsener Polyp.

»Zahnschmerzen. Konnte nicht schlafen.« Er hielt sich den Unterkiefer. »Bringt mich noch um.«

»Wohnen Sie hier in der Gegend?«

»Hotel, da drüben.«

Der Polizist warf einen Blick auf seinen Tweedmantel, dann auf die tadellosen Schuhe. »Sie brauchen ein Aspirin. Vitamin B1.«

»Schon probiert. Völlig wirkungslos.«

»Und was werden Sie jetzt tun?«

»Zum Zahnarzt gehen. Hab einen Termin für neun Uhr. Bis dahin durchhalten.«

»Sie sollten aber aufpassen, nicht als Stadtstreicher eingesperrt zu werden.« Er ging weiter und kicherte vor sich hin.

Das Auge sprang auf und ging in den Park. Mist, verdammter! Jetzt war es wieder weg! Jetzt lag wieder alles in Trümmern! Verdammte Hühnerscheiße! In Gedanken druckte er ein Watchmen, Inc.-Protokollformular aus:

> Person – Joanna Eris
> Kommentar – Während meiner zehnmonatigen Beschattung suchte die o. g. Person eine Stelle in der Stadt San J. auf. Nach ihrem Verschwinden ist sie mit aller Wahrscheinlichkeit an diesen Ort zurückgekehrt und hält sich zum gegenwärtigen Zeitpunkt dort auf. Die Schlußfolgerung weist drei Schwachstellen auf: (a) Ich weiß nicht, wo dieser Ort liegt. (b) Ich weiß nicht, warum sie dorthin zurückgekehrt ist. (c) Ich weiß nicht, warum sie überhaupt jemals dorthin gekommen ist.

Natürlich wußte er! Und schon heute würde er sie finden! Scheiß drauf! Nur noch ein klitzekleines Teilchen fehlte, und das Puzzle wäre komplett. Er lehnte sich an einen Baum und knabberte an den Fingernägeln. Jetzt immer mit der Ruhe. Er würde schon noch draufkommen. Sie und Kenny waren in dem Motel an der Monterey-Bucht abgestiegen. Okay. Und davor? Sie hatte in einem Hotel in Fresno übernachtet. Und davor? Selma, Harford, Coalinga und Paso Robles. Eine Nacht in Santa Maria. Dann L. A. und Las Vegas. War sie vielleicht nach Las Vegas zurückgekehrt? Sein Radar kreiste surrend. Nein, Fehlanzeige. Aber L. A.? Sein Radar schnarrte – zzzzzzzzzz! Ja! Das war was! Nur was? Sie waren in Los Angeles gelandet.

Am Flughafen war dieser Krawall. Sie hatte sich am Arm verletzt. Ein Arzt legte ihr einen Verband an. Sie ging ins Parkhaus, holte den MG ab und fuhr nach Norden, die Küste entlang... Das zzzzzzzzz verschwand. Seine Gedanken stoben auseinander.

Mattscheibe.

Schlimmer als Kreuzworträtsel Nummer sieben.

Es hörte auf zu regnen. Die Sonne kam heraus. Der Park füllte sich mit Spaziergängern. Ein Leierkastenmann spielte »O Susannah!«.

It rained all night the day I left
The weather it was dry
The sun so hot I froze to death
Susannah don't you cry...

Dann fing die Spottdrossel an zu zwitschern. Sie saß auf einem Ast direkt über ihm und sang mit beißendem Spott. Das war es! Jesus, Maria und Josef! Die Spottdrossel! Heiliger Bimbam! Er war in diese Seitenstraße hinter dem Golfplatz gefahren. Er hatte sich an ein Kreuzworträtsel gemacht, und dann hatte dieser bescheuerte Vogel angefangen, ihm mit seinem Geschrei den letzten Nerv zu rauben. Einer der Golfspieler war herübergekommen und hatte gesagt, »Sie können hier nicht parken«. Und sie war – sie ließ sich gerade den Verband wechseln! *Hospitaliter!* Hospital! Ein Krankenhaus! Auf der anderen Seite von Fresno! Und dort war sie jetzt, garantiert!

Vier Stunden später war er in Fresno. Er durchquerte die Stadt und bog links in die Selma Road ein. Er fuhr in die Seitenstraße, die an den Golfplatz grenzte. Er stieg wie betäubt aus dem Wagen. Er stand fünf Minuten lang neben dem VW, leckte sich nervös die Lippen und zitterte wie ein Epileptiker. Die letzten achtzig Meilen hatten ihn davon überzeugt, daß seine Beweisführung reines Wunschdenken war, daß sie auf nichts und wieder nichts beruhte.

»Sie können hier nicht parken.« Ein fetter Caddie stand auf der anderen Seite des Zaunes und schlenkerte mit einem Schlüsselbund.

Das Auge nickte nur und ging die Straße hoch zur Krankenhauseinfahrt. Er las das Schild am Torpfosten. San Joaquin Entbindungsanstalt.

J.

Er ging die Auffahrt hoch. Unter den Bäumen des Vorplatzes parkten mehrere Wagen. Zwei Jaguar, ein Mercedes, ein Lancia HPE, eine Austin Allegro, ein Plymouth Volare. Und ein MG.

Der Empfangsraum war geräumig, niedrig und kühl. Die Fliesen waren aus Terracotta, und die hintere Wand zierte das Mosaik einer Utrillo-Szene. Ein hübsches Mädchen in gestreiften Kittel saß an einem Schreibtisch und las Buster Crabbes *Energistics.*

»Sie kommen zu spät«, sagte sie. Er glotzte sie verdutzt an. »Unsere Besuchszeiten sind von halb zehn bis halb elf. Und von zwei bis vier.« Sie hatte grüne Fingernägel und kam, ihrem Akzent nach zu urteilen, aus Massachusetts.

»Ähmm...«, sagte er. Er brachte keinen Ton mehr heraus! Seine verdammte Stimme war weg! Er preßte den Mund zusammen und konzentrierte sich auf den Utrillo. Eine braune Windmühle. Zäune. Bäume. Ein hellblauer Himmel. »Für einen richtigen Besuch fehlt mir sowieso die Zeit. Ich bin eigentlich mehr oder weniger zufällig hier vorbeigekommen, und ich hab gedacht, ich halt kurz an und« – Mist! Welchen Namen benutzte sie hier? – »seh mal nach, wie es denn um unser Sorgenkind bestellt ist.« Charlotte Vincent? Leonor Shelley? Diane Morrell? Mrs. Ralph Forbes? Nein. Sie würde ihr Kind nie und nimmer unter einem falschen Namen zur Welt bringen! Oder doch?

Das Mädchen nahm den Deckel eines Karteikastens ab. »Wie ist der Name?«

»Joanna Eris.«

»Ach so, der geht's gut. Sind Sie mit ihr verwandt?«

»Nur befreundet, nur befreundet«, plapperte er drauflos. »Ich war verreist. Ich bin heute morgen zurückgekehrt und habe von – davon gehört. Ich bin sofort hergekommen.« Er verbarg seine zitternden Hände in den Taschen. »Ich hab gedacht, du schneist da jetzt einfach mal rein und« – Er würgte und schluckte. »Schon eine Ewigkeit her, seit ich sie das letzte Mal gesehen hab und...«

»Wissen Sie denn« – sie flüsterte – »daß sie das Baby verloren hat? Jammerschade. Ein kleines Mädchen. Sie ist aber gut drüber weggekommen. In ein paar Tagen wird sie hier raus sein.«

Er starrte sie an und sah plötzlich drei Mädchen in gestreiften Kitteln an drei Empfangstischen. »Ich möchte sie sehen«, sagte er.

»Besser, Sie warten bis heute nachmittag. Heute morgen sind ihr Beruhigungsmittel verabreicht worden und –«

»Ich möchte sie sehen.«

»Aber –«

»Ich möchte sie sehen. Bitte.«

»Können Sie es nicht heute nachmittag noch mal versuchen?«

»Bitte.«

Eine Krankenschwester kam am Empfangstisch vorbei. Das Mädchen stand auf und lief ihr hinterher. Sie tuschelten miteinander und blickten zu ihm her. Dann winkte die Schwester ihn herbei und führte ihn durch den Empfangsraum in einen Durchgang.

Sie öffnete eine Tür und ging hinein.

Die Jalousien waren zugezogen. Ein einzelner zarter klarer Streifen Sonnenlicht fiel durch das Dunkel des Zimmers auf Joannas Arm, der aus dem Bett herunterhing.

Er beugte sich über sie.

Sie schlief fest. Sie lag auf der Seite, auf dem Kissen ihr Profil, das im Dunkel wie eine Maske aus Ebenholz wirkte. Er setzte sich neben sie und streckte die Hand aus, scheu und zögerlich.

Er lächelte, und eine gewaltige Stille kehrte in seine Seele ein. Er nahm ihre Hand und legte behutsam ihren Arm zurück aufs Bett, plazierte ihn auf dem Laken wie eine kostbare, zerbrechliche Jadeschale.

Sie bewegte sich, öffnete den Mund. Sie roch nach Medizin und duftenden Salben. Ihr Haar war gewachsen. Ihre Hände waren schlanker geworden.

Er hatte sie gefunden. All seine Entbehrungen waren nicht umsonst gewesen, endlich bekam er seine Belohnung – ein schlafendes Mädchen im Halbdunkel eines Zimmers. Die Welt war ein Abgrund, voll von den Männern, die sie hingeschlachtet hatte, aber sie war seine Erlösung, die Gnade, die ihm endlich zuteil geworden war. Er würde sie nie mehr verlassen. Sie waren für immer unter den Eichen vereint, mit all ihren verlorenen Töchtern und ihrem geheimnisvollen Schweigen.

11

»Wer war er?« fragte Joanna.

»Er hat keinen Namen hinterlassen.«

»Und er hat nach mir gefragt?«

»Ja.«

»Er hat nach Joanna Eris gefragt?«

»Ja. Er hat gesagt, er wäre ein Freund von Ihnen.«

»Wie hat er ausgesehen?«

Sie waren im Krankenhausgarten und spazierten einen verträumten Pfad entlang, durch hohes wildwachsendes Gras. Er stand keine zwei Meter von ihnen entfernt, hinter einem Fliederbusch auf einer kleinen Hügelkuppe.

»Das tun sie oft«, sagte die Krankenschwester.

»Wer tut was?«

»Vertreter, Fotografen und so weiter. Sie verschaffen sich aus der Patientenkartei ein paar Namen, tauchen dann am Empfang damit auf und stellen sich als Freunde der Familie vor.«

»Und warum?«

»Um einen ihr Zeugs anzudrehen. Sie wissen schon, Besteck und Babyfotos – diesen ganzen Mütter-Kram. Oder vielleicht war er ein Reporter. Manchmal schleichen die hier herum und hoffen, daß irgendein Showstar mal wieder ein Kind abtreiben läßt.« Sie nannte drei Hollywood-Schauspielerinnen. »Alle drei waren in St. Joaquin. Natürlich unter falschem Namen.«

»Das muß es dann wohl sein – ja. Irgendwas in dieser Richtung. Niemand weiß, daß ich hier bin.« Trotzdem, die Antwort konnte sie nicht befriedigen. Sie drehte sich um und spähte im Garten umher, die Hände auf den Hüften.

Ihre Tochter hatte Jessica geheißen. Sie lag an den Ufern des San Joaquin River begraben. Joanna verbrachte dort jeden Tag eine Stunde und setzte sich neben das Grab, neben den kleinen Grabstein mit der Inschrift *Jessica Eris, 15 Tage alt.*

Der Friedhof lag in einem Waldgelände, beschattet von Grüppchen alter knorriger Bäume, mit wilden Blumen an Abhängen und Böschungen, gewundenen Spazierwegen, Hecken, Farnkräutern und moosbewachsenen Mauern. Joanna nahm immer einen Krug Rosen oder Tulpen oder Narzissen mit, den sie auf den winzigen Grabhügel stellte. Dann setzte sie sich auf den Boden, faltete die Hände im Schoß und versuchte, mit ihrer Trauer klarzukommen. Er empfand noch kein Mitleid mit ihr, jedenfalls nicht wirklich. Sie war wie benommen von ihrem Unglück, im apathischen Dämmerzustand eines Schocks. Das wirkliche Entsetzen würde sich erst später einstellen – viel später, wenn sie wieder klar zu denken vermochte.

Am darauffolgenden Wochenende konnte sie das Krankenhaus endlich verlassen. Sie fuhr nach Sakramento. Sie nahm sich unter dem Namen Ellen Tegan ein Zimmer in einem Hotel, meldete sich in einem Fitneßcenter an und verbrachte die nächsten drei Wochen mit Schwimmen und Gymnastikübungen. Sie ließ sich wieder die Haare schneiden. Sie trank nicht einen Tropfen. Sie legte sich des öfteren ins Solarium und verlor nach und nach die Krankenhausblässe. Sie machte lange Spaziergänge, durch viele Straßen, jeden Morgen, und marschierte mit athletischen Schritten vom einen Ende der Stadt zum anderen. Er konnte kaum mithalten.

Einmal, sie waren wieder unterwegs auf einem dieser selbstmörderischen Fußmärsche, war er einen Moment lang leichtsinnig gewesen, und beinahe wäre es passiert. Sie lauerte ihm in einem Hauseingang auf und ließ ihn vorbeigehen. Im letzten Augenblick bemerkte er die Falle. Er schlenderte so lässig wie möglich in das nächste Gebäude. Ein Mietshaus. Er hatte Glück, die Haustür war nur angelehnt. Er lief geradewegs ins Foyer, betrat den Aufzug und drückte den fünften Stock.

Fünf Minuten später kam er über die Haustreppe wieder nach unten. Sie stand in der Vorhalle, die Arme in die Hüften gestemmt und las die Namen auf den Briefkästen. Er schlüpfte zum Hinterausgang hinaus, lief um das Gebäude herum und erwartete sie eine Querstraße weiter oben, als sie ihren Spaziergang wiederaufnahm.

Am Nachmittag des gleichen Tages suchte sie einen Mann namens Pancho Kinski auf. Sein Büro lag im hinteren Teil eines heruntergekommenen Backsteinbaus an einer kleinen Gasse. Das Schild auf der Tür war nichtssagend: *Kinski Dienstleistungen*. Er war kleingewachsen, kräftig und zäh, dumm und gemein.

Und er war ein Privatschnüffler.

Sie drückte ihm ein paar Dollar in die Hand und engagierte ihn für drei Tage. Pancho kam aus seinem Loch gekrochen und fing an, die Nase in den Wind zu halten. Das Auge wußte in Nullkommanichts, was den Typen auf die Straße trieb. Er suchte *ihn*!

Das Auge versuchte, ihm auszuweichen, was aber praktisch unmöglich war – Joanna lockte ihn immer wieder in einsame, abgelegene Gegenden. Ein Straßenimbiß an einem Highway, ein Café in einem Bootshaus auf dem Fluß, eine Kegelbahn am Stadtrand und ein kleines Theater in Folsom. Und irgendwann hatte Kinski, wenn er auch noch so unfähig war, ihn aufgespürt.

Am Abend des dritten Tages schlug er zu, auf die harte Tour.

Joanna fuhr nach Lincoln zum Abendessen. Das Auge war in seinem VW Golf etwa drei Meilen hinter ihr. Kurz vor Roseville überholte ihn ein Chevrolet Sedan und zwang ihn an den Straßenrand. Pancho, der einem etwas zu groß geratenen Liliputaner glich, kam herausgesprungen. Er hielt eine Pistole von den Ausmaßen eines Pianobeins.

Ich hab dich!« schrie er. »Jetzt aber raus!«

Er hatte zwei Typen mitgebracht. Eine hochgewachsene Vogelscheuche im Regenmantel, die ebenfalls einen Revolver auf ihn gerichtet hielt, und einen zweiten Gartenzwerg, der eine Matrosenmütze trug und mit einem Totschläger wedelte.

Die Gesichter der Typen gefielen ihm nicht, ganz und gar

nicht. Eine Spur zu ausgerastet. Er gehorchte ohne einen Muckser. Sie durchsuchten ihn und nahmen ihm die 45er ab.

»Du kommst mit uns«, fauchte Pancho ihn an. »Hast du kapiert? Hast du kapiert?«

»Ich bin doch nicht taub.«

»Also los! Mach! Beweg dich!«

Sie schoben ihn in den Sedan. Der Gartenzwerg setzte sich ans Steuer. Sie fuhren nach Roseville hinein.

»Zu Ikes Wohnung«, sagte Pancho.

»Hm?« Der Zwerg trat auf die Bremsen. Der Wagen kam schlingernd zum Stand und schüttelte sie alle durch.

»Warum hältst du hier? Warum hältst du hier?«

»Hm?« Der Zwerg blinzelte ihn schafsäugig an.

»Ikes Wohnung! Ike! Ike! Ike!«

»Okay, alles klar!«

Sie fuhren weiter, schweißgebadet. Sie zitterten am ganzen Körper und ruckten aufgeregt in den Sitzen umher. Die drei Pistolen – die 45er, den Revolver und Panchos Kanonenrohr – hatte das Auge direkt vor der Nase. Sie kreuzten in kleineren Seitenstraßen umher und fuhren zweimal um den gleichen Block.

»Links!« kreischte Pancho. »Links! Links!«

»Sachte, sachte«, flüsterte die Vogelscheuche. »Das ist die Straße.«

Sie fuhren durch ein offenes Tor und weiter in das Dunkel einer Garage hinein, drängten sich aus dem Wagen und zerrten ihn hinterher. Der Gartenzwerg schob das Straßentor zu, die Vogelscheuche schaltete das Licht ein. Pancho stieß ihn gegen die Wand.

»Also, Freundchen, wer bist du?« brüllte er. »Wer zum Teufel bist du?«

»Ich?«

»Du, ja, du!« Er schlug ihn mit dem Lauf seiner Kanone quer über die Schulter. »Du!«

»Ist das ein Raubüberfall?«

»Was soll das heißen, ist das ein Raubüberfall? Wir sind zugelassene Privatdetektive und halten uns nur an das Gesetz.«

»Sie haben mich entführt. Das verstößt gegen das Gesetz.«

»Wir werden noch ganz andere Sachen mit dir anstellen, bevor wir mit dir fertig sind, du Arschficker!« Er schlug ihn wieder mit dem Lauf. »Ist das klar?«

»Bewaffneter Überfall. Fünfzehn bis zwanzig Jahre.«

»Ist das jetzt klar? Ich frag dich, ist das jetzt klar?«

»Zeigen Sie mir Ihre Lizenz. Und die Waffenscheine für diese ganze Artillerie.«

»Mach ihn fertig, Kinski!« keifte der Zwerg. »Immer drauf!«

»Warum läufst du der jungen Lady hinterher?« fragte Pancho.

Welcher jungen Lady?«

»Miss Tegan. Meine Klientin. Miss Ellen Tegan.«

»Ich kenne keine Miss Ellen Tegan.«

»Warum läufst du ihr hinterher? Warum läufst du ihr hinterher?«

»Ich kenne sie nicht einmal. Das muß irgendeine Verwechslung sein.«

»Sie hat dich gesehen! Sie hat deinen Golf gesehen! Sie hat dich in Auburn gesehen und in Folsom! Und vorher hast du sie in Fresno beschattet!«

»Ich beschatte niemanden.« Er wandte sich an die beiden Clowns. »Entführung. Menschenraub. Da sind dreißig Jahre ein Klacks. Fünfzig Jahre. Lebenslang!« Aber sie stellten sich taub und warteten nur darauf, endlich zur Geschäftsordnung übergehen zu können.

»Brech ihm den Arm, Kinski«, sagte der Zwerg.

»Ich will eine Antwort auf meine Frage!« schrie Pancho.

»Sachte, Pancho«, flüsterte die Vogelscheuche. »Du machst viel zu viel Krach!«

»Eine Antwort! Leer die Taschen aus!«

»Du mußt sie noch anrufen, Pancho«, flüsterte die Vogelscheuche.

»Was?«

»Du hast ihr versprochen, sie anzurufen.«

»Stimmt. Paß auf ihn auf!« Pancho ging zu einem Telefon an der Wand, reckte sich zum Hörer, nahm ihn herunter und wählte.

»Hab schon lange keinem mehr die Knochen gebrochen«,

grunzte der Zwerg. Er wischte mit dem Totschläger an ihm vorbei.

»Miss Tegan«, quäkte Pancho in den Hörer. »Ellen Tegan... ist sie da? Ist Miss Tegan da? Okay, dann kommt sie noch, sie hat nämlich in Ihrem Lokal für heute abend einen Tisch reserviert, sagen Sie ihr also, sie soll... Hallo! Hallo! Hörst du überhaupt zu, du Vollidiot? Hallo! Sagen Sie ihr, sie soll Pancho Kinski anrufen... Kinski... Kinski... K-I-N-S-K-I! Und zwar unter der folgenden Nummer! Eine Nummer in Roseville.« Er gab ihm die Nummer. »Kapiert? In Roseville, wie gesagt. Kapiert?... Richtig.« Er legte auf.

»Den krieg ich«, sagte der Zwerg und schnappte der Vogelscheuche die 45er weg.

»Gib sie mir«, knurrte Pancho ihn an und griff nach der Knarre. Der Zwerg flutschte beiseite. »Gib sie mir! Gib sie mir!«

Das Auge ging zum Lichtschalter, knipste das Licht aus. Dann warf er sich auf den Boden und rollte unter den Sedan. Drei Pistolen ballerten in die Dunkelheit. Kugeln prallten von den Wänden, dem Auto und der Decke ab. In der Garage surrte und summte es wie in einem Bienenstock. Die Windschutzscheibe zerfiel in tausend Splitter. Aus einem Reifen zischte die Luft. Dann ein Schrei von der Vogelscheuche.

Das Telefon läutete.

Das Auge stand auf und knipste das Licht an. Sie lagen über den blutroten Boden verstreut. Dem Zwerg fehlte beinahe der halbe Kopf. Die Vogelscheuche war auf die Knie gesunken, hielt sich den Bauch und krächzte wie ein Rabe. In Panchos Wange klaffte ein dickes Loch. Das Auge nahm dem Zwerg die 45er ab und steckte sie ein. Er ging zum Telefon, legte sein Taschentuch über den Hörer, nahm ab und legte wieder auf – dann hob er wieder ab und ließ den Hörer baumeln.

In die hintere Wand war eine Tür eingelassen. Er öffnete sie und gelangte in einen Hof, der mit Kübeln, Ölfässern und Kotflügeln vollgestellt war. Von der Straße her drangen Stimmen herüber. Er kletterte über den Zaun, sprang herunter und rieb die Schuhe am Boden ab, um das Blut von den Sohlen zu bekommen. Er lief über eine dunkle Schotterstrecke, stieß auf eine Straße und ging die nächste Querstraße hinunter. Unterwegs betrachtete er die Sterne und wandte sich nach Süden.

Zwei Betrunkene stritten sich vor einer Bar. Ein Bulle kam den Bürgersteig heruntergetrabt, direkt auf ihn zu. Das Auge ging zu den beiden Säufern hinüber und tat so, als versuchte er, sie zu trennen. »Kommt Jungs«, bat er. »Laßt uns alle wieder Freunde sein.«

Der eine stieß ihn zurück. »Kümmer dich um deinen eigenen Dreck! Wir streiten uns wirklich!«

»Der Typ will sich wohl 'ne blutige Nase holen!« brüllte der andere.

»Hört mit dem Gezeter auf!« rief der Bulle und sauste an ihnen vorbei. Das Auge ging weiter. Eine halbe Stunde später war er außerhalb von Roseville auf offener Straße. Ein Ford Cabriolet mit einem johlenden Haufen Jugendlicher schoß vorbei. Einer von ihnen schmiß ihm eine Flasche nach. Er kam an einem Pferd vorbei, das wie ein silberner Geist im Mondlicht graste.

Nein... Joanna wußte nicht um ihn. Nicht wirklich. Sie mißtraute jedem, der in ihre Nähe kam, und er war nur einer der vielen Kobolde, die in ihrem Kopf herumspukten. Es gab also zwei Möglichkeiten: Sie wollte wieder untertauchen und hatte Kinski engagiert, um jeden aus dem Verkehr zu ziehen, der ihr folgte. Was bedeutete, daß sie wahrscheinlich über alle Berge war. Oder sie wollte ein für allemal herausfinden, ob jemand ihr folgte. Was bedeutete, daß sie noch eine Weile hier herumhängen würde, um Kinskis Ergebnisse abzuwarten. Was bedeutete, daß sie in Gefahr schwebte, wenn die örtlichen Mützenträger herausfanden, daß sie Kinskis Klientin war. Er mußte sie warnen.

Der Golf stand immer noch auf dem Seitenstreifen. Er setzte sich ans Steuer und fuhr nach Sacramento.

Der MG stand auf dem Parkplatz hinter dem Hotel. Er ging in eine Bar und ließ sich mit ihrem Zimmer verbinden.

»Miss Ellen Tegan?«

»Ja.«

Ihre Stimme versetzte ihm einen Stich. »Ha-Hallo?«

»Hallo...«

»Hier spricht Leutnant McElligot, Bundespolizei. Wir untersuchen den Mord an Pancho Kinski, und wir sind in seinen Unterlagen auf Ihren Namen gestoßen...«

»Ach, stimmt. Ich habe ihn vor ein paar Tagen engagiert um – um etwas zu suchen, das ich verloren habe. Mord, sagen Sie?«

»Könnten Sie bitte morgen zu mir ins Büro kommen, Miß Tegan. Nur eine Formalität. Eine kurze Aussage.«

»Natürlich.«

»Danke. Gute Nacht.«

»Gute Nacht, Leutnant.«

Zehn Minuten später bezahlte sie und reiste ab. Sie fuhr nach Oakland, durchschnittliche Reisegeschwindigkeit achtzig Meilen!

Sie quartierte sich als Miss Valerie Anderson in einem Motel ein und verbrachte dort den Rest der Nacht. Am Morgen verkaufte sie den MG an einen Gebrauchtwarenhändler in Alameda. Das Auge konnte dort seinen Golf ebenfalls loswerden.

Sie fuhr mit dem Taxi zum Flughafen und nahm eine Maschine nach Boise, Idaho.

Sie verbrachte zwei Monate in Sun Valley. Sie hieß jetzt Ella Dory. Morgens und nachmittags saß er dick verpackt in eine Pelzjacke und einen Schal auf der Terrasse des Hotels, bibberte vor Kälte und sah ihr mit dem Fernglas beim Skilaufen zu. Die Abende verbrachte er im *Iglu*, einem Ferienlokal, wo er sie beim Tanzen beobachtete. Von den Männern lernte sie nur einen etwas näher kennen. Deswegen hätte ihn beinahe der Schlag gerührt.

Als er eines Abends das *Iglu* betrat, tauchte sie plötzlich direkt vor ihm auf, auf dem Weg nach draußen. »Können Sie nicht endlich aufhören, mich zu verfolgen«, sagte sie. »Im Ernst!«

Er stand wie versteinert da.

Aber sie sah an ihm vorbei zu jemandem, der hinter ihm im Eingang stand. Er drehte sich um und sah einen schlanken, dunkelhaarigen Mann Mitte Fünfzig. Er trug eine Schafsfelljacke und lächelte.

»Ich verfolge Sie gar nicht«, sagte er. »Wir haben nur immer den gleichen Weg, wie es scheint.«

Das Auge stürzte nach draußen und rang nach Luft. Er fühlte sich wie jemand, der gerade auf einem Schlitten die Nordwand des Borah Peak hinuntergefahren war.

Er hieß Jerome Vight. Ein Anwalt aus Little Rock, Arkansas. Junggeselle. Später schlossen sie sich mit ein paar anderen Paaren zu einer Ski- und Cocktailclique zusammen. Joanna schien jedoch nicht sonderlich beeindruckt, und Vight (das Auge verfolgte jede einzelne Phase seiner Verführung) wurde von ihrer Gleichgültigkeit mehr und mehr in Bann gezogen. Am Ende des ersten Monats zappelte der Fisch an der Angel.

Cora Earl dagegen war ein ganz anderer Fall. Eine Modedesignerin aus New York, zweiunddreißig Jahre alt, zweimal geschieden und überzeugte Misanthropin. Sie kam an einem Nachmittag ins Hotel gestürmt, einen riesigen Schwarm Pagen mit fünfzehn Gepäckstücken im Schlepptau. Sie sah Joanna, die gerade in der Hotelhalle saß, marschierte schnurstracks auf sie zu und traf mit ihrer Bemerkung genau ins Schwarze.

»Ich wette tausend Mäuse, daß du, seit du hier bist, mindestens von einem dieser plumpen Ski-Idioten verführt worden bist.«

Joanna erwiderte lässig ihren Blick und streckte die Hand aus. »Her mit den Mäusen«, antwortete sie.

Cora öffnete ihre Handtasche und holte zwei Fünfhunderter heraus. »Ich bin in 117 c«, sagte sie. »Sollte es dich mal jucken, dann schau einfach bei mir vorbei, und wir schlafen miteinander.«

Eine Woche später kam Joanna auf das Angebot zurück.

Er sah ihnen beim Tanzen im *Iglu* zu. Insgeheim freute er sich darüber. Sie brauchte jemanden, um ihr Selbstbewußtsein wieder aufzumöbeln, und um ihren Körper wieder zu heilen. Kein Mann der Welt wäre dazu in der Lage gewesen. Cora dagegen war genau die Richtige – ebenso wie Dr. Martine Darras es vor langer Zeit gewesen war. Beide Frauen versprachen die gleiche rauschhafte Entspannung, den gleichen leidenschaftlichen Traum, Göttinnen, die einen im Sturm anlächelten und ihre Hand ausstreckten, um eine heilige Wunde zu heilen.

Er folgte ihnen ins Hotel. Im Flur der siebzehnten Etage kletterte er aus dem Fenster und schlich sich zentimeterweise über einen glitschigen Mauervorsprung auf die Terrasse von 117c. Er stand im Schnee am Fenster der Suite und beobachtete sie.

Joanna hängte ihren Nerzmantel über eine Stuhllehne. Sie setzte sich und streifte ihre Stiefel ab. Cora schritt im Zimmer auf und ab und fuchtelte aufgeregt mit den Armen herum.

»...Alles, was sie über Mode weiß, hat sie von mir gelernt, diese Hündin! Dieses ganze L. A.-Zeugs letztes Jahr war ursprünglich meine Idee. Die Harem-Hosen genauso wie die Taschentuch-Improvisation, die Jump-Suits und die Badeanzüge in Chamois – einfach alles. Letzte Woche habe ich sie angerufen und gesagt, ›Darling, superb!‹ hab ich gesagt, und sie hat nur gesagt, ›Fick dich doch ins Knie!‹ Wie findest du das?« Sie lachte. »Aber warte nur, bis sie meine neue Kollektion sieht! Dagegen werden ihre Klamotten wie die letzte Lumpensammlung aus Bulgarien aussehen! Diese kleine Kröte!«

Sie trug einen Hirschlederrock und eine durchsichtige Chiffonbluse. Um den Hals trug sie eine Kette mit einem dünnen Rohr als Anhänger. Joanna nahm es in die Hand. »Was ist das?« fragte sie.

Cora öffnete es und zog eine Zahnbürste heraus. »Damit ich nachher nie ohne bin«, sagte sie. Sie zog alles aus und stellte sich nackt vor die Balkontüre. Joanna zog den Pullover und den Skianzug aus. Sie stand auf, ging zu ihr hin und schmiegte sich von hinten an sie. Sie standen an der beschlagenen Glastüre, direkt vor ihm. Cora berührte die Scheibe mit ihren Brustwarzen. »Was ist mit dir und Jerry?« flüsterte sie.

»Er ist Stier, sein Sternzeichen, meine ich«, sagte Joanna.

Cora faßte hinter sich, legte Joannas Hände auf ihre Hüften und zog sie näher an sich.

»Schnapp ihn dir. Der Typ hat Kohle und weiß nicht, wohin damit. Halt dich aber zurück, bis er bereit ist, dich zu heiraten. Ich mag dich an meinem Rücken.« Sie schloß die Augen. »Du hast so was Bedrohliches. Eine Freundin von mir ist im Central Park von einem Bullen in den Hintern gevögelt worden. Muß einfach himmlisch gewesen sein, hat sie gesagt! Ich hab's noch nie ausprobiert. Soll dir sämtliche Sicherungen raushauen. Körperlich ist er abstoßend – Jerry, meine ich. Ein Wiesel. Hat wahrscheinlich einen Schwanz, der aussieht wie ein Obelisk. Aber er hat einfach so verdammt viel Kohle! Einmal ist er mit einem Mädchen, das er in New Orleans aufgerissen hat, um die ganze Welt geflogen. Sie waren in Madrid, Athen, Nairobi, Sidney und Tokio. Einfach so! Aber ich komme vom Thema ab!« Sie drehte sich um und nahm Joanna in die Arme. »Ich möchte dich anschauen.« Sie küßte sie auf die Schulter. »Dich haben, dich festhalten«, sagte sie schmachtend, »für eine einzige Stunde des raschen Glücks...«

»Mein Vater war mal in Nairobi«, sagte Joanna. »Er war Anthropologe. Er hat ein Buch geschrieben, *Anfang der Zeit.*«

»Und dich dann wieder loslassen«, schwärmte Cora weiter. Ihre Hände verschwanden zwischen ihren Körpern.

»Er war auch in Moçambique.« Joanna nahm den krummen Finger an den Mund und biß darauf. »Und ist auf einem Schoner den Limpopo hochgesegelt, bis nach... Ich weiß nicht, wohin. Er ist nie zurückgekehrt. Er hat den verschollenen Stamm der Limpopos gesucht. Die Limpopos waren ein Götterstamm, der in ganz Afrika goldene Städte errichtet hat, vor Äonen von Jahren. Wahrscheinlich haben sie nie wirklich existiert... aber er glaubte fest, daß es sie noch immer gab, irgendwo hinter den Regenwäldern und den Ebenen, daß sie in goldenen Tempeln lebten und auf ihn warteten. Vielleicht hat er sie ja gefunden. Vielleicht ist er jetzt bei ihnen.«

»Wovon zum Teufel redest du eigentlich?« Cora zog sie auf den Boden hinunter und schlang ihre Beine um sie.

Er kletterte wieder über das Geländer und schlüpfte über den Mauervorsprung zurück auf den Korridor. Er ging in sein Zimmer und schlug ein Kreuzworträtsel auf.

Am nächsten Morgen traf Joanna Jerry Vight beim Frühstück. Er wirkte gereizt, kein Wunder.

»Ich möchte dir einen väterlichen Rat geben, Ella«, sagte er scharf.

»Sei dein Beginnen boshaft oder liebreich?« fragte sie mit tiefernster Stimme. »Du kommst in so würdiger Gestalt, daß ich doch mit dir sprechen werde.«

Er runzelte verärgert die Stirn. »Wie bitte?«

»*Hamlet*«, sagte sie mit einem Lächeln. »Also, worum geht's, mein Freund?«

»Also, hör zu...« Er senkte die Stimme. »Ich weiß, daß schwesterliche Liebe heutzutage der letzte Schrei ist, und es liegt mir fern, hier den Moralapostel zu spielen, aber...« Er nahm ihre Hand. »Cora ist eine Hure. Eine Schlampe der übelsten Sorte, Ella. Sie ist selbstsüchtig, grausam, egomanisch, mit einem Herz aus Stein. Wenn sie dich satt hat, setzt sie dich einfach vor die Tür und das war's dann.«

Joanna lachte. »Wenn man dir zuhört, könnte man meinen, du sprichst von einem Mann.«

»Sie ist schlimmer als ein Mann, sie ist ein kastriertes Vieh.«

Das Auge saß an einem Tisch ganz in der Nähe und verfolgte Joannas Mienenspiel. Die Blässe war über Nacht aus ihrem Gesicht gewichen. Statt dessen trug sie wieder ihre Killermaske. Er spürte, wie Lampenfieber ihn überkam, wie eine eiskalte Faust ihm um die Eier strich und zupackte.

Silvester schlug sie zu.

Sobald die Sonne untergegangen war, kletterte er vom Korridor aus auf die Terrasse von 117c. Seit drei Wochen hatte er in den Nächten nichts anderes getan und er war mittlerweile mit allen Tücken des Mauervorsprungs und Gesimses vertraut.

Es schneite.

Er stand in der weißen Dunkelheit da wie ein Ölgötze und glotzte wie immer durch das Fenster. Sie war alleine und lag nackt auf dem Boden. Ihr Rücken war übersät mit Kratzspuren von Fingernägeln und blauen Flecken. Sie richtete sich auf und streckte die Arme aus. Sie waren von den Handgelenken bis zu den Schultern mit funkelnden Armbändern behangen. Um ihre Taille hatte sie sich eine Perlenkette gebunden. Einer von Coras fünfzehn Koffern lag geöffnet vor ihr auf dem Boden. Es war ein kleiner, blauer, mit Schmuck gefüllter Lederkoffer. Sie nahm einen Brillantring und steckte ihn an den kleinen Zeh. Sie drehte sich um und lächelte. Er konnte ihre grünen Augen deutlich sehen, den Glanz, der darin lag und das Zimmer zu überschwemmen schien, als sie sich einen kleinen Rubin ans Ohr steckte. Sie blickte fast genau in seine Richtung, und es war, als ob allein seine Gegenwart der Grund für ihre Wonnen wäre.

Er hob den Arm und winkte ihr schüchtern zu.

Sie wälzte sich wie eine Katze herum und rieb sich auf dem Teppich den Rücken. Dann sprang sie auf, nahm ihre Armbanduhr vom Kamin und schaute nach, wie spät es war. Sie legte den Schmuck in den Koffer zurück, schlug den Deckel zu und verriegelte das Schloß.

Sie ging ins Schlafzimmer. Als sie wieder auftauchte, zog sie Coras nackte, starre Leiche an den Füßen hinter sich her. Sie schleppte sie quer durch das Zimmer und öffnete die Terrassentür. Er huschte mit einem Satz zurück auf den Mauervorsprung und versteckte sich in einer dunklen Nische. Joanna zerrte die Leiche hoch und stieß sie über die Brüstung. Sie fiel sieben Stockwerke tief in eine Sackgasse hinter dem Hotel und versank in einer drei Meter tiefen Schneeschicht. Sie ging ins Zimmer zurück und schloß die Terrassentür.

Fünfzehn Minuten später stand er abreisebereit unten im Foyer. Um neun trat sie aus dem Aufzug heraus, gefolgt von einem Hotelpagen, der ihr Gepäck trug. Sie war in ihren Nerz gehüllt und hatte den blauen Schmuckkoffer dabei. Sie zahlte die Rechnung und trug dem Pagen auf, Vight zu suchen. Sie setzte sich in die Hotelhalle und zündete sich eine Gitane an.

In der Bar war gerade eine Party im Gange. Ein Orchester spielte Bierzeltmusik. Gäste mit Papierhüten auf dem Kopf torkelten rein und raus und warfen mit Papierschlangen um sich oder bliesen auf Trillerpfeifen.

Jerry kam durch die Hotelhalle, den Smoking mit Konfetti übersät.

»Was gibt', Ella?«

»Du hast recht gehabt.« Sie trocknete sich mit einem Taschentuch die Tränen, schluchzte und wimmerte. »Sie hat mir den Laufpaß gegeben. Es war so schrecklich. Mir geht's unglaublich mies. Du hättest sie hören sollen. Wie recht du hattest. Sie ist ein Monster.«

»Also...« Er wußte nicht, was er sagen sollte. »Zum Teufel mit ihr.«

Sie stand auf. »Adieu, Jerry.«
»Was soll das heißen, Adieu?«
»Ich reise ab.« Sie ging Richtung Foyer.
Er lief hinterher. »Ella! So warte doch... Ella!... Bitte – hör mich an! Das darfst du nicht – Ella!...«
Er reiste ebenfalls ab.
Sie heirateten noch in der gleichen Nacht in Boise. Am nächsten Morgen flogen sie nach Honolulu.

12

Er saß am Strand hinter dem Rumpf eines ausgeschlachteten Ruderbootes und beobachtete sie durch sein Fernglas. Er befand sich über der Mitte eines *W*s aus zwei Buchten. Die *Cariddi* lag in der linken Bucht vor Anker, etwa eine viertel Meile vom Strand entfernt. Jerry hockte auf dem Vorderdeck. Er trug einen Strohhut und trank eine Dose Orangensaft.

Seit drei Tagen waren sie jeden Nachmittag hinausgesegelt und tauchten nach dem amerikanischen Zerstörer, der angeblich irgendwo auf dem Grund der Kaneoke-Bucht lag.

Joanna tauchte aus dem Wasser auf und kletterte die Leiter hoch. Sie trug eine Jeans mit abgeschnittenen Beinen und war oben ohne. Sie schob die Taucherbrille auf die Stirn und setzte sich am Bug des Schiffes nieder. »Himmel! Das Wasser ist total ölig. Wieviel Grad haben wir?«
»36.«
Ihre Stimmen wurden wie in einem Amphitheater über die Bucht getragen. Er konnte sogar das Radio hören, das in der Bordkabine vor sich hin summte.
»In Boston sind es 11 Grad Minus. Und in New Orleans liegt Schnee.«
»Schalt doch mal das verdammte Radio aus«, sagte sie.
»Ich will die Nachrichten hören.«
»Weshalb?«
»Himmel! Wie bezaubernd du aussiehst!« Er versuchte zwischen ihre Knie zu krabbeln. Sie lachte und stieß ihn mit den Füßen zurück.

Das Lachen klang künstlich – fast hysterisch. Für Jerry ein Lachen wie jedes andere – nicht so für das Auge, der sie besser kannte und genau wußte, was es zu bedeuten hatte. Sie saß in einer tödlichen Falle, ihr war schwindlig vor Anspannung. Mit jeder Stunde rückte die Katastrophe näher. Fünf Tage waren vergangen, und Coras Leiche war immer noch nicht gefunden worden. Aber vielleicht war man ja in genau diesem Moment dabei, sie aus dem Schnee zu graben. Die Jagd nach Ella Dory würde noch am gleichen Abend einsetzen. Sie würde ziemlich einfach zu lokalisieren sein. Ihre Spur führte direkt von Idaho nach Oahu – direkt zu dieser Bucht in der warmen See. Und anstatt zu fliehen war sie dazu gezwungen, hier auszuharren und Ferienspiele zu spielen, dem geilen Gegrabsche eines Mannes ausgesetzt, den sie verabscheute.

»Kein Zerstörer da.« Jerry warf die Dose über Bord.

»Irgendwas ist aber da unten.«

»Wo?«

»Hinter diesem ganzen verdammten Tang und den Algen. Eine große breite Wölbung, die mit Sand bedeckt ist.«

»Is' ja 'n Ding!«

»So groß wie ein Haus.«

Am Morgen – Jerry saß gerade beim Frühstück – war sie ausgegangen und hatte in einem Spielwarengeschäft in der Nähe des Hotels ein paar Handschellen gekauft. Das Auge war ihr gefolgt.

Jerry warf den Strohhut auf das Dach der Kabine. »Komm, das sehen wir uns genauer an.« Er legte Taucherbrille und Schwimmflossen an und sprang ins Wasser. Joanna blieb noch einen Augenblick sitzen und starrte zum Strand herüber. Dann stand sie auf, zog die Jeans aus, nahm die Handschellen aus ihrer Handtasche und schloß sie auf. Eine Sekunde später war sie über Bord.

Ein ganzer Schwarm Fliegen hatte sich gierig auf das Auge gestürzt. Er klatschte sich auf die Arme und den Hals, und die Schläge schallten über den Strand wie Gewehrschüsse. Die salzige Luft und der Gestank schwärender Verwesung erstickten ihn beinahe. Eine zackige Flosse trieb in die Bucht hinein. Er betrachtete sie teilnahmslos und versuchte, sich eine Vorstellung von ihrer Größe zu machen. Sah wie eine etwas größere Golftasche aus, die in der Strömung trieb. Er sprang auf. Mist! Ein verdammter Hai! Er umkurvte die *Cariddi*, schwamm in die Brandung hinein, schnellte über eine Welle hinweg. Himmel! Das Viech war riesig! Der Hai drehte ab, tauchte wieder unter. Joanna kam die Leiter hochgeklettert, ihre Pobacken schimmerten im Sonnenlicht. Das Auge verkroch sich wieder hinter dem Ruderboot und setzte das Fernglas an die Augen. Sie sprang über die Kabine nach achtern, hakte die Ankerkette aus der Schelle und warf sie über Bord. Der Hai tauchte auf, bumste gegen das Heck und verschwand wieder. Joanna stellte sich ans Steuer und ließ den Motor an. Die *Cariddi* röhrte auf und schipperte auf die offene See hinaus.

Er verharrte einen Moment lang, verfolgte das Boot, wie es die rechte Landspitze des *W*s umfuhr. Dann betrachtete er das Wasser. Die Bucht war ein blaugrüner Morast. Irgendwo da unten war Jerry, mit Handschellen an den Anker gekettet.

Mit dem Hai.

Als sie ins Hotel zurückkehrte, saß er im Foyer und vertrieb sich die Zeit mit einem Kreuzworträtsel. Die Rechnung hatte er bereits bezahlt. Sie trug Sandalen und ein ärmelloses türkisfarbenes Strandkleid. Der Glanz ihrer smaragdgrünen Augen vermischte sich mit ihrem tiefbraunem Gesicht zu einer beinahe unerträglichen reizvollen Exotik. Sie sah aus wie achtzehn.

Das Warten war vorüber. Sie war wieder auf der Flucht, ruhig und gelassen.

»Mr. Vight ist in Lahaina«, sagte sie dem Portier am Empfang. »Er wird Freitag oder Samstag wieder zurück sein.«

»Ja, Mrs. Vight.«

»Reservieren Sie mir bitte einen Platz in der Nachmittagsmaschine nach San Francisco.«

»Wollen Sie uns schon verlassen?«

»Nur für eine Woche. Meine Mutter ist krank.«

»Oh, wie bedauerlich!«

»Nichts Ernstes. Sie hat sich das Handgelenk verstaucht, beim Tennisspielen, glaub ich.«

Im Flugzeug fand er eine Ausgabe des *Los Angeles Herold-Examiner* vom Vortag. Auf der Titelseite prangte ein Foto von Cora Earl, die Schlagzeile dazu lautete MYSTERIÖSER STURZ IN SUN VALLEY! *Untersuchung soll die genaue Todesursache der berühmten Modedesignerin feststellen.*

Die Nacht verbrachte sie im Mark Hopkins. Den Decknamen Mrs. Ella Vight behielt sie noch eine Weile bei – bis sie Jerrys Vorrat an Reisechecks eingelöst hatte. Dann verkaufte sie, mit roter Perücke und neuem Decknamen für ein weiteres hübsches Sümmchen einem Hehler in San Mateo Coras Schmuck. Am nächsten Tag deponierte sie sechzigtausend Dollar im Schließfach einer Bank in Oakland. Anschließend fuhr sie zum Flughafen.

Als er versuchte, einen Platz in der gleichen Maschine – sie flog nach Mexiko City – zu bekommen, erfuhr er, daß der Flug völlig ausgebucht war. Er versuchte es bei zwei anderen Fluggesellschaften. Sämtliche Donnerstag-Maschinen nach Mexiko City waren bis auf den letzten Platz besetzt. Die Standby-Listen waren voll. Die Katastrophe kam so unerwartet, daß er nicht einmal mehr Zeit hatte, auszuflippen. Ihr Flug wurde aufgerufen, sie betrat die Treppe vom Flugzeug, blieb stehen, warf einen Blick zurück über die Schulter, und weg war sie. Als ihm endlich klar wurde, daß er sie wahrscheinlich nie mehr wiedersehen würde, war sie bereits in der Luft.

Mist! Von Mexico aus konnte sie praktisch nach überall verschwinden – Südamerika, die Karibik, Europa – nein, konnte sie nicht! Sie konnte sich keinen Paß besorgen. Die Sache war also noch nicht entschieden. Sie hatte einen Vorsprung von zwölf Stunden, das war alles. Und wahrscheinlich würde sie dort zumindest übernachten – vielleicht blieb sie sogar ein oder zwei Tage. Er hatte also genügend Zeit. Er buchte einen Platz für die Frühmaschine am Freitag. Außerdem war da immer noch das Schließfach in Oakland. Er konnte die Bank observieren. Früher oder später käme sie dorthin zurück – in einem Monat, sechs Monaten, einem Jahr. Er war niedergeschmettert. Ein ganzes Jahr? Mist.

Er nahm ein Taxi zurück zum Mark Hopkins. Er würde ins

Kino gehen, zu Abend essen und sich früh schlafen legen. Sein Radar piepste wie verrückt. An der Rezeption standen zwei Männer und unterhielten sich mit dem Portier. Sie waren jung, langhaarig, kräftig und trugen schmucke Mäntel mit Pelzkragen. FBI!

»Mrs. Vight? Ja –« Der Portier war konsterniert. »Sie ist vor zwei Stunden abgereist.«

»Wissen Sie, wohin?« fragte Nummer eins.

»Nein, Sir. Sie hat einfach nur ihre Rechnung bezahlt und –«

»Beschreiben Sie sie.« Nummer zwei schaltete sich ein.

»Mitte zwanzig – Ende Zwanzig, besser gesagt. Sommerbräune. Kurzes Haar. Blaue Augen. Groß, ungefähr einsachtzig...«

»Gut.« Nummer eins nickte. »Eine sehr gute Beschreibung. Und sie wissen nicht, wo sie jetzt ist?«

»Mrs. Vight?« Das Auge trat hinzu, ein strahlendes Lächeln im Gesicht. »Sie ist in Denver.«

Sie starrten ihn an. »Sie kennen sie?« Das war Nummer zwei.

»Sie kennen? Himmel, nein. Schön wär's. Zauberhaftes Mädchen. Wir haben nur zusammen ein Gläschen getrunken, gestern abend. Ich wollte sie auch zum Abendessen einladen, aber leider hatte sie schon eine Verabredung.«

Er versuchte, es nicht zu weit zu treiben. Sie hatten ihn bereits von oben bis unten gemustert – Kleidung, Fingernägel, Haarschnitt – und ihn als typisches AFO, als Auswärtiges Flugobjekt, eingestuft. Ein Bauerntölpel aus dem mittleren Westen oder Neu-England, ein Volltrottel im Urzustand.

»Und sie hat Ihnen gesagt, sie fährt nach Denver?«

»Claro.« Er schnalzte selbstgefällig mit den Lippen. »Ich kann Ihnen sogar ihre Adresse geben.«

»Das wäre nett.«

»Ramada Inn.«

»Ramada Inn, Denver. Gebongt.«

»Sie hat gesagt, sie würde ein paar Wochen dortbleiben und dann nach – ähhh – Kansas City, glaube ich, gehen. Nein! Das nehme ich zurück. Omaha! Omaha, Nebraska!«

»Vielen Dank.«

»Keine Ursache.«

Sie verließen das Hotel. Genau wie er. Er ging in den Frühstücksraum und schlüpfte durch einen Seitenausgang auf die Straße hinaus. Die Menschenmenge umschloß ihn wie ein wohliges Kissen aus Daunenfedern. Das FBI! Du kriegst die Motten! Aus Sun Valley oder Honolulu? Die nächsten achtundvierzig Stunden würden sie Colorado und Nebraska durchsieben wie Goldsucher den Klondike! Hält diese Saftärsche wenigstens für eine Weile auf Trab. Aber danach würden sie wieder von vorne anfangen.

Er ging an die Bar und trank zwei doppelte Cognacs. Anschließend quartierte er sich im Sir Francis Drake ein. Er konnte nicht schlafen. Er schlug sich die Nacht mit einer Ausgabe des *Rätselkönigs* um die Ohren. Um halb acht war er am Flughafen. Die Maschine hob um zehn nach acht ab.

Um viertel nach zwölf hatte er sie gefunden. Sie saß auf einer Bank des Paseo de la Reforma und aß eine Birne.

Es war, als würde sie auf ihn warten – wenn er einmal davon absah, daß sie sich in Begleitung eines Mannes befand.

»Warum lächelst du?« fragte er.

»Ich weiß nicht«, sagte sie, immer noch lächelnd. »Ich weiß nicht, wieso, ich fühle mich – wie aus dem Nichts heraus fühle ich mich plötzlich so glücklich. Wie begnadigt.«

»Begnadigt?«

»Heute morgen, genauer gesagt um elf Uhr fünfundvierzig stand ich noch kurz davor, in die Gaskammer geschickt zu werden. Dann kam der Wärter zu mir in die Zelle und sagte, ›Miss Kane, lassen Sie mich der erste sein, der Ihnen seine Glückwünsche ausspricht. Sie sind begnadigt worden.‹ Und ich atme tief durch, und anstatt Zyankali einzuatmen, rieche ich den Duft der Bäume im Park und des Wassers vom See, der Blumenstände und der Obstwagen.«

»Bist du sicher, daß du nicht auch etwas Klebstoff geschnüffelt hast?«

»Los, laß uns in die Kirche gehen und Kerzen anzünden.«

»Ich würde viel lieber nach San Juan Ixtayoapan fahren und mir dort das neue Einkaufszentrum ansehen.«

Er hieß Rex Hollander. Ein Architekt aus Savannah. Er war

achtundvierzig Jahre alt, frisch geschieden, allein, nett und von jungenhaftem Charme. Er hatte gerade ein Sieben-Millionen-Dollar Bürohaus in Mazatlán erbaut.

Die nächsten drei Wochen verbrachten sie zusammen. Sie besuchten Atzcapotzalco, Ixtacalco, Coyoacán und die üblichen Touristenziele. Gegend Abend kehrten sie zum Essen und Nightlife in die Stadt zurück. Sie wohnten in getrennten Hotelzimmern und schliefen nicht miteinander. Sie spielten Tennis und Golf, gingen zusammen schwimmen und besuchten Stierkämpfe. Sie schlossen sich einem privaten Spielclub an, und Joanna verlor viertausend Dollar beim Bakkarat. Sie unternahmen eine lange strapaziöse Zugreise nach Juchitán und Tonala, um sich ein paar neue Apartment-Anlagen anzuschauen.

Joanna war glücklich und zufrieden – ihr Lachen war aufrichtig, und es hatte den Anschein, daß sie nicht die geringste Absicht hatte, ihn zu ermorden, jedenfalls vorerst. Das Auge vertrieb sich die Zeit mit spanischen Kreuzworträtseln. Er las *Die Eroberung von Mexico* von William H. Prescott. Er kaufte Maggie einen Schal.

Am 30. Januar fanden zwei Taucher auf dem Grund der Kanoeke Bucht einen Arm, der in Handschellen an einer Ankerkette hing. Im Februar hatte Rex Hollander der Zweite die Titelseite des *Time Magazine* erobert: »Ketzer der Architektur – Herausforderung im Städtebau«. Zur Feier des Tages gingen er und Joanna zum erstenmal miteinander ins Bett. Am nächsten Tag flogen sie nach Tucson, Arizona. Am fünften Februar erklärte ein Friedensrichter in Casa Grande sie zu Mann und Frau.

Sie mieteten sich in Phoenix einen Kombiwagen mit Wohnwagenanhänger und fuhren zum Camping-Urlaub in den Grand Canyon Park. Am sechsten Februar identifizierte die Polizei auf Hawaii den Arm als zu Jerome Vight gehörig. Am siebten Februar schrieb die *Los Angeles Times* in einem Artikel auf Seite drei, daß es zwischen den Todesfällen von Vight in Hawaii und Coral Earl in Sun Valley »aller Wahrscheinlichkicht nach« einen Zusammenhang gäbe, und daß das FBI eine gewisse Miss Ella Dory »zur Vernehmung« suche.

Ella Dory – alias Mary Linda Kane, alias Mrs. Rex Hollander, geborene Joanna Eris – und ihr Ehemann kreuzten unterdessen auf dem Coconino Plateau umher. Um der Hitze zu entgehen, campierten sie tagsüber, nachts zogen sie weiter.

Er folgte ihnen in gehörigem Abstand in einem gemieteten Mercury. Wenn sie irgendwo Halt machten, ließ er den Wagen stehen und umkreiste wie ein Apache zu Fuß den Wohnwagen. Einmal wurde er von einem riesigen Skorpion in den Schuhabsatz gestochen und hätte sich vor Angst beinahe in die Hose gemacht. Ein anderes Mal trat er in ein Loch mit einer Brut giftiger Krustenechsen. Er fing an, Arizona leidenschaftlich zu hassen.

Eines Morgens fuhr Joanna allein in eine nahegelegene Stadt, um Lebensmittelnachschub zu besorgen. Als sie zurückkehrte, hämmerte sie den ersten Nagel in Rex' Sarg.

»Rex, ich hab gerade meinen Börsenmakler in L. A. angerufen. Ich steck in der Klemme.«

»Was ist los, mein kleines Butterblümchen?«

»Ich brauche vierzigtausend Dollar, bevor am Freitag die Börse dichtmacht. Kannst du sie mir leihen?«

»Kein Problem!« Er schrieb einen Scheck aus. Sie steckte ihn in einen Umschlag und fuhr anschließend in die Stadt zurück, um ihn angeblich gleich loszuschicken. Tatsächlich kaufte sie ein Gewehr.

Noch am gleichen Nachmittag nahm das Verhängnis seinen Lauf.

Während das Auge eine Mondlandschaft aus Staub und Felsen durchstreifte, stieß er auf den Kadaver eines Schakals. Riesige rote Ameisen weideten sich daran. Etwas weiter, in einer kleinen Schlucht, war ein unscheinbares Blechschild aufgestellt. *Devil's Mesa, 15 Einwohner*. An der Stelle gab es nichts als die Überreste eines Zauns und einer Lehmhütte. Und eine Klapperschlange. Sie fuhr aus den Steinen hoch und starrte ihn an. Er sprang zurück, strauchelte und fiel zu Boden. Er rollte Arsch über Kopf eine ausgetrocknete Wasserrinne hinunter.

Rex bemerkte ihn. Er sprang wie von der Tarantel gestochen aus dem Wohnwagen. »Mary Lin! Da vorne in den Felsen ist ein Typ!«

Sie lachte. »Nein, keine Sorge. Das ist nur mein Poltergeist.«

»Dein was?«

»Ein Gespenst, das mich verfolgt. Ich habe es selbst erfunden. Tu so, als hättest du es nicht bemerkt.«

»Du spinnst wohl. Gib mir dein Gewehr.«

»Rex, ich will nicht, daß du mein Gespenst über den Haufen schießt.«

»Dann hilf mir, diesen Dreckskerl lebend zu fangen! Du gehst da herum und schneidest ihm von hinten den Weg ab. Ich nehm den Hügel.«

Das Auge flüchtete zu einem Steilhang aus riesigen Felsblöcken und verfluchte diesen Hohlkopf ebenso wie seine eigene Tolpatschigkeit. Er verkroch sich in eine Felsspalte und betete zu Gott, nicht von einem weiteren Ungetüm angefallen zu werden.

Rex kam den Hügel hochgelaufen, rannte an ihm vorbei und durchquerte die Schlucht hinter den Hüttenresten. Dann tauchte Joanna aus der entgegengesetzten Richtung auf. Sie blieb stehen und sah sich einen Augenblick lang die Ameisen an, dann das Schild. Sie ging an dem Zaun vorbei und betrat *Devil's Mesa.*

Die Klapperschlange schnellte aus ihre Mulde heraus, wand sich spiralenförmig vor ihr hoch. Joanna blieb regungslos stehen. »Hi«, flüsterte sie. Der Kopf der Schlange ruckte nach vorne und zischte sie mit aufgesperrtem Rachen an. Er zog sofort die 45er. Sie war aber nicht in Gefahr – noch nicht. Sie hatte genügend Zeit, nach hinten auszuweichen. Aber sie blieb wie angewurzelt stehen. Sie stand einfach nur da und wartete. Die Schlange schwenkte den Kopf näher heran und klapperte wütend mit dem Schwanz. Rex kam um die Ruine gelaufen.

»Hast du ihn gesehen?« rief er.

»Nein.«

»Ich glaube, er hat es mit der Angst zu tun gekriegt und ist abgehauen.« Er ging auf sie zu. »Was für ein gottverlassenes Nest. Wie aus einem Film von John Ford.«

Joanna hob im Zeitlupentempo die Arme. »Wird mal eine

Ranch oder so was gewesen sein«, sagte sie. Sie stützte die Arme bewundernswert langsam in die Hüfte und stand lässig da.

»Stell dir vor, du müßtest in dieser Hölle leben!« Der Kopf der Schlange zuckte herum. Das Auge sah fasziniert zu. Rex kam näher und näher. Er trat gegen einen Stein, das Gewehr schleifte mit dem Schaft über den Boden. Er kam näher.

»Ideal zum Sonnenbaden.« Sie täuschte ein Lachen vor.

»Einfach verrückt, hier seine Flitterwochen zu verbringen!« Er streckte den Arm nach ihr aus. »Komm, wir gehen zum Wohnwagen zurück und –«

Sein Schatten legte sich über die Schlange. Ihr Schweif klapperte wie ein Kastagnettenpaar. Sie schnellte mit aufgerissenem Maul vor und biß ihn genau in die Eier. Er schrie auf und ließ das Gewehr fallen. Er humpelte ein paar Schritte zurück. »Mary Lin!« Noch einmal erwischten ihn die Giftzähne, diesmal in Höhe des Magens. »Mary Lin!«

In diesem Moment hörte das Auge den Wagen.

Er schlüpfte aus der Felsspalte und kletterte über die Felsbrocken nach oben. Auf dem schmalen Pfad hinter dem Steilhang fuhr ein Polizeiwagen.

»Mary Lin!«

Er rannte in die Schlucht hinunter. Die Schlange war weg. Joanna ebenfalls. Rex saß auf dem Boden und ächzte. Er drehte sich um und sah ihn. Er versuchte, sich aufzurichten. »Ich kann meine Beine nicht bewegen!«

Das Auge hob Joannas Gewehr auf und rannte zurück auf den Grat des Steilhangs. Der Polizeiwagen setzte in eine Trokkenrinne vor und hielt an. Die Türen sprangen auf. Ein fetter Sheriff mit einem Stetson auf dem Kopf zwängte sich aus dem Wagen. Auf der Beifahrerseite stiegen noch zwei Männer aus – die gleichen FBI-Bullen, die er vergangenen Monat im Foyer des Mark Hopkins getroffen hatte. Rex' Gebrüll schallte durch sämtliche Canyons um sie herum. Sie standen wie angewurzelt da und lauschten.

»Klingt wie'n verdammter Panther!«

Das Auge kniete sich hin und ballerte los. Die ersten beiden Kugeln durchbohrten Vorder- und Hinterreifen, die dritte fuhr durch die offenstehende Tür und zerschmetterte das Funkgerät im Armaturenbrett. Die drei Männer stürzten auseinander und suchten Deckung hinter den Felsen.

Er rutschte die Felsspalten hinunter, rannte um die Schlucht herum zu dem Abhang über dem Lagerplatz. Joanna saß in dem Kombi und fuhr Richtung Straße.

Er blickte kurz zu Rex hinüber. Er lag auf dem Rücken im Geröll und rief immer noch nach ihr. »Mary Lin!« Sein Gesicht war schaumbedeckt, mit den Fäusten trommelte er sich auf den Unterleib. »Mary Lin!«

Der Mercury war etwa eine Viertelmeile weiter südlich geparkt. Er rannte los. Wie aus dem Nichts kam eine Kugel geflogen und klopfte ihm auf die Schulter. Er dachte zuerst, es sei eine Schlange, und schrie entsetzt auf. Seine Beine schlugen in entgegengesetzte Richtungen aus. Er hob vom Erdboden ab wie ein Hochspringer.

»Bleib stehen, du Scheißer!« rief ihm jemand hinterher.

Er landete auf einer Seite in einer Sanddüne und wußte kaum noch, wo welcher Knochen war. Er griff nach hinten, wollte der Klapperschlange schon den Kopf abreißen. Er faßte in die Wunde und schrie wie am Spieß.

»Stehenbleiben!«

Ein Querschläger zischte knapp an ihm vorbei.

»Stehenbleiben!«

Er rollte sich auf die andere Seite der Sanddüne. Er untersuchte seinen linken Arm. Kaum zu glauben, daß er überhaupt noch dran war! Er hob ihn hoch, gab ihm einen Klaps, bog die Finger durch. Auf seinem Rücken brummte ein ganzes Orchester an Schmerzen, das ihn beinahe in den Schlaf lullte. Verdammt! Gleich würde er ohnmächtig werden! Er erhob sich und schleppte sich auf den Mercury zu. Er öffnete die Tür – Plumps! Der Boden unter seinen Füßen legte sich schief, warf ihn mit einem Ruck hinter das Lenkrad. Er ließ den Motor an. So weit, so gut! Jetzt mußte er die Kiste nur noch in Bewegung setzen. Sie würden ihn nie einholen, nicht ohne Reifen und Funk. Schmetterlinge flatterten an der Windschutzscheibe vorbei, Schwärme von Schmetterlingen, Wolken aus Gelb und Orange – gesprenkelt und farbenprächtig.

Maggie langte von der Beifahrerseite herüber und schloß die Tür. Sie öffnete die Reisetasche und nahm den Schal, den er ihr in Mexiko gekauft hatte, heraus. Sie wickelte ihn sorgfältig darin ein. Okay, endlich! Die Wunde hörte auf zu bluten. Danke. Sie zeigte auf den Tacho. Er hatte ungefähr fünfzig Meilen drauf. Er ging auf zwanzig herunter. Sie zeigte ihm, wo die Straße war, hielt das Lenkrad und fuhr ihn aus der Felslandschaft heraus. Alles klar. Er war auf der Straße! Was wollte er mehr. Er beschleunigte. Dreißig... vierzig... fünfzig... sechzig... Hurra!

Sie schaltete die Klimaanlage ein. Sie streichelte seine Wange. Schön kühl. Er fragte sich, wie sie aussah. Sie lehnte sich an ihn an und drückte ihn sanft gegen die Tür, um ihm etwas Halt zu geben. Als die Sonne unterging, schaltete sie das Licht an. Danke, Maggie. Dann stellte sie das Radio an. Er spürte ihren Atem in der undurchdringlichen Dunkelheit. Er wagte nicht, den Kopf zu bewegen... sein Hals fühlte sich steif an... trotzdem würde er sie gleich einen Augenblick lang ansehen... er konnte nicht anders... Beinahe wäre er eingeschlafen, sie rüttelte ihn jedoch wieder wach. Danke. Sie sang ihm ein Lied.

Die Hochzeit wird bescheiden sein
Ich hab kein Geld für einen Kinderwagen
Aber du siehst wunderbar aus
Auf dem Sattel
eines Fahrrads für zwei...

Eine Meile vor ihnen fuhr der Kombi.

13

Neun Stunden später, um drei Uhr morgens, erreichten sie Albuquerque. Der Kombi bog in die Zufahrt eines Motels ein, der Horrortrip war zu Ende.

Der Mercury schlidderte auf eine durchgehend geöffnete Tankstelle zu, stieß einen Stapel Kanister um und prallte gegen einen Zaun. Das Auge saß unerschüttert hinter dem

Steuer und wieherte wie ein Pferd über den Witz eines Diskjokkeys im Radio. »Doktor, es ist schrecklich, ich leide an Gedächtnisschwund!« Was soll ich nur machen? Und der Doktor sagte: »Also, zunächst mal müssen Sie im voraus zahlen.« Er stellte das Radio ab, öffnete die Tür und versuchte, die Beine zu bewegen.

Ein Mädchen in Latzhosen kam aus der Werkstatt gelaufen. »Du blöder Arsch! Was zum Teufel soll das!« Dann sah sie den blutigen Schal und stieß einen überraschten Pfiff aus.

Er glitt aus dem Wagen heraus, sackte auf den Boden und lehnte sich gegen den Kotflügel. »Haben Sie vielleicht einen Schluck Wasser?«

»Sicher.«

»Und für die junge Dame eine Cola oder so was.«

»Welche junge Dame?«

Er kniff die Augen zusammen und sah in den Wagen. Maggie war weg. »Ach ja, richtig... ist ja schon in Arizona ausgestiegen.« Was tatsächlich stimmte. Sie hatte ihn im National Park, irgendwo zwischen den versteinerten Baumstämmen des Petrified Forest, verlassen. Sie hatte einfach die Tür geöffnet und war in die Nacht hinausgesprungen. Danach hatte er sie noch einmal gesehen, in New Mexiko. Sie stand in einem Feld und winkte ihm zu.

Das Mädchen zog eine 38er Smith and Wesson aus ihrem Blaumann und hielt sie lässig auf ihn gerichtet. »Also«, sagte sie in lockerem Tonfall, »ich hab nämlich keinen Bock, wegen Ihnen Scherereien zu bekommen.«

»Scherereien?« Er grinste sie an. »Wegen mir?«

»Ha'm sich wohl beim Rasieren geschnitten, was?«

»So ähnlich, ja.« Er gab ihr einen Fünfziger und bat sie, die hiesige Zweigstelle der Watchmen, Inc. anzurufen. Immer noch in den Schal gewickelt wie eine heruntergekommene, alte Frau setzte er sich an den Straßenrand, trank einen Viertelliter Wasser und wartete. Sie hielt weiter die 38er auf ihn gerichtet.

Zwanzig Minuten später tauchte ein Detektiv namens Dice in einem roten MGB auf. Er trug Cowboystiefel. Das Auge winkte ihm zu. »Hier bin ich!«

»Kannst du gehen, Kumpel?«

»Schön wär's.«

Dice hob ihn hoch und setzte ihn in den Wagen. Er brachte ihn zu einem abgelegenen Haus in Istela. Ein Arzt fuhrwerkte mit Haken in der Wunde herum und holte eine Tonne Roheisen aus der Schulter heraus. Das Auge wurde zweimal ohnmächtig. Als er das zweite Mal wieder aufwachte, war er bandagiert und stand unter Morphium. Die Sonne schien.

»Wie fühlst du dich, Kumpel?«

»Super!« Er stand auf und lief wie ein Seiltänzer im Zimmer umher. »Super duper gut.« Das Loch im Rücken war völlig ohne Gefühl, eben ein Loch. Sein linker Arm schwebte schwerelos. »Prima!« Er faßte sich ans Kinn. »Ich müßte mich mal rasieren.«

»Der Arzt meint, du bleibst besser für eine Weile in den Federn.«

»Auf keinen Fall. Ist nicht drin.«

»Dein Mercury steht draußen.«

»Ist einfach nicht drin. Ich muß unbedingt – mein was? Der Mercury?« Er ging auf und ab. Das Morphium sickerte bis in die letzten Nervenenden und löste alle Probleme. »Du übernimmst das für mich, wenn's dir nichts ausmacht, Mice... Bice... Rice...«

»Dice.«

»Mach damit, was du willst. Ich brauch ihn nicht mehr.«

»Bist du auch wirklich okay, Kumpel?«

»Ich werde mit dem Flugzeug weiterreisen. Du kannst mich ja in deinem MG zum Flughafen bringen. Was meinst du, bin ich okay?«

»Hörst du mich?«

»Natürlich hör ich dich.«

»Gut, ich hab nämlich schlechte Nachrichten.«

»Stell ihn einfach irgendwo ab, irgend jemand wird ihn schon finden. Wie weit sind wir von Albuquerque entfernt? Ich zieh mich nur noch schnell um, und dann schaffst du mich hier raus... Schlechte Nachrichten?«

»Bist du sicher, daß du wirklich schnallst, was ich sage Kumpel?«

»Ja, schieß los.«

»Ich hab gerade mit Mr. Baker telefoniert. Ich soll dir sagen, du bist gefeuert. Und daß er seine Minolta zurück will.«

Er gab sein Gepäck am Flughaben auf und nahm ein Taxi zu dem Motel. Sie war immer noch da. Es war elf Uhr. Sie war spät dran. Mit nur einem Bundesstaat Vorsprung vor dem FBI mußte sie sich ranhalten.

Er fuhr zum Flughafen zurück, ließ sich im Friseurladen rasieren und erwartete sie in der Abflughalle. Früher oder später würde sie kommen. Sie mußte per Flugzeug verduften, sie hatte keine andere Wahl. An den Kombi war gar nicht zu denken, ein anderer Leihwagen war ebenso riskant, und für Züge hatte sie zu wenig Zeit.

Er hockte schwitzend da und rutschte unruhig auf dem Stuhl umher. Die Wirkung des Morphiums ließ immer mehr nach, die Schmerzen rückten wieder in den Vordergrund. Er dachte an Watchmen, Inc. Sie könnten ihn überhaupt nicht feuern, wenn er es darauf ankommen ließ. Oder wenn er ihnen um den Bart ging. Er brauchte nur Baker anzurufen und versprechen, daß er morgen brav an seinem Platz im Büro säße. Aber was sollte das jetzt noch? Er würde sowieso nie dorthin zurückkehren.

Elf Uhr fünfundvierzig. Wo zum Teufel steckte sie? In guten und bösen Tagen, in Krankheit und Gesundheit. Er schluckte ein Aspirin. Er fragte sich, wer seinen Schreibtischplatz in der Nische am Fenster übernehmen würde. Sein wahres Zuhause, seit über zwanzig Jahren. Himmel. Was hatte er nur alles in der Schublade zurückgelassen? Eine Flasche Old Smuggler, eine Tube Klebstoff, das Nähetui und den Rasierer, und sein Schreibzeug. Zwanzig Jahre!

»Ja«, sagte er mit lauter Stimme.

Sie kam um zwölf, eine rote Perücke auf dem Kopf. Sie kaufte ein Ticket nach Savannah.

Wo warst du nur so lange? Wir hätten schon längst über alle Berge sein müssen!

Glaubst du, Rex ist tot?

Ich weiß nicht. Wahrscheinlich.

Wenn es so ist, wie schnell wird die Bank davon erfahren?

Welche Bank?

Seine Bank, Dummerchen!

Ein paar Tage. Zuerst wird die Familie benachrichtigt. Warum fragst du? Hast du Angst wegen dem Scheck?

Ja. Wie geht's deinem Arm?

Mies. Hör zu, du willst doch wohl nicht im Ernst versuchen, diesen verdammten Scheck einzulösen, Joanna.

Doch, klaro.

Sein Platz im Flugzeug war etwas weiter hinten. Er ließ sich in den Sitz fallen und versank in tiefen Schlaf. Er irrte stundenlang in dem Korridor umher und suchte nach den Klassenzimmern. Es gab jedoch keine einzige Türe, nur Wände. Er hämmerte solange mit der linken Faust auf sie ein, bis ihm der Arm abfiel. Dann, in einer düsteren Ecke im hinteren Teil des Gebäudes, stieß er auf eine Anschlagtafel. Darauf steckte eine Nachricht von Maggie, auf zerknittertes braunes Packpapier gekritzelt.

> Lieber Daddy
> Vielen Dank für die Karte. Tut mir leid, daß ich nicht auf Dich warten konnte. Ich kann es nicht ab, wenn ich hier nach Schulschluß noch lange herumhängen muß. Im Flur geht nämlich ein Verrückter um, der auf die Wände trommelt. Viele Grüße an Joanna.
> Deine Maggie

Das Pochen in der Schulter legte sich, und er war sich sicher, daß er über den Berg war.

Um halb vier landeten sie in Savannah. Sie verwandelte sich kurzfristig wieder in Mrs. Mary Linda Hollander (blonde Perücke), löste Rex' Vierzigtausend-Dollar-Scheck bei seiner Bank in Port Wentworth ein, flog noch am gleichen Abend nach Miami weiter und nahm sich als Miss Ada Larkin (blaugraue Perücke) ein Zimmer in einem Strandhotel in Dania.

Er quartierte sich unterdessen in einem etwas preiswerteren Etablissement ein, das einen Häuserblock vom Strand entfernt lag. Die Verletzung verheilte langsam, aber stetig. Im März konnte er mit dem Arm schmerzfrei nach hinten auf den

Rücken greifen, und im April schaffte er fünf Liegestützen pro Tag.

Er rief seine Bank an und erfuhr, daß der letzte Watchmen-Lohnscheck am achtundzwanzigsten Februar eingegangen war. Jetzt war es also amtlich, er war in den Ruhestand getreten – und das in Florida, so wie es sich für einen zünftigen Frührentner gehörte! Wer hätte das gedacht! Er überschlug seine Geldreserven und schätzte, daß er mindestens drei Jahre lang davon leben konnte. Und danach – Scheiß drauf! Irgendwie würde es schon weitergehen.

Er kaufte sich einen weiteren Anzug – seinen dritten – und einen alten Fiat. Er schaffte vier bis fünf Kreuzworträtsel am Tag, und nachts träumte er nicht nur von dem Korridor, sondern auch von der Klapperschlange und dem Hai. Manchmal, wenn er im Zimmer war oder am Strand spazierenging, ertappte er sich dabei, wie er »La Paloma« vor sich hin pfiff.

Joanna alias Ada Larkin fand nach und nach wieder zu sich selbst zurück. Sie aß Birnen, kaufte Kleider, trank Cognac und las ihr Horoskop.

Den Morgen verschlief sie, nachmittags ging sie baden, und abends setzte sie sich an den Roulettetisch. In vier Wochen hatte sie die vierzig Riesen fast verdoppelt. Das Auge spielte zu weit niedrigeren Einsätzen an den Black-Jack- und Würfeltischen und brachte es im Durchschnitt auf ein Zweihundert-Dollar-Plus, womit er das Hotel und fast alle anderen Ausgaben decken konnte. An einem heißen Nachmittag schaute er auf einen Drink in einer Bar vorbei. Plötzlich fiel ihm ein Schild an der Wand auf: »PROBIEREN SIE ECHT PILSENER – *das tschechoslowakische Bier.* Sofort fiel ihm Kreuzworträtsel Nummer sieben ein, das er immer noch vor sich her schob.

Er ging in eine öffentliche Bibliothek und las eine Stunde lang in Enzyklopädien und Jahrbüchern über die Geschichte der Tschechoslowakei nach. Das Land gehörte zum kommunistischen Block, wie er herausfand, eine totalitäre »Volksdemokratie«, war aber nach dem Ersten Weltkrieg als unabhängige Republik gegründet worden und umfaßte die ehemaligen Länder Böhmen und Mähren sowie Teile Schlesiens und die Slowakei. Jedes dieser Länder besaß eine eigene Hauptstadt – eine

Hauptstadt in der Tschechoslowakei. Praha, Brünn, Breslau und Bratislava. Zweimal fünf Buchstaben, einmal sieben und einmal zehn Buchstaben. Keine davon paßte in *Hauptstadt in der Tschechoslowakei*, vier Buchstaben. Beim besten Willen nicht.

Schließlich beschloß er, die Lösung auf den letzten Seiten des Kreuzworträtselbuchs nachzuschlagen. Tat er dann aber doch nicht.

Statt dessen ging er an den Strand und sah Joanna zu, wie sie sich in die Brandung warf.

Er wurde langsam unruhig.

Sie hielt sich zu sehr abseits. Ein Fehler. Eine Frau, die einsam durch Miami streifte, war ebenso auffällig wie die Himmelsschriften über den Stränden. Die Leute fingen an, sich die Mäuler über sie zu zerreißen – Gäste im Hotel, die Croupiers, Barkeeper, Kellner und Hotelpagen.

Ich glaube, wir sollten langsam weiterziehen, Joanna, warnte er sie.

Noch nicht.

Sie legte sich eine neue Perücke zu (kastanienbraun). Sie ging zu einem Augenarzt und ließ sich untersuchen. Sie besuchte das Tierreservat in Boca Raton. Sie ging regelmäßig ins Kino.

Er stellte eine Liste der Filme auf, die sie sich ansah.

(15. April) *Klute*
(19. April) *I Heard the Owl Call My Name*
(20. April) *Jane Eyre*
(21. April) *Catholics*
(23. April) *Jane Eyre (zum zweiten Mal)*
(25. April) *Dollars*
(27. April) *Jane Eyre (zum dritten Mal)*

Dann eine Liste der Zeitschriften, die sie kaufte.

Vogue	*Newsweek*
Elle	*The New Yorker*
Time	*Cosmopolitan*

Glamour *Good Housekeeping*
McCall's *Paris-Match*

Und eine Liste ihrer Bücher.

Jane Eyre von Charlotte Brontë
Krieg und Frieden von Tolstoi
Nana von Zola
Moby Dick von Melville
Das Ende einer Affäre von Graham Greene
Hamlet

Und schließlich eine Liste ihrer Morde.

Paul Hugo
Dr. Brice
Bing Argyle
Polizist in New York City
Cora Earl
Jerome Vight
Rex Hollander

Sieben Morde, von denen er sicher wußte. Mit vier der Opfer war sie verheiratet gewesen.

Komm schon, Joanna, wir müssen weiter!

Nein, noch nicht.

Dann, im Mai, fuhr ein Konvoi schwerer Limousinen vor dem Hotel vor, und im Nu hatte eine Schar Araber sämtliche Suiten der oberen Stockwerke belegt. Die Morgenzeitung brachte noch am gleichen Tag eine kleine Notiz über sie: Arabische Delegation wegen Grundstücksverhandlungen eingetroffen.

Als er sie in der Hotelhalle stehen sah, war er wie vom Donner gerührt. Einer von ihnen war Abdel Idfa!

Mist!

Für den Rest des Nachmittags übernahmen die launischen Parzen eines bevorstehenden Verhängnisses die Regie.

Sie waren es nämlich, die dafür sorgten, daß Joanna an eben

diesem Tag ihren Tagesablauf änderte. Anstatt an den Strand ging sie zum Swimming-pool und übte eine Stunde lang Kopfsprünge. Es dauerte nicht lange, und Abdel Idfa kam wie bestellt hinzu. Er machte es sich in einem Liegestuhl bequem und briet keine fünf Meter von ihr entfernt in der Sonne.

Anschließend verbrachten sie beide eine halbe Stunde in der Klub-Bar und tranken Martinis. Sie traten hintereinander ein, schlürften ihre Drinks an den gegenüberliegenden Enden der Theke und machten sich im Gleichschritt wieder davon, wobei sie beinahe noch an der Tür zusammengestoßen wären.

Das Auge sprang im Dreieck. Die Menschenmenge war ihre Rettung! Dem Himmel sei Dank für diese Ferienflaneure, diese Miami Beach-Schönheiten – der athletische Tarzan im Ted Lapidus-Eierschutz, die zahllosen spärlich bekleideten Nixen, die überall herumschwirrten, nicht zu vergessen die Großmütter mit ihren violettgefärbtem Fönfrisuren und den riesigen Sonnenbrillen, ihre Ehemänner mit Beefsteak-Gesichtern und Bermuda-Shorts! Sie waren allgegenwärtig, ganze Heerscharen davon, und über alles stülpten sie eine Glocke des Lärms, der Hektik und der klaustrophobischen Enge.

Dann, um Punkt zwei Uhr, aßen sie beide im Speisezimmer des Hotels zu Mittag. Der Tisch, an dem Abdel mit seinen Landsleuten saß, und Joannas Tisch waren nur durch ein paar Topfpflanzen und Hotelgäste voneinander getrennt.

Die nächsten zwei Stunden verbrachte sie lesend auf ihrem Zimmer, während Abdel seinerseits irgend etwas zu erledigen hatte. Aber, siehe da, um halb fünf trafen sie sich beide im Foyer wieder. Sie stieg gerade aus dem Aufzug, und er kam aus dem Friseurladen geschlendert. Vor dem Empfangstisch gingen sie aneinander vorbei, im Zentimeterabstand. Sie legte ihren Schlüssel ins Fach, während Abdel den Portier um Telegrammformulare bat.

Das Auge konnte es nicht länger mitansehen.

Er ging zu einem Blumenladen in der Tampa Street und ließ ihr zwei Dutzend Rosen aufs Zimmer bringen. Er schrieb ihr ein Begleitkärtchen:

Liebe Miss Larkin
Ich habe sie heute nachmittag am Swimming-pool gesehen und frage mich seither, ob Sie die gleiche junge Dame sind, die ich vor einiger Zeit in Chicago getroffen habe. Aber selbst wenn Sie es nicht sind, haben Sie vielleicht Lust auf einen Drink? Schauen Sie doch einfach bei mir vorbei! Ich bin auf 196–197.

Abdel Idfa, Esq.

Sie reiste im Rekordtempo ab. Er hatte nicht einmal mehr Zeit, seinen Fiat zu verkaufen. Er ließ ihn auf dem Parkplatz am Flughafen stehen.

Sie setzte sich ihre neue kastanienbraune Perücke auf und flog nach Detroit.

Sie nannte sich jetzt Roxane Devorak.

Sie verbrachte vier Monate in Michigan, genauer gesagt in Lansing, Grand Rapids und St. Joseph, und befand sich praktisch direkt gegenüber dem Chikagoer Hochhaus auf der anderen Seite des Sees, in dem sie Bing Argyle erstochen hatte.

Im September ging sie für einen Monat nach Pittsburgh, verbrachte anschließend zwei Monate in Buffalo und einen weiteren Monat in Tonawanda in der Nähe der Niagara-Fälle, wo sie sich die Abende in einem sündhaft teuren Spielklub vertrieb. Sie verlor neuntausend Dollar. Er gewann dagegen elftausend.

Eines Morgens, als er aus dem Fenster sah, schneite es.

Es war Heiligabend. Ein weiteres Jahr war vergangen.

Sie flogen nach Philadelphia und landeten mitten in einem Schneesturm.

14

Joanna hatte sich fest in ihren Nerz eingepackt. Sie wanderte durch die Straßen und sah sich die Schaufensterauslagen an oder hörte den Weihnachtsliedern der Heilsarmee zu. Am vierundzwanzigsten riet ihr das Horoskop:

Dies ist IHR Monat, dies ist die Jahreszeit, in der Sie fröhlich sein sollten. Nutzen Sie also die Gelegenheit und amüsieren Sie sich...

Sie gehorchte den Anweisungen aufs Wort und lächelte beflissen in die Passantenschar hinein, so als ob sie einen Bekannten erwartete, der jeden Monat aus dem Festtagstrubel auftauchen mußte. Sie gab einem heruntergekommenen Weihnachtsmann auf der Market Street einen Dollar. »Danke«, sagte er, und seine Augen wanderten ihre Beine hinunter. »Ich hab aber auch 'n Weihnachtsgeschenk für dich, Baby.« Er langte nach unten, öffnete schwungvoll den Reißverschluß seiner roten Hose und zeigte ihr seinen Schwanz, den er festlich mit Rauschgoldgirlanden verziert hatte.

Sie ging in ein Kaufhaus und streifte zwischen den Regalen umher. Aus den Lautsprechern säuselte »God Rest Ye Merry, Gentlemen«. Sie kaufte einen Pullover. Sie spazierte durch einen Wald riesiger Weihnachtsbäume aus Pappmaché. Es wimmelte von Kindern. Sie stieß auf ganze Scharen von kleinen Jessicas, die an den Händen ihrer Eltern vorbeizogen, ohne Notiz von ihr zu nehmen, ohne daß sie an ihrer Freude hätte teilnehmen können. Sie gab es auf, zu lächeln.

Auch er sah überall seine Tochter, wohin er sich auch wandte. Sie war in Begleitung ihrer echten Väter, durchweg zufriedene, verantwortungsbewußte Männer, die sie sanft festhielten, um sie in dem Getümmel nicht zu verlieren. Anschließend würden sie sie wieder sicher nach Hause geleiten, in die warmen Zimmer geräumiger Häuser, deren Fenster mit weihnachtlichen Stechpalmenzweigen geschmückt waren.

Er verlor Joanna aus den Augen. Als er sie wiederfand, war sie in Begleitung eines Mannes. Seinen wirklichen Namen sollte er nie erfahren, es ging alles viel zu schnell.

Sie spazierten zusammen die Straße hinunter und kehrten in einer Cocktail-Bar ein, wo sie den Rest des Nachmittags bei ein paar Grogs verbrachten.

»Ja, ich bin durch das ganze Land gedüst«, sagte sie, »Monat um Monat.«

»Darum beneide ich Sie«, erwiderte der Mann. »Ich hätte nicht die Zeit dazu, selbst wenn ich wollte.« Er war Mitte Fünfzig, ruhig und seriös. Offensichtlich ein netter Mann, der sich mit ihr ohne Hintergedanken unterhielt.

»Jetzt aber möchte ich mir erst mal etwas Ruhe gönnen.« Sie zündete sich eine Gitane an, lehnte sich zurück und ließ ihren Blick in dem schummrigen Raum umherschweifen. »Und zwar hier.«

»Warum auch nicht? Philadelphia ist eine nette Stadt. Es wird Ihnen hier bestimmt gefallen.«

»Mir ein Haus mieten und einfach schlafen und...« Sie spielte an ihrem Sternzeichen herum. »Ich fühle mich so müde...«

»Bei der Haussuche könnte ich Ihnen behilflich sein. Kein Problem.«

»Kein Problem, nein.« Sie lachte. »Das Problem ist –«

»Was?«

Hinter ihrem Tisch stand ein kleiner Weihnachtsbaum. Joanna starrte ihn an. Irgendwo in einer Ecke spielte ein Pianist »Jingle Bells«. Die beschlagenen Fenster tauchten den Raum in ein dickes gewitterhaftes Grau.

»Das Problem ist«, sagte sie, »was wird morgen mit mir sein? Oder übermorgen? Oder Weihnachten nächsten Jahres.« Sie wollte ihm irgendeine Geschichte erzählen, schien es sich aber wieder anders zu überlegen. Ihre Gedanken wanderten jetzt ziellos umher, fast als führte sie Selbstgespräche. »Wieviel Ruhe kann ich mir überhaupt erlauben? Die Zeit vergeht so schnell. Und teuer ist sie auch. Dem Leben ein Jahr oder auch nur einen Tag abzuluchsen, kostet ein Vermögen. Wer auf der Welt bleiben will, muß Miete zahlen. Immer wenn die Erde sich einmal gedreht hat, will der Besitzer sein Geld. Und ich bin völlig blank, ich habe meine Zeit und mein Geld verbraucht – und jetzt stehe ich mit leeren Händen da. Und zwar völlig leeren. Alles, was ich besitze, ist das Gefühl, etwas verloren zu haben. Ich habe wirklich alles verloren.«

»Was haben Sie verloren?«

Sie sahen sich an. Joanna lächelte. »Sind Sie Bankier?«

»Nein. Wie kommen Sie darauf?«

»Sie sehen so aus wie einer...«

»Was für einer?«

»Die in einer Bank sitzen, in einem gemütlichen Kabäuschen, mit einem Seil abgesperrt. Immer, wenn ich einen Scheck einlösen möchte, geht das Mädchen am Schalter zu Ihnen hinüber und flüstert Ihnen was ins Ohr, und dann sehen Sie mich beide an. Und Sie schnappen sich das Telefon und rufen in einem anderen Kabäuschen an, bis schließlich das Mädchen zurückkommt und sagt: ›Kann ich bitte Ihren Ausweis sehen?‹«

»Ich bin in der Werbebranche.«

»Nein.« Sie schüttelte den Kopf. »Nein, sind Sie nicht, Sie sind ein Bankier, der wissen will, warum ich im Minus bin.«

»Ich habe nur gefragt, was Sie verloren haben.«

»Also gut, ich werd's Ihnen verraten. Ich habe meine Kindheit und meine Jugend verloren. Meinen Vater und meinen Mann. Meine Tochter. Und mein Verstand – der verläßt mich jetzt auch bald, mein Gedächtnis führt mich mittlerweile an der Nase herum. In meinem Kopf dreht es sich nur noch« – sie sah ihn mit zusammengekniffenen Augen an. »Ich werde von Tag zu Tag kurzsichtiger. Alles sieht verschwommen aus. Ich müßte eigentlich eine Brille tragen. Was soll nur aus mir werden, wenn ich alt und arm, blind und völlig übergeschnappt bin?«

Der Pianist spielte »La Paloma«. Der Kellner brachte ihnen noch zwei Drinks.

»Der Song, der da spielt – wer hat den bestellt?« fragte sie ihn.

»Weiß nicht«, sagte er mürrisch.

»La Paloma«, sagte sie. Sie schnitt eine Grimasse. »Das haben sie in der Nacht, in der Daddy New York verlassen hat, gespielt. Wir haben uns *Hamlet* angeschaut, mit Richard Burton. Davor waren wir den ganzen Morgen Schlittschuhlaufen. Und am Nachmittag sind wir den Riverside Drive hochspaziert und haben Großpapas Grab besucht – ein wahnsinnig schöner Tag. Im Hudson haben riesige graue Schiffe mit orangenfarbenen Schornsteinen vor Anker gelegen. Die Sonne hat geschienen. Im Park hat der Flieder geblüht. Wer war das noch mal, der gesagt hat ›Die Erde kann dir nicht antworten‹? Stimmt nämlich nicht! Die Erde kann antworten, sie spricht. Sie singt dir ein Lied. Bäume, Straßen und Fliederbüsche klingen wie Musik in den Ohren, man muß nur zuhören, und man muß ein kluges junges Mädchen sein, das mit ihrem Vater den Riverside hochspaziert. Nach dem Theater sind wir auf ein Fest gegangen, irgendwo auf den East Side, glaube ich. Alle haben gedacht, ich wäre seine Freundin, zumindest haben sie so getan – ›Ich hab sie mir auf der zweiundvierzigsten Straße geangelt‹, hat er gesagt, als sie ihn damit aufzogen. Dann sind wir zum Kennedy-Flughafen gefahren, und er ist in seine Maschine gestiegen. Der Tag war wahnsinnig lang gewesen, erst der Morgen, dann der Nachmittag und dann noch der Abend. Und jede einzelne Minute davon haben wir zusammen verbracht. Aber es war unser letzter Tag und unser letzter Abend. Ich hab ihn nie mehr wiedergesehen.«

»Wohin ist er denn geflogen?«

»Keine Ahnung.«

»Was ist aus ihm geworden?«

»Er ist einfach weggeflogen. Er hat mir einen Pullover gekauft. Er hat nicht gepaßt. Einen roten Pullover. Und aus den Lautsprechern schallte ›La Paloma‹. Es hieß, er hätte einen Herzinfarkt gehabt. Und ich – also, immer wenn ich aus einer Bank komme, tu ich so, als ob er an der Ecke auf mich wartet. Aber er braucht kein Geld mehr – eigentlich schade, weil es schön wäre, ihm Dinge zu schenken. Und es wäre schön, wenn er mich mit meiner Tochter sehen könnte. Er weiß nicht einmal, daß er Großvater geworden ist. Wir könnten alle zusammen in das Haus ziehen, das Sie für mich finden wollen. Aber natürlich geht das alles nicht. Sie sind beide tot und ich werde immer betrunkener.«

Er riß weder irgendwelche dummen Witze, noch machte er sich über sie lustig. Er nahm auch nicht ihre Hand und sagte »Kommen Sie, gehen wir woanders hin.« Er konnte ihren Geschichten nicht immer ganz folgen und wußte nicht genau, was sie ihm oder sich sagen wollte – das meiste jedoch verstand er. Er öffnete seine Brieftasche und zeigte ihr ein Foto. »Mein kleiner Junge«, sagte er. »Er ist bereits mit drei Jahren gestorben.« Er war dabei nicht einmal sentimental – seine Art hatte nichts Abgeschmacktes. Er vermittelte ihr nur ganz einfach einen Eindruck davon, wie die Dinge waren. »Sie können sich glücklich schätzen, daß die Zeit für Sie so schnell vergeht. Für mich schleicht die Zeit im Schneckentempo dahin, weil ich einfach zuviel davon habe, zuviel Zeit, um über mein Schicksal nachzudenken.« Er lächelte. »Man kann entsetzlich alt werden, wenn jede Stunde eine kleine Ewigkeit dauert.«

Damit hatte es sich.

Sie blieb noch einen Augenblick sitzen, rauchte ihre Zigarette zu Ende und lauschte den Schlußakkorden des Pianisten. Dann nahm sie ihren Pelz, ihre Handtasche und das Paket mit dem Pullover. »Entschuldigen Sie mich eine Sekunde«, sagte sie.

Sie kam nie zurück. Sie verschonte ihn.

Das Auge folgte ihr. Sie spazierte mit gesenktem Kopf, den Mantel über die Schulter geworfen, am Bürgersteig entlang. Er ging direkt hinter ihr, fast Seite an Seite.

Die Abenddämmerung war hereingebrochen, die Straßenlampen leuchteten. Die gehetzten Käuferscharen drängten und stießen sich immer noch um sie herum. Es war kalt, naß und glitschig, ein klassisches Postkarten-Weihnachten mit farbigen Lichtern und schmückenden Kränzen, klingenden Glocken und Autohupen, hell erleuchtet von schimmernden Schaufenstern, die sich im Schnee widerspiegelten. Und sie ging direkt vor ihm, zum Anfassen nahe, mit glühenden Wangen und dampfendem Atem. Auf ihrer Wollmütze funkelten kleine Eistupfer. Sie zog den Nerz an. Er streckte die Hand aus und hielt den Mantel am Kragen fest, während sie in die Ärmel schlüpfte. Sie bemerkte ihn nicht. Sie weinte.

Er sandte ihr seine schützende Liebe voraus und teilte die Passantenschar vor ihr, damit sie unversehrt hindurchschreiten konnte. An den Kreuzungen stellte er die Ampeln von Grün auf Rot und stoppte den Verkehr, damit sie die Straße sicher überqueren konnte.

Nie wieder würde er diese ganz besondere Abenddämmerung vergessen. Jahre später, wenn er auf all ihre gemeinsamen Reisen zurückblickte, sollte dieser Spaziergang am Penn

Boulevard seine liebste Erinnerung werden. Er würde in dunkler Nacht aus tiefem Schlaf erwachen und sich an den Heiligabend in Philadelphia erinnern, und an den Schnee. Er hörte dann von weit her die Kinder, wie sie von Haus zu Haus zogen und ihr Weihnachtsständchen sangen. Er schmeckte die Winterluft, die sie zusammen atmeten, und spürte die eisige Schwermut der Einsamkeit, die sie voneinander trennte. *Das war das Jahr, in dem ich ihr eine Birne geschenkt habe*, sollte er dann der Dunkelheit anvertrauen.

»Sämtliche Flüge sind gestrichen worden«, sagte das Mädchen am Schalter.

»Für wie lange?«

»Bis der Schneesturm wieder welche zuläßt. Wahrscheinlich noch heute nacht, wenn es Ihnen nichts ausmacht, zu warten.«

Joanna brachte ihr Gepäck zur Aufbewahrung und setzte sich. Der Flughafen war gerammelt voll mit gestrandeten Passagieren, die sich um die Fenster scharten und dumpf in den schwarzen Himmel starrten. Eine Horde Charterflug-Reisender mit Unmengen von Koffern und Gepäckstücken beanspruchte einen ganzen Flügel der Halle für sich. Ein junger Typ hinter Joanna klagte lauthals zwei Japanern sein Leid. »Ich muß unbedingt bis morgen mittag in Washington sein. Vielleicht sollte ich besser einen Zug nehmen.«

Sie versuchte zu lesen, gab aber schließlich entnervt auf. Sie lehnte sich zurück. Ihr krummer Finger ließ ihr keine Ruhe. Sie biß darauf und massierte ihn. Im Hintergrund säuselte ein Chor »O Little Town of Bethlehem«. Dann spielte ein Orchester Filmmusiken von Erich Wolfgang Korngold. »Ich hatte schon irgendwie geahnt, daß es ein Fehler wäre, nach Philly zu kommen«, jammerte der junge Typ hinter ihr. Frank Sinatra sang »Strangers in the Night«. »Ich finde es sehr verwunderlich«, sagte einer der Japaner, »daß man nicht mit Schneepflügen die Rollbahnen freiräumt.«

Dann wurde über Lautsprecher ihr Name aufgerufen. Ihr richtiger Name!

Sie sprang auf, völlig verdutzt. Vielleicht war sie ja eingeschlafen und hatte nur geträumt! Die Durchsage ertönte ein zweites Mal. Sie ging zur Information. Eine Hostess überreichte ihr ein kleines, hübsch verpacktes Geschenk. »Ein Gentleman hat dies für Sie abgegeben«, sagte sie.

»Wann?«

»Vor ein paar Minuten.«

»Wer? Wer hat das abgegeben?«

»Er hat seinen Namen nicht genannt.«

Joanna packte es aus. Es handelte sich um eine große frische gelbe Birne in einer Zellophantüte. Daran befestigt war ein Begleitkärtchen. Sie riß es herunter. Ein Glückwunschkärtchen mit stilisierter Handschrift. Sie las: HAPPY BIRTHDAY.

Sie blickte sich mit zusammengekniffenen Augen in der Flughafenhalle um. Sie sah sich den jungen Typ, der sich mit den Japanern unterhielt, etwas genauer an. Dann einen Lufthansa-Steward. Einen Mann im Parka, einen anderen Mann, der sich wie ein Eskimo mit Pelzen vermummt hatte, zwei Jugendliche mit Skiern, einen Jungen, der eine Gitarre dabeihatte.

»Wo bist du, du Arschgesicht?« flüsterte sie.

Sie beobachtete eine Gruppe von Charterflug-Passagieren, die aus Bierdosen tranken, dann einen Mann in einer El Al-Uniform. Ein Schwarzer las *Oui*, ein Mann in einem Chesterfield den *Playboy*, ein anderer eine Zeitung. Ein Pfeifenraucher, ein Schlafender...

Sie ging zu dem Mann in dem Parka hinüber und blickte ihn aus den Augenwinkeln an. Dann ging sie zu dem Schwarzen und sah ihn prüfend an. Er blickte zu ihr auf. »Is was, Madam?« fragte er verunsichert. Sie ging weiter, ließ das Auge aus und blieb vor dem Mann in dem Chesterfield stehen. Er lächelte sie höflich an. »Ich glaube nicht, daß wir heute noch hier rauskommen werden«, sagte er. Sie kehrte zu ihrem Platz zurück und setzte sich. Sie zuckte mit den Achseln und aß die Birne.

Um zehn Uhr verkündete die Lautsprecherdurchsage, daß der Flugbetrieb frühestens am nächsten Morgen wieder aufgenommen werden würde. Joanna schlief. Jemand vom Reinigungspersonal weckte sie mit seinen Putz- und Eimergeräuschen. »He!« rief er. »Wir machen jetzt dicht.«

»Frohe Weihnachten«, sagte sie.

»Ja, ja«, knurrte er.

Sie ging nach draußen. Der junge Typ, der um Mittag in Washington D.C. sein mußte, rannte umher und versuchte, ein Taxi zu finden. »Ich werd jetzt mit dem Zug weiterfahren«, sagte er an Joanna gewandt.

»Ich auch.«

»Wohin wollen Sie denn?«

»Nach Baltimore.«

»Ich muß in die gleiche Richtung. Kommen Sie, die Taxifahrt übernehme ich.«

Er hieß Henry Innis. Er war ein Antiquitätenhändler aus Alexandria, einunddreißig Jahre alt, unverheiratet. Zum Zeitpunkt seines Todes bewahrte er in seiner Brieftasche rund neunundzwanzigtausend Dollar auf – die steuerfreie Provision für eine Möbelauktion, die er nachmittags in Philadelphia gemanagt hatte.

Ihn umzubringen war eine Kleinigkeit. Um halb zwölf kamen sie am Bahnhof an und nahmen einen Bummelzug nach Washington. Der Zug war fast leer. Sie vertrieben sich die Zeit mit einer Flasche Bourbon, und er starb an einer Arsenvergiftung irgendwo hinter Wilmington...

Das Auge hatte im nächsten Waggon Platz genommen und sich ein Kreuzworträtsel vorgeknöpft. Im Bahnhof von Aberdeen blickte er aus dem Fenster und sah, wie sie den Bahnsteig überquerte. Der Zug hatte sich schon in Bewegung gesetzt. Er rannte den Gang hinunter und sprang aus der Tür.

Es war drei Uhr morgens. Sie wanderte durch die kalten verlassenen Straßen und murmelte vor sich hin. Sie fand eine Kirche, die geöffnet war, und legte sich bis zum Morgengrauen auf einer Bank schlafen. Das Auge verbrachte den Rest der Nacht im Querschiff und las in einem Gebetbuch.

Sie waren nicht die einzigen Herumtreiber, die dort Zuflucht gesucht hatten – Penner, Säufer, Nachtschwärmer, die eine Kerze anzündeten, alte Frauen, die den Rosenkranz beteten, und ein Dickwanst, der in voller Weihnachtsmann-Montur hinter dem Altar schnarchte. Ein Taschendieb, der zwischen den Bänken umherstreifte, näherte sich Joanna. Gerade als er den Griff nach ihrer Handtasche wagen wollte, wachte sie auf. Sie verscheuchte ihn und legte sich wieder schlafen. Ein Schwuler, noch ein halbes Kind, versuchte das Auge anzubaggern.

»Kleinen Weihnachtslutscher?« flüsterte er.

»Hau ab.«

Der Junge tauchte wieder im Halbdunkel unter. Das Auge blickte zu den Heiligenstatuen hoch. St. Joseph, St. Anthony, St. Mary, St. Christopher... und eine, die er nicht kannte. Er ging hinüber und las das Schild. *Sankt Rita.* Er hatte noch nie von ihr gehört. Sie trug ein hellblaues Gewand, das mit silbernen Fransen besetzt war. Auf ihrem Hals glühte eine goldene Blume. Ihr Profil erinnerte an einen Modigliani. Er steckte einen Vierteldollar in den Opferstock und nahm eine Kerze aus dem Regal. Er zündete sie an und stellte sie vor ihr auf. *O du dunkle Heilige,* flehte er. *Beschütze meine beiden Mädchen. Wirf sie den Haien nicht zum Fraß vor. Halt das FBI von Joanna fern. Und schütze Maggie vor der Kälte heute nacht.*

Und dann noch was – wie heißt diese verdammte Hauptstadt in der Tschechoslowakei?

Um sechs nahmen sie einen Greyhound-Bus zurück nach Philadelphia. Um neun waren sie wieder am Flughafen. Joanna verschlang ein riesiges Frühstück – Pfannkuchen mit Rührei, Filet Mignon und noch eine Gemüsepastete. Dann holte sie ihr Gepäck ab und flog nach St. Louis.

Sie mieteten sich beide einen Wagen und fuhren Richtung Süden am Mississippi entlang. Sie kamen durch Waterloo, Red Bud, Chester, Carbondale, Ware und Thebes. Die letzten Tage des Jahres verbrachte sie in einem Motel in einem Ort namens Mound City in der Nähe von Cairo. Sie nannte sich Victoria Chandler (blonde Perücke).

An Silvester suchte sie eine Bar in Wickliffe auf, einen ziemlich fiesen Abzockerschuppen, gerammelt voll mit übel aussehenden Säufern. Sein Radar registrierte sofort, was Sache war, und er versuchte, sie zu warnen.

Steh auf und mach, daß du hier wegkommst, Joanna.

Nur noch einen Drink, dann geh ich wieder.

Du hast schon fünf gehabt.

Geh mir nicht auf die Nerven! Wer bist du überhaupt?
Komm jetzt, Zeit schlafen zu gehen.
Wer spricht da mit mir?
Komm, wir zischen ab.
Laß mich in Ruhe!

Nachts um zwei war sie sternhagelvoll. Aus der Jukebox plärrte Country-Musik. An der Bar hingen nur noch ein paar hartgesottene Säufer herum. Einer davon, ein hünenhafter Lastwagenfahrer, machte sich an sie ran. Er beugte sich über den Tisch zu ihr vor, packte sie bei den Schultern und rüttelte sie wie einen Pflaumenbaum durch. »He, Blondie«, sagte er. »Komm, wir gehen nach draußen, mal 'n bißchen frische Luft schnappen.« Sie schwenkte herum, wuselte ihr Haar zurecht und versuchte, aufzustehen. Er packte sie und hob sie mit einem Ruck auf die Beine. Als er sie wieder losließ, plumpste sie auf den Boden. Die Kerle an der Bar schauten zu und lachten sich schief.

Das Auge tauchte aus seiner Ecke auf. »Schieb ab«, sagte er. »Ich kümmere mich schon um sie.«

Der Lastwagenfahrer stieß ihn beiseite. »Verpiß dich, du Wichser! Die Lady gehört zu mir!« Glücklicherweise war er für eine echte Rauferei viel zu betrunken. Das Auge wich den ersten beiden Schlägen, die wie Axthiebe die Luft teilten, mit zwei kurzen Schritten aus und verpaßte ihm eine Gerade in den Magen. Der Koloß ging zu Boden, kam aber wieder hoch und setzte zu einem mörderischen Schlag an. Das Auge mußte eine mächtige Linke quer über die Wange einstecken, ihm klapperten die Zähne, dann packte er ihn von hinten, rammte ihm die Faust in den Nacken und stieß ihn wieder zu Boden. Diesmal blieb er liegen. Niemand wagte, sich einzumischen.

Er stellte Joanna wieder auf die Beine, hob die Handtasche auf und schleifte sie zur Tür.

Draußen schleppte er sie über den Parkplatz, fischte die Schlüssel aus der Handtasche, schloß den Wagen auf und beförderte sie ächzend auf den Rücksitz. In ihrer Handtasche stieß er auch auf die *Hamlet*-Taschenbuchausgabe. Er hielt das Buch unters Licht und blätterte es kurz durch. Hunderte von

Zeilen und Textpassagen waren rot eingekreist, mit einem orangenen Kreuzzeichen versehen, schwarz unterstrichen oder mit grünen, blauen oder braunen Sternchen markiert. Er überflog zufällig einen Vers:

> *...von ihren Melodien*
> *hinab in den schlamm'gen Tod*

Die Säufer kamen johlend und singend aus der Bar gestolpert. Als er mit dem Wagen auf dem Weg zum Highway an ihnen vorbeikam, hupte er kurz.

»Frohes neues Jahr!« riefen sie.

Die aufgehende Sonne, die wie eine rötliche Lavaflut durch das Fenster strömte, weckte sie. Sie richtete sich auf dem Rücksitz auf, öffnete die Tür und studierte die Gegend. Der Wagen parkte am Ufer des Mississippi. Sie kletterte heraus, zog sich die Perücke vom Kopf und warf sie beiseite. Sie lehnte sich an den Kotflügel und hielt sich stöhnend den Kopf. Dann drehte sie sich abrupt um, griff sich die Handtasche vom Sitz und durchwühlte sie, völlig außer sich. Sie fand das Geld, zählte es. Es fehlte nichts. Sie atmete erleichtert auf und hielt sich mit schlotternden Knien an der Tür fest. Sie setzte sich zwischen die Felsen und stützte den Kopf in die Hände. Allmählich legte sich ihre Aufregung. Sie biß sich auf den linken Zeigefinger, rieb ihn gegen das Knie. Sie blickte in den Himmel, dann in den Fluß. Sie trat sich die Schuhe in hohem Bogen von den Füßen, hob den Rock hoch und streifte die Strümpfe ab. Sie stand auf, nackt, und legte ihre schmutzigen, verschwitzten Sachen über das Autodach.

Nackt, wie sie war, stieg sie in den Fluß. Sie tauchte mit einem geschmeidigen Satz in die kräftige Strömung ein und schwamm in einem weiten Halbkreis vom Ufer weg.

Er hielt sich in einem Busch oben am Straßenrand versteckt, sah ihr zu und lächelte zaghaft.

Er hoffte, sie hatte nicht vor, sich zu ertränken. Er war Nichtschwimmer.

15

Joanna fuhr quer durch West-Kentucky zum Green River. In Rockport regnete es. Sie kam von der Fahrbahn ab und krachte in einen Zaun. Der Unfall war nicht weiter schlimm, aber sie konnte sich nicht mehr davor drücken, etwas wegen ihrer Kurzsichtigkeit zu unternehmen – Kontaktlinsen.

Im Postamt von Rockport stieß er auf ihr Fahndungsplakat: sie wurde bundesweit gesucht. Er hatte völlig verdrängt, welch ein heißes Eisen sie mittlerweile war. Das Phantombild gab ihr Gesicht fast exakt wieder. Nur die Nasenpartie war etwas mißlungen, aber der Rest glich ihren Zügen aufs Haar. Man hatte sie als Ella Dory alias Mrs. Jerome Vight, alias Mary Linda Kane, alias Mrs. Rex Hollander, alias Ada Larkin identifiziert. Ada Larkin! Ihm blieb die Spucke weg. Sie mußten ihre Spur also bis nach Miami verfolgt haben. Aber wie? Diese stinkenden Hyänen, wahrscheinlich hatten sie die Passagierlisten aller Flüge durchgekämmt, die an dem Tag, als sie Hollanders vierzig Riesen abgehoben hatte, von Savannah starteten. Aber Hut ab, diese Mistkerle arbeiteten schnell und effektiv. Konnten sie vielleicht auch hinter ihre Decknamen Roxane Devorak und Victoria Chandler kommen und ihr über Michigan und Philadelphia bis nach St. Louis nachspüren? Nein, glaubte er nicht, unmöglich. Und doch...

An jenem Abend sah er sich in seinem Hotelzimmer einen Fernsehfilm über einen Sträfling an, der aus einem Trupp aneinandergeketteter Gefangener geflohen war. Eine Meute Bluthunde verfolgte seine Spur. Er schleppte sich immer wieder mühsam durch Flüsse und Sümpfe fort, um die Hunde abzuschütteln, aber dann mußte er eine Wüste durchqueren, und dort fielen seine Häscher über ihn her. Joanna hatte genau das gleiche Problem. Ihre Fährte war viel zu deutlich erkennbar, und das Wasser, das ihre Spuren verwischen sollte, wurde seichter und seichter. Immer wieder Perücken und Namen zu wechseln, reichte einfach nicht mehr.

Sie fuhr nach Louisville – Dan »Ken Tuck« Kennys früheres Operationsgebiet. Er versuchte, sich Kenny ins Gedächtnis zu rufen, konnte sich aber nicht mehr an sein Gesicht erinnern.

Himmel! Wie lange war das nur her? Fresno, L. A., die Buchhandlung, Ralph Forbes, die Klinik, Jessica, der Friedhof an den Ufern des San Joaquin River... Hatte sie Kenny umgebracht? Ja... nein, der war im Knast krepiert. Sie hatten gemeinsam so viele Kilometer zurückgelegt, hatten an so vielen Orten Station gemacht! Jetzt befanden sie sich auf der 60. Bundesstraße, irgendwo südlich des Ohio River, und durchquerten Städte wie Hawesville, Cloverport, Hardinsburg, Irvington...

Ein klarer, windiger Nachmittag im Januar. Ein Mädchen stand am Straßenrand und wollte per Anhalter mitgenommen werden. Sie trug Jeans, Armeestiefel, eine spitzzulaufende Mütze und eine Armeejacke. Sie war blond, nicht älter als siebzehn oder achtzehn und hatte Sommersprossen im Gesicht. Sie hieß – er erfuhr ihren Namen erst sehr viel später – Becky Yemassee.

Joanna nahm sie mit.

Nach längerer Fahrt bogen sie in einen schlammigen Feldweg ein und verschwanden im Wald. Aus Angst, sie könnten ihn bemerken, hielt er zunächst an. Wohin wollten sie nur? Gab es irgendwo hinter den Bäumen etwa ein Dorf? Oder eine Farm? Oder ein Haus? Er wartete zehn... fünfzehn... zwanzig Minuten. Gerade als er hinterherfahren wollte, tauchte das Mädchen aus dem Waldweg auf. Sie rannte. Ein alter Dodge Royal Lancer kam mit heulendem Motor die Straße hoch. Hinter dem Steuer saß ein Junge, der auf dem Kopf einen Bowler mit abgeschnittener Krempe trug. Er hielt schlingernd vor dem Mädchen am Straßenrand an und öffnete die Tür. Sie sprang auf den Beifahrersitz und eine Sekunde später schossen sie davon wie Bonnie und Clyde.

Er fuhr den Feldweg entlang. Er fand Joannas Auto auf einer Lichtung. Ihr Gepäck lag durchwühlt herum, ihre Kleider waren überall auf dem Boden verstreut. Sie lag bewußtlos auf dem Vordersitz, auf ihrer Stirn prangte eine Platzwunde, ein gekonnter K. O.-Schlag, wahrscheinlich mit einem Totschläger. Er reinigte die Wunde mit Rasierwasser. Dann durchsuchte er die Handtasche, die Reisetaschen und das Auto. Er fand nicht einen Dollar. Die sommersprossige Bonnie hatte saubere Arbeit geleistet.

Eine halbe Stunde später kam sie zu Fuß aus dem Wald. Sie trug eine Hose, Stiefel, einen Pullover und hatte sich eine Flugzeugtasche über die Schulter gehängt. Sie ging Richtung Irvington. Sie sah aus wie ein Farmerssohn, der sich ins Dorf aufgemacht hatte, um einen Sack Hafer zu kaufen. Sie hatte die Perücke abgenommen, und der Wind wehte ihr die Haare ins Gesicht. Die Verletzung auf der Stirn schien ihr nichts auszumachen. Ebenso wie der Verlust des Geldes. Sie pfiff vor sich hin... und sie lachte, kaum zu glauben. Nach einer Meile hob sie einen Stein auf und packte ihn in die Tasche.

Dann winkte sie den vorbeifahrenden Autos. Sie wollte per Anhalter weiterkommen.

Ein Honda nahm sie mit. Das Auge folgte ihnen. Er bog nach Norden ab und fuhr am Ohio entlang. Er rumpelte auf einen Schrottplatz neben den Ruinen einer Schiffsanlegestelle. Er sah, wie der Fahrer sie in die Arme nahm, sah, wie sie sich küßten und wie sie ihm mit dem Stein eins überbriet. Sie nahm seine Brieftasche, warf den Typ in einen Graben und fuhr wieder zum Highway zurück.

Sie bog in den Waldweg ein, ließ den Honda in der Lichtung stehen und fuhr mit dem eigenen Wagen wieder auf den Highway.

Während der nächsten zwei Wochen wiederholte sie die Vorstellung insgesamt zwölfmal. Sie trampte zwischen Louisville und Huntingdon, Danville und Bowling Green hin und her. An einem Nachmittag, der Verkehr war sehr dicht, erledigte sie auf der Strecke zwischen Campbellsvill und Edmondton vier Männer, einen nach dem anderen. Es starben nur zwei ihrer Opfer.

Im späten Februar, als bereits jeder Polizist in Kentucky nach ihr Ausschau hielt, verkrümelte sie sich nach Nashville.

Sie war jetzt Nita Iqutos aus Peru und trug eine Perücke aus langem schwarzem Haar mit geflochtenen Zöpfen. Ihr Englisch hatte einen warmen, celloweichen Akzent. Sie war Reporterin irgendeiner Zeitschrift aus Lima, Quito, Santiago oder woher auch immer und schrieb eine Artikelserie über »den Nashville-Sound«. Wahrscheinlich hätte sie sogar einen Presseausweis vorweisen können, wenn es darauf angekommen wäre. Aber niemand fragte sie danach. Undenkbar, sie mit der Raubmörderin, »dem Highway-Vampir«, wie Kentuckys Zeitungen sie nannten, in Verbindung zu bringen.

Das Auge wußte nicht, wieviel Geld sie zusammengeraubt hatte, aber sie trank stets ihren Cognac und rauchte Gitanes. Und sie setzte sich jeden Abend an die Spieltische. Sie zog mit einem Folksänger namens Duke Foote zusammen. Foote war dieser Balladensänger mit Kojotenstimme, von dessen Jukebox-Hit »Texas Freeways« neunhunderttausend Schallplatten verkauft worden waren. Schon bald, nachdem sie sich kennengelernt hatten, hatte sie ihn fest an der Angel. Er war impotent und vergleichsweise nett, und da er weder Koks sniffte noch Minderjährige flach legte, konnte sie sicher sein, daß die Bullen ihn in Ruhe lassen würden.

Ihr Foto erschien auf der Klatschseite des *Playboy*, womit ihr Verhältnis mehr oder weniger offiziell wurde:

Hört, hört! In einem Interview während seiner gerade beendeten Plattenaufnahmen in Nashville gestand Big Duke Footy, daß er sich ernsthaft überlegt, schon bald in den Hafen der Ehe einzulaufen. Duke hat das Nachtleben dicke, und die feurige Nita, eine überzeugte Katholikin, ist genau die Braut, die ein Mann braucht, um auf den Pfad der Tugend zurückzukehren. O reuiger Sünder!

Ihm liefen kalte Schauder den Rücken hinunter, als er das Foto mit dem Phantombild des Plakats verglich, das er aus einem Postamt gestohlen hatte. Aber er konnte beruhigt sein. Nita Iqutos hatte nicht die geringste Ähnlichkeit mit Ada Larkin oder den anderen Frauen.

Im Frühjahr verreiste Duke nach New York. Nita blieb alleine in der Villa in Franklin zurück. Das Auge hatte sich in einem Motel etwas außerhalb an der 31. Bundesstraße einquartiert und suchte sie jetzt jeden Abend auf. Wie ein heimlicher Liebhaber streunte er durch den Garten, blickte durch die Fenster, beobachtete sie beim Kochen, Lesen und Plattenhören und dabei, wie sie sich regelmäßig allein betrank. An einem Abend tat sie so, als wäre sie blind. Sie tappte mit einem Stock stundenlang in der Wohnung umher und bettelte mit einem Becher in der ausgestreckten Hand um Almosen. Eines Samstagabends erschien ein Trupp von Dukes Freunden und ließ eine wüste Orgie steigen. Während sie sich auf dem Fußboden des Wohnzimmers mit ihren Freiübungen breitmachten, setzte sich sich alleine in ein anderes Zimmer und hörte sich Beethovens Kaiserkonzert an. Eines der Mädchen robbte aus dem Wust von Leibern heraus und kam zu ihr ins Zimmer. Sie war blond und fröhlich, und im Gesicht hatte sie Sommersprossen. Ihr nackter Körper war noch nicht voll entwickelt und sie wirkte etwas verloren. »Kann ich mich zu dir setzen?« fragte sie. »Gruppensex ist nicht ganz mein Ding.«

Es war Becky Yemassee.

Joanna verriegelte die Tür und knallte ihr eine. Becky schrie völlig entgeistert auf. Aber alle im Haus schrien. Ihr Entsetzensschrei klang nur wie ein weiterer Orgasmus.

»Was hast du mit meinem verdammten Geld gemacht, du beschissenes Miststück!«

»Moby hat es!«

»Wer ist Moby?«

»Mein Macker. Er hat gesagt, er muß nach Terre Haute, und dann ist er abgehauen und hat mich in Shelbyville sitzengelassen, und die ganze Kohle hat er auch mitgenommen, bis auf zweihundert Dollar, die er mir gegeben hat, und das war das letzte Mal, daß ich ihn gesehen hab.«

»Wie heißt du?«

»Becky Yemassee. Und du bist Nita, Dukes Mädchen?«

»Ja.«

»Hab dich gar nicht erkannt. Was ist denn mit deinen Haaren passiert?«

»Eine Perücke.«

»Wirklich? Kann ich die mal anprobieren?«

Joanna streifte sich die Perücke vom Kopf und gab sie ihr. Becky setzte sie auf und ging zum Spiegel. Sie wirkte wie ein aztektisches Opfermädchen. »So eine hol ich mir auch«, schwärmte sie. »Wenn ich die beim Anschaffen trag, kann ich den Schweinen hundert Dollar pro Nummer abnehmen.«

»Anschaffen? Ist das etwa dein Ding?«

»Natürlich nicht, ich werd Sängerin. Sobald ich eine gute gebrauchte Gitarre auftreiben kann, die einigermaßen bezahlbar ist. Anschaffen geh ich nur, wenn ich muß.«

»Sing mir was vor.«

Und Becky sang »I Heard the Crash on the Highway But I Didn't Hear Nobody Pray«.

Joannas Urteil fiel milde aus. »Na klasse«, sagte sie trocken.

»Klingt vielleicht noch 'n bißchen schief«, räumte Becky ein. »Aber so was kann bei der Aufnahme alles noch ausgebügelt werden. Hör dir das mal an!« Aus dem Wohnzimmer drangen Brunftschreie wie aus dem Zoo. »Das ist der wirkliche Nashville-Sound!«

»Komm, du springst jetzt erst mal unter die Dusche«, sagte Joanna. »Du stinkst wie ein Alligator.«

Es fing an zu regnen.

Etwas später kletterte das Auge über das Stützwerk der Veranda zum Schlafzimmerfenster hoch. Sie saßen nackt auf dem Bett. Joanna hatte Becky auf den Knien und hielt sie umarmt. Brust an Brust wiegte sie sie sanft hin und her. Beide stöhnten. Er beobachtete sie und dachte, *Wie wird Licht gespalten? Hat der Regen einen Vater? Aus welchem Schoß stammt das Eis?* Er fragte sich, wo zum Teufel er diese Worte schon mal gehört hatte.

Becky kam aus Charleston, South Carolina. Ihr wirklicher Name war Azalea Goche. »Meine Mutter kommt aus Orangeburg«, erzählte sie. »Daher dieses beschissene Azalea, wegen der wilden Gärten am Edisto River, voll von Azaleen. Und dann noch Goche, Scheiße, Mann! Was soll man da noch sagen! Azalea Goche! Ich hab den Namen geändert, als ich von dort weg bin. Hast du irgendwann mal *Rebecca* von Daphne du Maurier gelesen? Ich sogar zweimal. Hast du mal den Film im Fernsehen gesehen, mit Joan Fontaine? Sie ist so ziemlich das Schönste, was man sich vorstellen kann! Beinahe hätte ich mich Rebecca Fontaine genannt, klang aber irgendwie zu dick aufgetragen. Dann hab ich mich für Yemassee entschieden. Das ist eine kleine Stadt an der Grenze zu Georgia. Damit ich mich immer daran erinnere, woher ich komme.«

Ihre Mutter hatte ihr ganzes Leben lang in Bordellen in Walterboro, Charleston und Folly Beach gearbeitet. »Dort bin ich aufgewachsen, in den Puffs. Mit zehn hab ich fünfzig verschiedene Arten gekannt, den Jungs einen runterzuholen. Ich hab jede Menge Marines gehabt, die bei mir für 'nen Vierteldollar abspritzen durften. ›Paß nur auf‹, sagte Mama immer. ›Einer von denen könnte dein Vater sein.‹ Das war ihre Vorstellung von Humor.«

Ihre Mutter starb, als sie elf war. »Ein paar Arschlöcher aus Parris Island haben sie an einem Sonntag zum Schwimmen mit rausgenommen. Sie war sternhagelvoll, und dann, als die ersten Wogen über sie weggerollt sind, ist sie tot umgefallen.« Becky türmte erst nach Columbia, dann nach Charlotte, dann nach Knoxville. »Ich hab's den Typen den ganzen Weg, quer durch drei verschiedene Staaten besorgt. Auf Bahnhöfen, in Klos, auf Flughäfen, Parkplätzen, in Greyhoundbussen, Drive-ins, Kinos, einmal im Feuerwehrwagen 'nem Feuerwehrmann. In Charlotte hab ich den Preis auf anderthalb Dollar pro Nummer erhöht. Ich hab denen aber nie einen geblasen. Einfach, weil ich den Gestank nicht abkann. Mir das Ding in den Mund zu schieben, wär wie 'ne schimmlige Knackwurst essen. Selbst mit Moby hab ich das nicht gekonnt. Der hat da unten sogar ganz besonders eklig gestunken.«

Sie hatte Moby in Knoxville kennengelernt, und er hatte sie mit nach Indianapolis genommen. »Er war mal im Baseball große Klasse. Hat als Shortstop bei den Yankees gespielt, aber die haben ihn rausgeschmissen, weil er Koks gesnifft hat. Er war auch auf Heroin und Copolots und Emma – alles, was du dir vorstellen kannst. Er hat sich mit dem Zeugs so die Rübe zugedröhnt, daß er irgendwann nur noch im Nirwana geschwebt ist. Er war es auch, der sich die Anhaltermasche mit dem Totschläger ausgedacht hat. Wir haben die Nummer erst ein paarmal in Indiana ausprobiert und sind dann nach Kentucky runtergekommen, wo ich dich getroffen und zum erstenmal richtig Kasse gemacht hab. Als du an dem Nachmittag in der Nähe von Irvington angehalten hast, hab ich nur gedacht, ›Himmel, die ist schöner als Joan Fontaine!‹ Ich hab auch nicht allzu hart zugeschlagen, ich hoffe, du weißt das zu schätzen. Ich hab nicht gewollt, daß du nachher mit 'ner Narbe auf der Stirn rumlaufen mußt. Moby, diesem Arsch, hab ich gesagt, ›Scheiße, verdammt, wenn sie mir bloß verzeiht!‹ Das tust du doch, Nita, du verzeihst mir, oder?«

»Sicher, Becky.«

»Ich beneide dich um deinen Akzent! Ich krieg 'ne richtige Gänsehaut, wenn ich dich reden höre! Ich hab noch nie jemanden kennengelernt, der auf so viele verschiedene Arten sprechen kann. Und der auf so viele verschiedene Arten anders sein kann. Du scheinst dich ständig zu verwandeln.«

»›Der Teufel hat Gewalt, sich zu verkleiden in lockende Gestalt.‹«

In den drei Monaten, die Duke Foote noch in New York war, hausten sie zusammen in der Villa. Das Auge turnte jede Nacht auf dem Stützwerk der Veranda herum und lauschte ihren Unterhaltungen, ihren Liebesspielen, hörte sie lachen und weinen und sich gegenseitig aus Büchern und Zeitschriften vorlesen. Sie lasen *Rebecca*, *Vom Winde verweht*, *Hamlet* und *Variety*. Sie machten Ausflüge zum Schlachtfeld von Shiloh, zum Lookout Mountain und zum Atom-Museum in Oak Ridge. Im Mai fuhren sie zum Cotton Carnival in Memphis. Joanna brachte ihr das Autofahren bei. Sie kleidete sie ein und verpaßte ihr eine vorzeigbare Frisur. Nach und nach wurde Becky selbst zu einer attraktiven Erscheinung. Sie war gepflegt, geschliffen im Umgang, elegant – und sie roch nach Parfüm. Sie war erwachsen geworden. Und eines Morgens, als das Auge sie untergehakt im Centennial Park spazierengehen sah, konnte er sie kaum voneinander unterscheiden.

Als Duke nach Franklin zurückkehrte, setzte er sie beide vor die Tür. Sie zogen in eine Wohnung in Nashville, aber Joanna ging allmählich das Geld aus. Sie kauften sich bei einem illegalen Waffenschmied zwei Pistolen mit Schalldämpfern. In einer Samstagnacht zogen sie los und raubten maskiert und in Männerkleidern eine Tankstelle in Lebanon aus. Die Beute reichte ihnen aus, um die Sachen zu packen und nach San Francisco zu verschwinden.

Der Erlös aus dem Verkauf von Cora Earls Schmuck befand

sich immer noch in dem Schließfach in Oakland. Während Joanna den Gang in die Bank antrat, blieb Becky draußen und wartete. Ebenso das Auge – er schwitzte Blut und Wasser. Er hatte jeden Zentimeter der Straße abgesucht und keinen Bullen ausgemacht, was aber nichts zu bedeuten hatte. Vielleicht warteten sie ja drinnen auf sie. Oder sie hatten von dem Schließfach immer noch keine Ahnung, was fast an ein Wunder grenzen würde.

Eine halbe Stunde verging. Er war überzeugt, daß man sie geschnappt hatte. Er stand kurz davor, sich vor Panik zu übergeben. Am Himmel sah er bereits die Schlagzeilen von morgen: HEIRATSMÖRDERIN GEFASST! SPINNENWITWE FESTGENOMMEN! VIELFACHE MÖRDERIN DEM FBI INS NETZ GEGANGEN! BUNDESWEITE JAGD NACH TODESBRAUT MIT FESTNAHME IN OAKLAND BEENDET!

Dann kam sie heraus, schlenderte seelenruhig über den Bürgersteig, fröhlich vor sich hin pfeifend und einen Sack voll Dollars unter dem Arm.

Beim Mittagessen im Flughafenrestaurant hörte er, wie sie Zukunftspläne schmiedeten.

»Wohin möchtest du jetzt am liebsten, Becky?«

»Wie wär's mit Miami?«

»Nein, nicht Miami.«

»Warum nicht?«

»Weil ich um Florida besser einen Bogen mach, deshalb.«

»Und was ist mit Hawaii?«

»Das ist auch nicht besser.«

»Dann nach Los Angeles.«

»Lieber nicht.«

»Mist! Hast du irgendwas gegen New York einzuwenden?«

»Ja, hab ich.«

»Scheiße!«

Sie verbrachten drei Monate am Lake Tahoe, anschließend sechs Monate in New Orleans. Dann fuhren sie in einem Opel Manta über Texas, Colorado, Wyoming, Montana und Nord-Idaho nach Washington. Sie blieben zwei Monate in Seattle.

»In dem Puff in Walterboro«, erzählte Becky, »gab es dieses eine Zimmer, das randvoll mit Spielzeugsachen war. Puppen und Teddybären, Bauklötze und Spielzeugautos und zig andere Sachen. Manchmal hat Mama mich den ganzen Tag darin eingeschlossen.« Die beiden Mädchen befanden sich an einem Oben-ohne-Strand in der Nähe von Townsend auf der Halbinsel von Puget Sound. Sie lagen im Sand, aßen Birnen und aalten sich in der Sonne. Joanna las *Beethoven* von Romain Rolland.

»Aber erst mußte ich mich ausziehen. Ich saß also mit meinem nackten Arsch da drin, verstehst du. Ich muß ungefähr acht oder neun Jahre alt gewesen sein. Ich war da nicht gerne drin. Dieses verfluchte Zimmer hat mir Angst eingejagt. Es hatte irgendwas Gespenstisches. Ich hab angefangen zu schreien und dann ist sie reingekommen, hat mir ein paar geknallt und gesagt, ›Du sollst mit deinen verdammten Spielzeugen spielen, du kleine dumme Fotze!‹ Also, da waren nämlich Löcher in den Wänden, klar? Hab ich später herausgefunden. Im Nebenzimmer saßen immer ein paar Typen und guckten zu. Ich war praktisch Teil der Vorstellung. Wie findest du das?«

»Ist dir in deinem Leben niemals was Erfreuliches passiert?« fragte Joanna.

»Nur du.« Becky lächelte traurig. »Sonst war eigentlich alles, was mir passiert ist, absolut beschissen. Aber der Punkt ist –« sie sah sich mit düsteren Blicken um. »Der Punkt ist, daß hier genauso Löcher in den Wänden sind. Irgend jemand beobachtet uns.«

»Nein, niemand.«

»Doch, garantier ich für. In New Orleans genauso. Und während der ganzen Fahrt hier rauf. Und vorher in Nashville auch. Irgend jemand beobachtet uns.«

»Hab ich früher auch die ganze Zeit geglaubt. Aber das ist nur ein Affekt.«

»Ein was? Was ist es?«

»Eine Einbildung.« Sie schlug das Buch zu und zündete sich eine Gitane an. »Manchmal erschaffen wir irgendwelche Dinge, verstehst du. Aus der Luft und dem Wind, den Leuten um uns herum, aus unseren Eindrücken und Gefühlen und so weiter. Und aus uns selbst heraus, aus unseren Gedanken, unseren Ängsten und Schuldgefühlen. Und unseren Hoffnungen, unseren Gebeten. All das nimmt irgendwie Gestalt an, taucht vor uns auf und starrt uns an. Manchmal redet es sogar mit uns. Hör zu –« Sie schaute in die Menschenmenge und flüsterte: »Bist du immer noch da, alter Kumpel?« Sie lachte und richtete sich auf. »Hast du das gehört? Er hat mir geantwortet!«

»Was hat er gesagt?«

»Er hat gesagt ›Ja, ich bin da!‹«

»Was soll das? Fängst du jetzt an zu spinnen, oder was?«

»Absolut nicht!« Sie legte den Arm um sie. »Ich hoffe, er wird immer da sein. Er meint es gut mit uns. Laß uns mit einem Dankesgebet seiner Gegenwart gedenken.«

»Ach, Scheiße!«

Sie fuhren nach Reno und Vegas und verloren ihr gesamtes Geld beim Roulette. Sie verkauften den Opel und flogen an das andere Ende der Staaten, nach Portland in Maine. Joanna hatte dort ein weiteres Vorratslager angelegt, das noch aus ihren Streifzügen vor seiner Zeit stammte – viertausend Dollar in einem Schließfach einer Bank in Westbrook unter dem Namen Miss Faye Jacobs (dunkle Perücke). Hinzu kamen zweitausend Dollar aus einer anderen Bank weiter nördlich in Auburn, wo sie als Mrs. Paula Jason bekannt war (ohne Perücke).

Die nächsten zehn Monate reisten sie gen Westen. Sie kutschierten in einem alten Peugeot 604 umher und machten überall dort, wo es ihnen gefiel, drei oder vier Wochen Halt: Syracuse, Toledo, Indianapolis, Des Moines, Omaha, Denver, Salt Lake City (acht Wochen!) und Carson City.

Als sie in Kalifornien ankamen, waren sie wieder pleite.

Sie blieben in Pasadena und verübten von dort aus mehrere Raubüberfälle. Sie packten ihre Pistolen mit den Schalldämpfern aus, zogen die Masken und Männerkleider an und stürmten erst ein Lebensmittelgeschäft in Sierra Madre, dann ein Kurzwarengeschäft in Azusa. Und ein Hugo-Schuhgeschäft (»Gegründet 1867«) in Alta Loma.

Es war acht Uhr, kurz vor Ladenschluß. Der letzte Kunde, ein Rancher, verließ mit einem Paar neuer Stiefel unter dem Arm gerade das Geschäft. Der Typ hinter dem Ladentisch war allein. Er war Mitte zwanzig, mager, langhaarig und nicht sehr ansehnlich. Er hieß Finch. Wahrscheinlich haßte er seinen Job, haßte seinen Boss, den Laden, Alta Loma, den Geruch von Leder, von Schweißfüßen, Socken und so weiter und so fort – so jedenfalls stellte das Auge ihn sich vor, als er am nächsten Tag in den Zeitungen von dem Überfall las. Natürlich hatte er keinen blassen Schimmer von dem, was Finch den lieben langen Tag so dachte – falls er überhaupt etwas dachte. Übermäßig intelligent konnte er jedenfalls nicht gewesen sein. Sein Leben für eine Kasse zu opfern, deren Inhalt nicht einmal ihm gehörte, war bestimmt eine noble Tat, zudem äußerst gewissenhaft und zeugte von einer wahren Hingabe für die Interessen des Arbeitgebers, aber es war auch eine unverzeihliche Dummheit. Vielleicht wäre er, falls er überlebt hätte, in den Genuß einer Lohnerhöhung gekommen. Vielleicht war das der Grund für seine Handlungsweise. Oder er hatte sich in die Tochter des Managers verliebt und hegte die stille Hoffnung, nach seiner Heldentat zur Belohnung um ihre Hand anhalten zu dürfen. Aber vielleicht war alles viel simpler, vielleicht war er genau das, was er zu sein schien, ein stumpfsinniger, sklavisch ergebener Diener seines Herrn mit einem geschnitzten Schuh als Anhänger um den Hals.

Als die beiden Mädchen durch die Tür kamen, die Pistolen auf ihn gerichtet, griff er unter den Ladentisch, öffnete eine Schublade und nahm eine 357er Magnum heraus.

»Scheißspiel!« rief Becky.

Er jagte ihr eine Kugel in den Bauch. Sie hatte im gleichen Moment abgedrückt, der Schuß zerfetzte seine Kehle.

Joanna stopfte das Geld in ihre Handtasche und schleppte Becky nach draußen in den Peugeot. Sie rasten mit siebzig Meilen die Stunde Richtung San Bernardino.

Sie ließ sie in Rialto zurück, auf den Stufen eines Krankenhauses, blutüberströmt, flehend und zitternd, und nahm sich anschließend ein Zimmer in einem Motel in der Nähe von Riverside. Das Auge ebenfalls.

Beckys Tod wurde in den Elf-Uhr-Nachrichten bekanntgegeben. Man hatte sie anhand ihres Führerscheins identifizieren können. Als der Sprecher ihr Alter mitteilte, verdüsterte sich seine Miene entsprechend. Sie war siebzehn.

Das Auge hörte, wie jemand leise an die Tür des Bungalows nebenan klopfte. »Ja?« rief eine Männerstimme. »Wer da?«

»Kann ich bitte kurz hereinkommen?« fragte Joanna.

Das Auge spähte aus dem Fenster. Sie stand vor dem Bungalow und hielt eine Hand hinter dem Rücken versteckt. Die Tür wurde aufgeschlossen. Der Mann grinste sie an. »Klar, Kleines!« sagte er. »Immer hereinspaziert!«

Das Auge hörte das heftige *Schschschupp!* des Schalldämpfers, als sie ihm eine Kugel in den Kopf jagte. Der Mann krachte rückwärts auf den Boden. Sie ging eine Tür weiter, zum nächsten Bungalow, und klopfte. »Was gibt's?« rief jemand. Wieder ein Mann. »Bitte, lassen Sie mich rein«, sagte sie.

An jenem Abend brachte sie sieben Männer um.

16

Fünf lange Jahre vergingen, fünf Weihnachten und fünf Geburtstage. Und neun weitere Männer... nein, zehn. Oder waren es elf... er versuchte, sich zu erinnern.

Zehn oder elf.

Drei davon hatte sie geheiratet. Einer der Angetrauten war ein Arzt. (Genau wie – wie hieß er doch gleich? Himmel, ist das lange her! Direkt nachdem sie Paul Hugo abserviert hatte. Brice! Dr. James Brice! Seine Gebeine faulten noch immer unter dem Dickicht seines *Vogelkäfigs.*) Arzt Nummer zwei erstickte unter einem Kopfkissen, während er die Folgen des Hochzeitschampagners ausschlief. Nachdem Joanna aufgebrochen war, durchsuchte das Auge das Zimmer und fand in einer Reisetasche ein Dutzend Kreditkarten. Er steckte sie ein und bezahlte ein Jahr lang damit das Benzin, die Autos, Mahlzeiten und Flugtickets. Eine der Karten war sogar für einen neuen Anzug (seinen vierten) gut.

Er fand, daß dies die ideale Lösung zum sparsameren Umgang mit seinen Finanzen war. Ein-, zweimal im Jahr packte er also seine 45er aus und lauerte in mondlosen Nächten auf einer einsamen Straße oder einem Parkplatz vor einer Bar oder einem Restaurant jemandem auf und erleichterte ihn um seine Kreditkarten. Auf die Art hatte er immer ausreichend Kredit.

Darüber hinaus konnte er seinen Etat durch Gewinne an den Spieltischen aufstocken. Einmal, bei einem Silvesterspiel in Reno, setzte er die Null, die prompt kam. Er gewann sämtliche Chips auf dem Tisch plus das Fünfunddreißigfache seines Einsatzes. Damit hatten sich seine Geldsorgen für die nächsten zwei Jahre erledigt.

Joanna dagegen war vom Pech verfolgt und verlor in einem fort. In einem Kasino in Tulsa verspielte sie an einem einzigen Abend die gesamte Ausbeute einer ihrer Heiraten. Und sie trank zuviel. Sie war immer noch geschmeidig und schön, aber sie mußte deutlich mehr Zeit in Fitness-Studios, Schwimmbädern und Schönheitssalons verbringen, um in Fasson zu bleiben.

In den Postämtern wurden dem *Wanted*-Plakat die Decknamen Nita Iqutos, Faye Jacobs und Paula Jason hinzugefügt. Auf Grund ihrer Freundschaft mit Becky hatten die Bullen keine Probleme, ihr die Schießerei mit Finch und das Motelmassaker in Riverside zuzuschreiben. Sie gehörte zu den fünf meistgesuchten Frauen der USA.

Sie waren ihr auf den Fersen und rückten langsam und unaufhaltsam wie eine Gletscherzunge vor. Sie schafften es aber nie, sie zu überholen. Immer entwischte sie, trotz ihrer lodernden, weithin sichtbaren Spuren. Und da sie weder ein Ziel noch ein Zuhause hatte, war es ihnen unmöglich, ihr den Weg abzuschneiden.

Sie kreuzte in Houston auf, und Houston, wie schon zuvor L. A., stellte einen Wendepunkt in ihrem Leben dar.

Hier war Duke Footes Heimat, besungen in dem immer noch populären Song »Texas Freeways«.

On Route 59
I pine an' I pray
Come rain or come shine
Goin' to find her some day
Lovelady! Are you on Route 45

Lovelady! Are you dead or alive?
Lovelady! Are you in Galveston Bay?

Sie lernte Chuck Estes kennen, den Sohn des Ölmagnaten Bertie Estes, der ein Busenfreund Präsident Johnsons gewesen war. Chuck war vierzig, zeichnete sich durch eine niedrige Stirn und eine Mentalität aus, die der eines hoffnungslos verblödeten Teenagers entsprach. Und Chuck war mehrere Millionen Dollar schwer. Er trug maßgeschneiderte Wildlederhemden und superschicke Cowboyanzüge, einen gewaltigen Hut und Sporen. Seine Freunde nannten ihn »Chuck go West«.

Er las sie bei einer Grillparty in Liberty auf. Er fuhr sie in seinem zebragestreiften Thunderbird zurück nach Houston, und anschließend schauten sie noch auf ein paar Drinks im Longhorn Grill vorbei.

»Also, du bist aus L. A., oder?« Seine Konversation war so flach und öde wie die Prärie. »Ziemlich wackliges Städtchen, mal so gesagt. Wir haben dort jetzt ein Büro aufgemacht. Ganze Etage in 'nem Bau auf 'm Sunset Boulevard. Letzten Monat war ich mal da. Ich bin in San Diego gelandet und hab mir gesagt, ›Chuck, was soll der Quatsch, fahr besser gleich nach L. A. weiter, da ist wenigstens was los‹. Ich war zweieinhalb Wochen da. Bin im Beverly Wilshire Hotel abgestiegen. Und was soll ich sagen, es war wirklich was los. Ständig haben die Wände gewackelt. ›Was soll der Quatsch eigentlich?‹ hab ich 'nen Typen im Aufzug gefragt. ›Erdbeben‹, hat er gesagt. ›In den nächsten Tagen platzt die Stadt auf wie 'ne Wassermelone.‹ Und Wumms war's auch schon passiert! Unten in der Halle war ein riesiger Brocken aus der Decke herausgebrochen und auf den Boden geknallt! Ich hab mir gesagt ›Chuck, das kann ja noch heiter werden‹, und bin nix wie weg in ein Taxi gesprungen und zum Büro gerauscht. Da war aber alles Klarschiff, außer – he, Ober! Noch zwei, danke! – außer daß alle Fensterscheiben rausgeflogen waren. Mußten neue Scheiben eingesetzt werden. Fünfzehnhundert Dollar hat uns der Spaß gekostet. L. A. – nein, danke. New York, das ist was für mich. Also das ist 'ne Stadt, da geht alles, zu jeder Stunde, an jedem Ort! ›New York und Los Angeles‹, wie Dad immer gesagt hat,

›sind wie zwei Bücherstützen mit nichts als gähnender Leere dazwischen.‹ Was rauchst du da? Gras? Gi-ta-nes. Laß mal eine probieren.« Dann verlagerte sich seine Aufmerksamkeit in die andere Ecke des Raumes. Ein Mädchen in einem rückenfreien Kleid saß dort an der Bar. »Entschuldige mich einen Augenblick«, sagte er. Und damit ging er auf das Mädchen zu.

Und so fing es an – ebenso beiläufig wie grausam. Sie lachten beide. Er bestellte ihr einen Drink.

Joanna blieb am Tisch sitzen und wartete darauf, daß er endlich zurückkehrte. Aber er kehrte nicht zurück, auch nicht nach einer dreiviertel Stunde. Er blickte nicht einmal zu ihr herüber. Er hatte vergessen, daß es sie überhaupt gab. Sie war weiß vor Wut. Sie bestellte sich noch einen Cognac. Mehrere Paare an den Nebentischen beobachteten sie mit einem amüsierten Lächeln.

Auch das Auge beobachtete sie und hoffte inständig, sie würde sich nicht zu sehr betrinken und die Leute anpöbeln. Sie hielt sich im Zaum. Sie ging.

Das war Houston.

Lovelady on the highway
Lovelady on the byway
Lovelady ain't thou ever comin' my way
Down them long long empty roads

Sie durchquerte Louisiana, Mississippi, Alabama, Georgia und North-Carolina und verlor überall dort, wo sie Station machte, ein paar tausend Dollar in Spielsalons, bei diversen Pokerrunden in Hinterzimmern, hin und wieder auch auf einer Galopprennbahn. Wieviel Geld hatte sie überhaupt noch? Wieviel Mut und Ausdauer? Irgendwann mußte die Schmerzgrenze erreicht sein. Er mußte erschrocken mitansehen, wie sich vor ihr der Abgrund auftat.

In Burnsville, N.C., hatte sie eine Panne, die Reparatur kostete vierhundert Dollar. Sie blieb eine Weile in Linville und probierte es am Blue Ridge Parkway wieder mit der alten Anhaltermasche. Ohne Erfolg. Am ersten Tag stand sie drei Stunden am Straßenrand. Hunderte von Wagen fuhren vorbei. Niemand wollte sie mitnehmen. In einem Truckstop aß sie zu

Mittag, kehrte anschließend wieder an die Straße zurück, blieb bis um neun dort stehen und wedelte monoton wie ein Roboter mit dem Daumen.

Am zweiten Tag regnete es. Ein Schlägertyp in einem Alfa nahm sie mit, fuhr in der Nähe von Deep Gap in ein Feld und versuchte, sie zu vergewaltigen. Sie konnte sich gerade noch von ihm losreißen, holte sich dabei ein blaues Auge, verlor eine Kontaktlinse und mußte zu Fuß bei Blitz und Donner den ganzen Weg nach Blowing Rock zurücklaufen, wo sie den Wagen abgestellt hatte. Sie blieb eine Woche mit Fieber im Bett und las *Schau heimwärts, Engel* von Thomas Wolfe.

Als sie Carolina verließ, trug sie eine Brille.

Sie fuhr nach Virginia, verkaufte in Portsmouth den Wagen, versuchte in einer Bank in Virginia Beach einen gefälschten Scheck einzulösen, bekam im letzten Moment Manschetten und flüchtete Hals über Kopf. Im Mai schmiß ihre Vermieterin in Norfolk sie aus der Wohnung und behielt als Ersatz für ausstehende Mietzahlungen ihr Gepäck.

In Newport News fing sie mit Ladendiebstahl an, klaute in Supermärkten Seife und Zahnpasta, Dosensuppen und Birnen. Erwischt wurde sie nur einmal – als sie versuchte, eine Flasche Scotch mitgehen zu lassen. In den darauffolgenden Tagen ertränkte sie sich in Alkohol und schlief in geparkten Autos und in den Badehäuschen am Strand. In Hampton wurde sie von einer Pan-Am-Stewardess, die Urlaub machte, aufgelesen. Sie verbrachten drei Wochen gemeinsam in einer Wohnwagenkolonie. Die Stewardess mußte wieder zurück zur Arbeit, und Joanna verschlug es nach Yorktown, wo sie in einer verlassenen Hütte in den Dünen lebte und sich im Meer sauber und frisch hielt. Sie stahl ein Kleid von einer Wäscheleine und eine Jeans von einem Segelboot, das in der Bucht vor Anker lag.

In Williamsburg ließ die Polizei sie völlig unbehelligt. Die Halbinsel war im Mittsommer von Landstreichern übersät. Sie zog in ein altes Bootshaus am James River. Das Auge hatte nicht die leiseste Ahnung, wie er ihr helfen könnte. Er kaufte einen Karton voll Lebensmittel und ließ ihn eines Abends am Kai stehen. Zwei Kinder kamen in einem Kanu vorbeigepaddelt und »löschten« die gesamte Ladung im Handumdrehen.

An einem anderen Abend warf er einen Satz Kreditkarten in den Briefkasten des Bootshauses, aber Joanna sah nie darin nach.

Dann schlug ihr Verhalten ins Unerklärliche und Sonderbare um. Sie streunte durch die Straßen, Stunde um Stunde, Tag für Tag, wanderte ziellos umher, beugte sich vor und inspizierte die Büsche und den Rinnstein. Diese endlosen, geisterhaften Spaziergänge machten ihm Angst. Sie wirkte wie eine unkontrolliert umherstolpernde Geisteskranke! Er wurde einfach nicht mehr schlau aus ihr.

Eines Nachmittags fand sie auf dem Bürgersteig einen Vierteldollar, und endlich dämmerte es ihm.

Sie suchte die Straßen nach Geld ab!

Auf ihrem nächsten Ausflug gelang es ihm, vor ihr auf dem Bürgersteig unauffällig einen Hundertdollarschein fallen zu lassen. Als sie ihn entdeckte, traute sie ihren Augen nicht. Einen Augenblick stand sie wie angewurzelt da, dann schnappte sie ihn blitzschnell und stürmte wie eine Bankräuberin auf der Flucht an das andere Ende der Stadt.

Anstatt den Fund sofort in Alkohol umzusetzen, wie er zunächst vermutet hatte, ließ sie sich die Haare schneiden und kleidete sich neu ein: ein Rock, eine Bluse und ein Paar Schuhe.

Sie zog nach Richmond weiter und besorgte sich einen Job – mehrere Jobs, genaugenommen. Sie arbeitete eine Zeitlang in einem Lebensmittelgeschäft, danach in einer Reinigung dann in einem kleinen Haushaltswarenladen, dann bediente sie in einem Drive-in, und schließlich nahm sie in seinem Hotel eine Stelle als Zimmermädchen an.

Sie wohnte in einer schäbigen Hinterhofpension, ging an ihren freien Tagen des öfteren ins Kino oder setzte sich in die öffentliche Bücherei. Sie las *Die gute Erde* von Pearl S. Buck, *Der Tod holt den Erzbischof* von Willa Cather, *Unfruchtbarer Boden* von Ellen Glasgow und *Das Herz ist ein einsamer Jäger* von Carson McCullers. Ab und zu suchte sie ein Schwimmbad auf, aber die Stunden dort schienen sie zu ermüden. Sie hörte auf zu trinken, fing wieder an und hörte wieder auf.

Sie wurde alt.

Ebenso das Auge, keine Frage. Er trug mittlerweile eine Brille und litt unter Rheuma, Ischias und einem Bruch. Als sie in dem Hotel arbeitete, verbrachte er den größten Teil seiner Zeit in einem Lehnstuhl unten im Foyer, löste Kreuzworträtsel und plauderte mit dem Hoteldetektiv oder den Pagen. Sie hielten ihn für einen pensionierten Zahnarzt irgendwo aus den Nordstaaten, der in Richmond seine Enkelkinder besuchte. Er lebte dort unter seinem richtigen Namen und bezahlte mit der eigenen Kreditkarte. Es gab also keinen Grund, ständig auf der Hut zu sein. Er wußte stets, wo sie war, und hatte nichts anderes zu tun, als auf sie zu warten. Sie machte gerade eine ihrer Entziehungsphasen durch, und er wußte, daß sie ihr Geld auf die hohe Kante legte. Es gab also keinen Grund – zumindest nicht jetzt –, mit dem Schlimmsten zu rechnen.

Eines Morgens hörte er, wie zwei großspurige Vertreter sich am Frühstückstisch ihre Gedanken über sie machten.

»Schon das Zimmermädchen vom zehnten Stock gesehen? Der Haarschnitt macht mich richtig schwach.«

»Sieht aus wie 'n Müllmann.«

»Wenn sie sich 'n bißchen zurechtmachen würde, wär sie ganz passabel. Gute Beine, gute Figur.«

»Gute Figur! – Daß ich nicht lache!«

»Schau sie dir doch mal genauer an, wenn du sie das nächste Mal siehst. Ein Arsch für einsame Regentage, mein Guter. Gestern ist sie bei mir im Zimmer aufgetaucht, gerade als ich aus der Badewanne gestiegen bin, ich hab sie mal sehen lassen, wie 'n richtiger Schwanz aussieht. Erschrocken hat sie jedenfalls nicht reagiert.«

»Und wie hat sie reagiert?«

»Überhaupt nicht. Aber, das eine steht fest, wenn ein etwas entschlossenerer Typ sie sich irgendwie geschnappt hätte und aufs Bett gelegt und ihr das Höschen ausgezogen hätte…«

»Huuuh!«

»Würd wahrscheinlich nicht mal was sagen, oder? Wahrscheinlich hätte sie viel zu viel Angst, daß sie rausgeschmissen wird, wenn sie Krach schlägt.«

»Wahrscheinlich würde sie sogar ziemlich schnell die Initiative ergreifen.«

»Genau. Willst du's mal versuchen?«

»Klar. Der bessere gewinnt.«

»Huuuh!«

Das Auge ging aus und kaufte zwei Portionen Stoff bei einem Dealer, der sein Zeugs in der Nähe der Grabstätte von Edgar Allan Poe verhökerte. Er knackte das Schloß eines der Zimmer der Geschäftsreisenden und versteckte den Stoff im Schrank, in einem Schuh. Später lud er seinen Freund, den Hoteldetektiv, zu einem Plausch ein.

»Sagen Sie mal, kennen Sie diese beiden Vertreter, die in der Bar immer einen drauf machen?«

»Ja, zwei Nervensägen. In die Jahre gekommene Kindsköpfe.«

»Womit handeln die eigentlich, davon mal abgesehen?«

»Keine Ahnung. Plastik oder so was.«

»Sie sind nicht zufällig im Waffengeschäft?«

»Waffengeschäft! Wie kommen Sie darauf?«

»Also, ich hab die zwei heute morgen im Frühstücksraum belauscht – beziehungsweise, sie haben nicht gewußt, daß ich ihnen zugehört hab – und hab ich ja eigentlich auch nicht, ich hab nur dagesessen und gehört, was sie gesagt haben...«

»Ja?«

»Sie haben über Dynamit und TNT geredet, und einer von ihnen hat gesagt, daß es viel zu gefährlich wäre, das ganze Pulver hier im Hotel aufzubewahren. Gott im Himmel, und ich hab gedacht, die hätten vielleicht Bomben oder so was in ihrem Zimmer gelagert.«

»Wirklich? Dynamit? TNT?«

»Meinte ich zu verstehen, ja. Ich werd mich wohl verhört haben.«

»Sind Sie sicher, daß es nicht PVC war? Oder DMT?«

»Könnte sein.«

Noch am gleichen Abend wurden die beiden Vertreter wegen Drogenbesitzes verknackt.

Ein paar Tage später, er saß wie immer im Foyer, kam der Hoteldetektiv zu ihm herüber. Er schien völlig aus dem Häuschen. »Haben Sie den Mann da gesehen, der gerade gegangen ist?«

Das Auge probierte in jenen Tagen gerade ein Aspirin aus, das neu auf dem Markt war. Schmerzen spürte er jetzt nur noch, wenn er sich bewegte. Er hatte am Fenster gesessen und selig vor sich hingedöst. Er träumte vom Korridor. Er wachte verärgert auf. »Nein. Welcher Mann?«

»Ein Bundespolyp.«

»Ein was?«

»FBI. Überprüft sämtliche Hotelgäste.«

Das Auge gähnte. »Wen sucht er denn?«

»Eine Mordverdächtige.« Der Detektiv zeigte ihm das Phantombild von Joanna. »Die vom FBI sagen dazu Phantombild. Ist aus einer Reihe von Streifen zusammengebastelt, wenn Sie wissen, was ich meine – Haare, Nase, Mund und Kinn.«

»›Mordserie höchst verwerflicher und widernatürlicher Art.‹«

»Wie bitte?«

»Und sie ist hier im Hotel?«

»Nein. Aber wenn sie in Richmond ist, kriegen die sie, da wette ich meinen Arsch drauf. Wenn die einmal hinter einem her sind, dauert's nicht mehr lange.«

Am Nachmittag des gleichen Tages suchte das Auge Joannas Pension auf, einen modrigen Backsteinbau am Flußufer. (In der gleichen Straße hatte Robert E. Lee während der Belagerung von Petersburg sein Hauptquartier aufgeschlagen. An den Stoßstangen sämtlicher Wagen, die am Straßenrand parkten, steckten Konföderiertenflaggen.) Die Frau, die den Laden führte, hatte ein Gesicht wie ein Pudel und empfing ihn in einem feuchten Aufenthaltszimmer, in dem bronzene Pferdestatuetten unter Glasglocken herumstanden.

»Bundeskriminalpolizei.« Er zeigte ihr eine Marke. »Wir suchen eine gewisse Miss Nita Iqutos. Könnte sie vielleicht eine Ihrer Mieterinnen sein, Ma'am?«

»Nein, Sir.« Sie bellte ihn förmlich an. »In diesem Haus weilen keine Gesetzesflüchtigen.«

»Ist hier jemand aus Los Angeles?«

Sie sah ihn verdattert an. »Warum, ja – Miss Vincent kommt aus Los Angeles.« (Joanna benutzte ihren alten L.A.-Decknamen – ihre Sozialversicherung lief unter diesem Namen.)

»Kann ich Miss Vincent bitte sprechen, Ma'am?«

»Sie ist bei der Arbeit.«

»Wann kommt sie zurück?«

»Um halb acht.«

»Könnten Sie ihr bitte ausrichten, daß ich um –« Er schaute auf die Uhr. »Nein, heute abend schaff ich's nicht mehr. Richten Sie ihr aus, daß ich morgen abend um acht noch einmal vorbeischaue. Ich danke Ihnen, Ma'am.«

Er zahlte seine Hotelrechnung, verabschiedete sich vom Detektiv, gab den Pagen ihre Trinkgelder und fuhr um sieben Uhr fünfunddreißig mit dem Taxi zur Pension. Joanna trat um zehn nach acht aus der Vordertür. Sie hatte nur ihre Handtasche dabei. Sie wirkte jedoch etwas unförmig und bewegte sich ungelenk, als sei sie ausgestopft, was bedeutete, daß sie unter dem Regenmantel ihre gesamte Kleidung trug.

Er folgte ihr zum Bahnhof. Sie kaufte eine Fahrkarte nach Washington.

Amblin', strayin'
Ramblin', prayin'
I walk in the April sun
Highwayin', laughin' an' cryin'
Bywayin', livin' an' dyin'
It's spring again on Route 61.

Sie blieb zwei Monate in Washington, lebte von ihren Ersparnissen, wechselte den Namen, legte sich eine neue Perücke zu, die schlampige Dürftigkeit fiel allmählich von ihr ab und sie blühte wieder auf – und traf auf einem CVJM-Abend für Volkstänze Yale Cyril Polk. Er war zweiundsechzig Jahre alt, ein pensionierter Kurator der Nationalgalerie. Er war ein warmherziger kultivierter Junggeselle, Autor eines Buches mit dem Titel *Von Tut-ench-Amun bis zum öffentlichen Klo. Eine Studie über erotische Graffiti (Stuyvesant Verlag, £ 12.50).*

Er führte sie ins Kennedy Center aus, und gemeinsam sahen Sie *Aida*, *Der Fliegende Holländer* und eine New York Ballett-Aufführung von *'Tis a Pity She's a Whore*. Sie gingen des öfteren ins Kino und aßen in chinesischen Restaurants. Sie besuchten ein Folksong-Festival, ein Tischtennis-Turnier, ein

Baseballspiel und einen Frauenringkampf. Sie verbrachten ein gemeinsames Wochenende (in getrennten Zimmern) in Ocean City.

Dort wurden sie von einer Frau verfolgt.

Das Auge – das Rheuma allein wäre halb so schlimm gewesen, aber er war mit den Jahren auch unvorsichtig geworden – hätte sie beinahe übersehen. Als er sie schließlich entdeckt hatte, hinkte er erst mal in Deckung und verfluchte seine Trottelhaftigkeit.

Sie verbrachte zwei Nächte in ihrem Wagen, draußen vor dem Motel. Wenn Joanna und Yale Cyril Polk die Strandpromenade entlangspazierten, behielt sie sie von den Dünen aus im Auge. Wenn sie tanzten, im Restaurant beim Abendessen saßen oder in einer Bar Würfel spielten, beobachtete sie sie durch die Fenster. Als sie nach Washington zurückfuhren, befand sie sich stets eine halbe Meile hinter ihnen.

Sie war Mitte Fünfzig, elegant, mit einem patzigen, aufbrausenden Benehmen. Sie schien innerlich zu kochen, und es war ihre Wut, die ihn überzeugte, daß sie auf keinen Fall eine FBI-Agentin war. Dazu war sie zu nervös, zu fahrig. Er folgte ihr zu einem Mietshaus in Laurel. Sie hieß (Mrs.) Maybelle Danzig. Sie war Mathematiklehrerin an einer Mittelschule in Rockville. Noch vor wenigen Wochen war sie Yale Cyril Polks feste Freundin gewesen. Die Spaßvögel in der Schule nannten sie Ma und Pa.

Sein Radar, lange eingerostet, klapperte wie ein Teekessel und registrierte überall Sturmwarnungen. Er stibitzte einen ihrer Liebesbriefe aus Yales Briefkasten.

Armer lächerlicher Lothario,

Über das eine bist Du Dir hoffentlich im klaren, Du gehörst mir und nur mir, und ich meine das so, wie ich es sage. Du weißt, Yale, daß ich über solche Dinge keine leichtfertigen Witze mache, und ich werde nicht zulassen, daß diese ordinäre kleine Schlampe zwischen uns tritt. Ich weiß, wie wenig Du »Herr Deiner Triebe« bist, das hat mich an Dir schon immer amüsiert, aber diese letzte Eskapade sucht an Unverfrorenheit ihresgleichen, und ich werde sie mir einfach nicht bieten lassen. Sei Dir darüber im klaren, daß ich keine Frau bin, der man einfach so den »Laufpaß« gibt, nicht mit mir! Mein verstorbener Mann, er ruhe in Frieden, würde sich wahrscheinlich »im Grabe umdrehen« angesichts dieser Demütigung, die mir widerfährt. Und auf das eine kannst Du »Gift« nehmen, Deine Herzlosigkeit wird nicht ungesühnt bleiben & irgendwann wird abgerechnet!

An einem warmen Nachmittag im Mai hob Yale Cyril achttausend Dollar von seinem Konto ab. Er fuhr zur K Street und holte Joanna ab, und sie fuhren am Potomac entlang nach Harpers Ferry, wo ein Friedensrichter sie traute. In Frederick aßen sie zu Abend. Geplant war, die Hochzeitsnacht in einem Motel in Westminster zu verbringen und von dort weiter nach Philadelphia und New York zu reisen.

Es sollte anders kommen.

Maybelle Danzig erwartete sie draußen vor dem Motel. Sie wollte ihre Abrechnung. Sie hatte eine Luger.

»Ich liebe dich!« schrie sie. Und sie schoß Yale Cyril ins Bein und dann von hinten in die Schulter. Sie ballerte ein Loch in Joannas Reisetasche. Ein Mann, der aus einem der Bungalows gestürzt kam, um zu sehen, was es mit dem ganzen Krach auf sich hatte, wurde von einem Querschläger in die Hüfte getroffen. Eine andere Kugel tötete einen bellenden Polizeihund. »Ich liebe dich, ich liebe dich!« schrie sie immer wieder und versuchte, sich eine Kugel in die Schläfe zu jagen, aber der Abzug klemmte.

Joanna gelang es, in Yale Cyrils Wagen zu entkommen. Sie fuhr nach Baltimore, ließ den Wagen dort stehen, warf die Perücke weg und ging zum Greyhound-Bahnhof.

Sie hockte stundenlang im Wartesaal und starrte auf den Boden.

Regen trommelte an die Fenster. Sie öffnete die Reisetasche, nahm den Regenmantel heraus und zog ihn über das Hochzeitskleid.

Dann kaufte sie eine Fahrkarte nach Trenton, N. J.

17

Es war drei Uhr morgens, als sie aus dem Bus stieg. Sie brachte ihr Gepäck in einem Schließfach unter und schlenderte durch die leeren Straßen zur State Street. Sie stand an der Ecke zur Broad Street und sah links und rechts die Straße hinunter.

Das Auge verbarg sich in einem Hauseingang, etwa einen halben Häuserblock hinter ihr. *Was hast du jetzt vor, Joanna?*

Sie ging die East State Street hoch, vorbei an dem Bell Telephone-Gebäude und dem Postamt, und bog in die Clinton Street, Richtung Bahnhof ein. Es gab dort ein durchgehend geöffnetes Restaurant, und sie aß ein Sandwich zu einer Tasse Kaffee.

Ich gehe nach Hause.

Sie ging zur Tyler Street.

Sämtliche Häuser waren verschwunden. Das ganze Areal war ein riesiger Krater. Mächtige Baukräne ragten wie Dinosaurierhälse aus der Dunkelheit empor. Ein Scheinwerfer beleuchtete ein Schild: SIEGESPARK SIEDLUNG, 4000 Wohnungen, 20000 Bäume.

Mist! Dann lachte sie. *In meines Vaters Haus sind viele Wohnungen.*

Sie ging zum Busbahnhof und holte ihr Gepäck ab. Morgens zog sie in eine Pension an der Yard Avenue. Am Nachmittag begab sie sich auf Jobsuche. Sie fand eine Stelle als Kellnerin in den Hessian Barracks auf der West State Street.

Das Auge setzte sich an einen Tisch in der Nähe des Vorderfensters. Er schlug die Speisekarte auf.

> PROBIEREN SIE EINE SPEZIALITÄT DES HAUSES – DAS »FRÜHSTÜCK DER ERSTEN 13 BUNDESSTAATEN« – ORIGINAL FÜR SIE!
> PROBIEREN SIE UNSEREN SALAT »MARQUIS DE LAFAYETTE«

Er probierte beides. Ein Reinfall.

In dem Restaurant teilten sich acht Kellnerinnen vier Sektoren. Sie waren in Waffenröcke der hessischen Grenadiere aus dem amerikanischen Befreiungskrieg gekleidet, mit einem winzigen Dreispitz, der auf wallenden historischen Perücken befestigt war, hohen, über die Knie ragenden Reitstiefeln und Miniröcken. Joanna bediente die Fensterecke, etwa ein halbes Dutzend Tische.

PROBIEREN SIE UNSER »SCHLACHT-UM-TRENTON« ROASTBEEF
PROBIEREN SIE UNSER »DIE-ÜBERQUERUNG-DES-DELAWARE« MAISBROT & ZWIEBACK – FRISCH AUS DEM OFEN

Sie kam aus der Küche, und bediente ein Paar, das am Tisch vor ihm saß.

»He, Mädchen!« rief jemand. »Wo bleibt unser Kaffee?«

»Sofort, Sir.« Sie ließ einen Löffel fallen. Sie trug ihre Brille. Die Perücke hing nach einer Seite herunter, der Dreispitz hatte sich gelöst. Sie sah aus wie eine Betsy-Ross-Karikatur.

PROBIEREN SIE UNSERE »1776ER« APFELPFANNKUCHEN
PROBIEREN SIE EINE SPEZIALITÄT DES HAUSES – DEN ORIGINAL MERCER COUNTY »LAGERFEUER BRUNCH«

»Miß! Miß!« piepste eine Frau. »Haben Sie vielleicht noch eine Serviette?«

»Ja, Ma'am.«

PROBIEREN SIE UNSERE $1.50-ÜBERRASCHUNG »MORGENBLICK« FÜR DEN FRÜHAUFSTEHER

Sie ließ ein Messer fallen.

»Kleine!« rief ein Mann. »Hör'n Sie, nichts gegen Sie, aber wir warten jetzt schon geschlagene fünfzehn Minuten.«

»Ja, Sir.«

Schließlich kam sie an seinen Tisch. »Guten Morgen.«

»Morgen.« Er fuchtelte mit der Speisekarte herum. »Ich nehme das – das – hm – die Eier mit Würstchen und Kräutern.« Wieder kriegte er seinen Flattermann. Er aß bereits zum x-ten Mal in dem Laden, trotzdem fing er jedesmal an, vor Aufregung zu zittern, sobald sie neben ihm auftauchte. Seine Nervosität legte sich dann aber zum Glück wieder, wie eigentlich immer.

Es war Juni. Das Fenster war geöffnet. Sonnenstrahlen wärmten seine Hände. Mist! Sie arbeitete jetzt zwei Wochen in diesem Saftladen – nein, länger – achtzehn Tage!

Was ist nur los mit dir, Joanna?

Ich warte. Sie ließ einen Stapel Speisekarten fallen.

Und worauf wartest du?

Ich warte. Nur warten. Sie hob die Speisekarten auf. *Warten.*

Die Empfangschefin des Restaurants kam an seinen Tisch geeilt. Sie war stämmig und laut, ein mütterlicher Typ, der sich ständig im Krisenzustand befand. »Wir sind ja heute so überfüllt«, klagte sie. »Würde es Sie sehr stören, Ihren Tisch mit zwei anderen Herrschaften zu teilen?«

»Bitte schön«, erwiderte das Auge.

»Das ist nett, danke.« Sie drehte sich um und rief: »Hier herüber, Leutnant!«

Zwei Männer durchquerten den Raum und setzten sich neben ihn. Sie waren schlank, hatten kurzgeschnittenes Haar und machten einen ruhigen, gelassenen Eindruck. Sie waren in auffallend schäbige Anzüge gekleidet. Einer von ihnen hätte eine Rasur gebraucht. »Danke.« Der Leutnant grinste ihn an. Das Auge nickte höflich zurück. Sie steckten die Köpfe in die Speisekarten und ignorierten ihn.

Bullen!

Er zog seinen Radar ein und verriegelte ihn. Wenn er angefangen hätte, Peilsignale auszusenden, hätten sie unter Garantie sofort die Schwingungen gespürt. Es handelte sich um Profis, alte Hasen, die ebenso auf die Frequenzen geeicht waren wie er. Er schaltete sämtliche Anzeigen, Schalter und Knöpfe ab.

»Worüber hat sich der Sergeant so aufgeregt?« fragte der Unrasierte.

»Diese Junkies, die er in der State Street aufgegriffen hat«, murmelte der Leutnant. »Einer von denen war gerade mal elf Jahre alt.«

»Mein Gott.«

»Der Vater ist Grundschullehrer, am Junior Three.«

»Kommst du hier öfters zum Essen her?«

»Von Zeit zu Zeit. Seit Louie's Laden dichtgemacht hat, gibt's ja kaum noch Alternativen.«

Das Auge blickte aus dem Fenster. Er mußte etwas sagen. Wenn er weiterhin schwieg, würden sie Verdacht schöpfen. Als argloser Tischnachbar konnte er nicht einfach nur dasitzen und den Mund halten. Er mußte irgendwie eine Unterhaltung in Gang bringen und sich eine Abfuhr holen.

»Herrlicher Tag«, bemerkte er. Sie lächelten ihn matt an. »Trenton ist eine herrliche Stadt. Sind Sie von hier?«

»Ja.«

»Ich bin leider nur auf der Durchreise. Mein Sohn studiert in Princeton. Wollte mal hochfahren, ihn besuchen und –«

Joanna kam an den Tisch, und sie gaben ihre Bestellungen auf. Das Auge bat noch um eine Birne. Als sie sich wieder entfernte, stieß sie mit einer anderen Kellnerin zusammen.

»Paß doch auf!« kreischte das Mädchen.

»Entschuldigung«, sagte Joanna erschrocken. Sie floh in die Küche.

Der Leutnant beobachtete sie und grinste spöttisch. »Welch eine Schönheit«, sagte er gedehnt.

»Spitze«, höhnte der andere. »In diesem affigen Aufzug!«

Sie verschlangen ihr Essen und verschwanden. Das Auge aß seine Birne und trank zwei Tassen Kaffee. Als sie kam, um das Geschirr einzusammeln, sagte er leise: »Polizisten machen mich immer furchtbar nervös.«

Sie blickte ihn an. »Was?«

»Diese zwei hier – das waren Bullen.«

Sie zuckte gleichgültig mit den Schultern.

Mist, verdammter! Ließ sie offensichtlich völlig kalt. Er lehnte sich zurück und starrte den Speisezettel an.

PROBIEREN SIE UNSEREN »UNABHÄNGIGKEITSTAG« PORTWEIN

GEBACKENE PAMPELMUSE MIT MELONE & KLEEHONIG

Er mußte sie hier herausholen. Aber wie?

PROBIEREN SIE UNSEREN »HESSISCHEN SOLDATEN« STRUDEL

Verflixte Scheiße! Wie sollte er sie hier nur herausholen?

PROBIEREN SIE UNSERE »YANKEE DOODLE« FISCHGERICHTE Á LA FRANÇAISE

FILETS DE SOLE AUX RAISINS À LA THOMAS JEFFERSON
MEDAILLONS DE COLIN À LA BEN FRANKLIN
BROCHET GRILLÉ À LA JOHN HANCOCK

Es gab nur eine Möglichkeit.

Er fuhr mit dem Zug nach Camden und kaufte ein Auto – einen uralten Porsche, dessen Motor wie eine Waschmaschine rumpelte. Er bezahlte ihn bar und ließ zur Abwechslung seine geklauten Kreditkarten im Portemonnaie stecken. Eine Eingebung, die ihn später vor dem Knast bewahren sollte, als die Polizei die Wagenpapiere überprüfte.

Er fuhr damit nach Trenton zurück und nahm sich ein Zimmer in einem Motel an der Washington Crossing-Autobahn.

Anschließend mietete er sich einen zweiten Wagen, einen Chevette, mit dem er ebenfalls zu dem Motel fuhr.

Er kaufte sich sechs Platzpatronen in einem Sportgeschäft in der Greenwood Avenue und lud das Magazin seiner 45er.

Er ging zur National Bank auf der Broad Street und löste zehn Reiseschecks über je einhundert Dollar ein. Die gebündelten zwanzig Fünfziger verstaute er fein säuberlich in einem Aktenkoffer.

Pünktlich zum Abendessen war er wieder in den Hessian Barracks.

Joanna lief ein ums andere Mal an ihm vorbei, trug die Speisen auf, räumte die Tische ab und nahm Bestellungen auf. Er versuchte mehrmals, sie an seinen Tisch zu winken, aber sie bemerkte ihn nicht.

Er schlug den Aktenkoffer auf, holte das Geld heraus und tat so, als würde er es heimlich zählen. Er zählte noch einmal nach. Und ein weiteres Mal. Er zählte ohne Unterbrechung.

Schließlich kam sie an seinen Tisch, nahm die Brille ab und rieb sich die Nase. »Was nehmen wir denn heute abend?« fragte sie matt.

»Mir egal.« Er hielt das Geld in beiden Händen, wie ein Angebot. »Irgendwas. Ich –« Wieder kriegte er den Flattermann. Er blickte zu ihr hoch. Sie starrte aus dem Fenster. Er sah ihren Hals, sah, wie er aus dem offenen Kragen des Waffenrocks lugte. Er sah die gepuderte Rundung ihrer Wange. Er sah ihre grünen Augen, ihren Glanz, der über ihn hinweg strahlte. Er senkte den Blick und sah ihre Hand auf dem Tisch, den gekrümmten Finger, zum Anfassen nahe.

Sie setzte die Brille auf und blickte ihn teilnahmslos an. »Entschuldigung, was hatten Sie gesagt…«

»Wie wär's mit einem Omelett.« Er schob das Geld zurück in den Aktenkoffer. »Und einen Salat oder so was.«

»Omelett mit Pilzen?«

»Warum nicht, klar.« Er stellte den Koffer auf einen leeren Stuhl. »Bestens.«

Sie machte kehrt und ging. Sie blieb stehen und blickte über die Schulter zu dem Stuhl herüber.

Nicht schlecht!

Um acht war die Hälfte der Tische besetzt. Der Leutnant kam allein herein. Er setzte sich an einen Tisch am anderen Ende des Raumes.

Sie brachte ihm das Omelette.

»Da ist er wieder«, sagte er.

»Wer?«

»Der Polizist.«

»Wollen Sie Ihren Nachtisch sofort bestellen?«

Warten, flüsterte sie. *Warten…*

Die Küchentür sprang auf und schlug ihr eine Karaffe aus der Hand. Sie knallte zu Boden und zersprang in tausend Stücke.

Irgendein Esel rief: »Zugabe!«

Sie brachte den Salat. Er versuchte, etwas zu sagen. Er schaffte es nicht.

Alle Tische waren besetzt. Am Eingang, hinter der Absperrung, bildete sich eine Schlange.

Sie brachte ihm noch einen Salat. Der Tisch war von einem Salatdschungel bedeckt. »Zwei für den Preis von einem?« sagte er mit einem scherzhaften Lächeln.

»Was?« Sie starrte abwesend auf die beiden riesigen Salatschüsseln. »Ach, entschuldigen Sie, bitte –«

»Macht nichts. Esse ich eben alle beide. Ich hab nämlich einen Bärenhunger.« Er fiel über das Grünzeug her, verschlang eine Gabel voll. »Richtig ausgehungert.« Er kletterte auf das Dach eines Wolkenkratzers und spähte hinunter auf das Treiben unzähliger Mikroben, Tausende von Meilen in der Tiefe. Ihn schwindelte, und beinahe hätte er sich übergeben. Dann sprang er hinaus in den leeren Raum.

»Wann haben Sie Feierabend?«

Sie stand einfach nur da.

»Bedienung!« schrie es von irgendwoher. »Ich hab keinen Senf!«

»Sofort, Sir.«

Und weg war sie.

Der Leutnant sprang von seinem Stuhl auf und hielt wie ein Schiedsrichter die Hand hoch. Das Auge drehte sich um. Am Eingang standen zwei Männer und eine Frau.

Er wirbelte herum und blickte aus dem Fenster. Sein Schwanz schrumpfte wie in Eiswasser gebadet.

Einer der Männer war Abdel Idfa. Der andere war –

»He!« grölte jemand am Nebentisch. »Ist das nicht Duke Foote?«

Und ob das Duke Foote war! Wer sonst? Er trug hautenge Hosen, eine Buffalo-Bill-Jacke, Schlangenlederstiefel und einen John-Wayne-Hut. »Jippie!« jodelte er zur Begrüßung. Er und Abdel geleiteten die Frau an den Tisch des Leutnants.

Sie trug ein einfaches blaues Wollkleid mit passendem Stirnband und hatte eine Tasche aus gestreiftem Hanf über die Schulter gehängt. An ihrem Hals baumelte ein silbernes Sternzeichen.

Es war Dr. Martine Darras aus Boston.

Er beobachtete sie fassungslos. Er träumte, das war die einzige Erklärung. Das Ganze war viel zu dick aufgetragen. Eine solch verheerende Katastrophe konnte es nicht geben.

Jetzt schüttelten sie dem Leutnant die Hand und setzten sich an einen Tisch wie alte Freunde. Hinter ihnen, auf einem riesigen Wandgemälde, das vom Boden bis zur Decke reichte, überquerte George Washington inmitten einer Flotte von großen Booten den Delaware. In den Booten saßen abgekämpft wirkende Schützen der Unabhängigkeitsarmee. Die Soldaten umringten den Tisch, tauchten zwischen der Vierergruppe auf wie ein Ballett geistesgestörter Invaliden.

»Duke Foote?« fragte jemand. »Ist das nicht der, der Michelle Phillips geheiratet hat?«

»Nein«, warf jemand ein. »Sie meinen Dennis Hopper.«

»War der etwa nicht bei den ›Mamas und Papas‹?«

»Dennis Hopper?«

»Nein, Duke Foote!«

»Nee, Duke macht Country.«

Joanna kam aus der Küche. Sie trug ein Tablett mit Eisdesserts. Das Auge zuckte zusammen. *Jetzt nichts fallenlassen, Joanna... nur keinen Krach... bitte, bitte!*

Sie meisterte die Situation tatsächlich tadellos, aber eine andere Kellnerin ließ eine metallene Suppenschüssel fallen. Sie knallte zu Boden und schepperte wie ein Gong an der Pforte zum Inferno. Alle drehten sich um.

Alte Freunde? Bockmist! Vielleicht waren sie's ja! Zum Teufel noch mal, vielleicht war alles nur eine idiotische Verkettung von Zufällen. Ein irrwitziges Flickwerk, ein Quilt aus der Hand irgendeiner übergeschnappten Schicksalsnäherin. Ja, warum nicht? Sie hatten alle zusammen in Princeton studiert und trafen sich alljährlich zu einem gemütlichen Beisammensein... oder vielleicht war Dr. Darras Dukes Psychiater, und Abdel Idfa, dieses Araberarsch, war ihr Freund, und sie waren wegen eines Radiokonzerts von Duke in der Stadt... und Duke war ein Neffe des Leutnants oder so ähnlich... und Abdel wollte ins Plattengeschäft einsteigen und hatte sich an Duke gewandt, um mit ihm ein paar Aufnahmen zu machen, und jetzt nahmen sie nur noch einen kleinen Happen zu sich, bevor es ins Konzert ging...

O Gott. Das Ausmaß der Katastrophe betäubte ihn. Nein, verdammt! Die ganze Sache war bis ins kleinste Detail vom FBI geplant. Gleich würde wie aus dem Nichts einer von ihnen auftauchen und alle fünf würden – Ja! Da bahnte er sich seinen Weg durch das Gewühl – der gleiche Scheißkerl, mit dem er zu Mittag gegessen hatte! Da war er! Er hatte sich zwar rasiert und trug ein sauberes Hemd, aber er war immer noch der gleiche schmierige, ungewaschene Scheißkerl.

Okay. Das wär's dann. Wow!

Washington überquerte den verdammten Delaware! Die Hessen waren umzingelt!

Duke war hier, um Nita Iqutos aus Nashville zu identifizieren. Und Abdel Idfa, dieser stinkende Kröterich, konnte Dorothea Bishop aus Chicago identifizieren. Und Martine konnte Joanna Eris, Insassin des landwirtschaftlichen Frauengefängnisses von White Plains identifizieren. Dabei fiel ihm ein – Himmel! – sie könnte auch *ihn* identifizieren! Sie brauchte nur in seine Richtung zu schauen und –

Joanna stand vor ihm. »Um halb zehn hab ich hier Schluß.« Sie setzte seinen Nachtisch mitten in der Salatplatte ab.

Er sah auf seine Uhr. Es war erst halb neun! »Können Sie sich nicht den Rest des Abends freinehmen?« fragte er.

»Kleines!« klagte eine Frau am Nebentisch. »Das ist doch wohl nicht Ihr Ernst! Wo sind meine Muscheln?«

»Miß, nehmen die in der Küche Sie überhaupt zur Kenntnis?« stichelte ein anderer.

»Warten Sie draußen auf mich«, flüsterte Joanna. Und weg war sie.

Noch eine ganze verdammte Stunde!

Das Auge beobachtete das Quintett am anderen Ende des Raumes. Sie hatten weder sie noch ihn bemerkt. Der Laden war zu voll, und sie waren zu weit weg. Martine zündete sich eine Zigarette an. Duke verteilte Autogramme auf Speisekarten. Der Leutnant kaute an einem Steak. Abdel und Mr. J. Edgar Hoover tranken Wodka-Orange.

Er war einfach eine Nacht zu spät dran. Zum Verrücktwerden! Gestern wäre genau richtig gewesen! Gestern war der Tag! Die nervenaufreibende Launenhaftigkeit und Unberechenbarkeit des Schicksals machten ihn rasend vor Wut. Zum Kotzen!

Zwanzig vor neun.

So war es nun mal, es gab ebenso Glücks- wie Pechsträhnen, und hatte das Glück sich einmal abgewendet, gab es nichts, was man dagegen tun konnte. Oder doch?

Er zerbrach sich verzweifelt den Kopf darüber, wie er aus dieser Scheißsituation wieder herauskommen konnte. Er bemerkte einen Sicherungskasten drüben in der Ecke beim Klo. Er könnte sämtliche Sicherungen raushauen, die Lichter gingen aus, er würde in die Küche schleichen und sie zur Hintertür herausschmuggeln... so weit, so gut – aber was dann? Oder er könnte seine 45er ziehen und wie ein Amokläufer eine Salve von Platzpatronen auf die Leute abfeuern. Diese Dreckskerle würden wie eine Viehherde in alle Richtungen auseinanderstieben, und er könnte sie sich schnappen und abhauen... aber wohin?

Der Leutnant und dieser stinkende Bundesbulle hätten Trenton innerhalb von zehn Minuten völlig abgeriegelt.

Er bräuchte mindestens drei Stunden... zwei Stunden... also gut, eine Stunde, bis er sie von hier weg und aus der Stadt gebracht hätte. Und im übrigen mußte er dringend schiffen, und wie!

»Das ist sie«, flüsterte der FBI-Agent.

Martine sah quer durch den Raum. »Wo?«

»Drüben bei der Küche.«

»Was in Allahs Namen ist ein »Yankee Doodle« Fisch à la Française?« fragte Abdel Idfa.

Das Auge stand auf und ging Richtung Toilette. Die Empfangschefin fing ihn ab. »Wollen Sie uns schon verlassen, Sir?«

»Nein, ich muß bloß –«

»Wir sind heute abend völlig überfüllt! Schrecklich! Es gibt wirklich keinen einzigen freien Tisch mehr! So was habe ich noch nie erlebt!«

»Ich auch nicht.«

Er war am Sicherungskasten angelangt, überlegte es sich dann aber anders. Scheiß drauf! Er kehrte an seinen Tisch zurück, alle Nerven zum Zerreißen gespannt. Es war zehn vor neun!

»Das ist nicht Joanna Eris!«

»Nicht so laut, Frau Doktor.« Der FBI-Agent wandte sich an den Leutnant. »Lassen Sie die Wohnung beschatten?«

Der Leutnant nickte mit vollem Mund. Er verschlang gerade ein Stück Kuchen.

»Aber wenn ich es Ihnen doch sage. Sie ist es nicht!« beharrte Martine.

»Wir haben Grund zu der Annahme, daß sie es ist, Dr. Darras.«

»Welche meinen Sie denn jetzt?« Duke sprang auf und blickte umher.

»Setzen Sie sich, Mr. Foote. Sie kriegen Sie noch früh genug zu sehen.«

»Wie ich Ihnen bereits gesagt habe –« Abdel Idfa stocherte skeptisch in einem *Sole aux raisins à la Thomas Jefferson* herum. »Ich sehe mich nicht in der Lage, diese Frau nach all den Jahren einwandfrei zu identifizieren.«

»Das ist uns klar, Sir. Wir möchten Sie nur bitten, Sie sich anzuschauen.«

»Also, meine kleine Nita würd ich, selbst wenn ich blind wär, wiedererkennen.« Duke sägte an seinem Roastbeef herum. »Braucht sie nur herzuholen.«

»Sind Sie sicher, daß wir das gleiche Mädchen meinen?« fragte Martine. »Die Brillenträgerin da vorne?«

»Ja.«

»Das ist nicht Joanna.« Sie schüttelte den Kopf. »Nie und nimmer.«

»Welche?« Duke drehte sich um. »Wo genau? Wer?«

»Da drüben bei der Tür.«

»Die?« johlte Duke. »Das soll wohl ein Witz sein? Also, wenn das Nita ist, bin ich tatsächlich blind!«

»Das reicht, Duke«, knurrte der Leutnant. »Hören Sie auf, so zu schreien.«

»Drehen Sie sich wieder um, Mr. Foote«, flüsterte der FBI-Agent. »Sonst bemerkt sie Sie noch.«

»Ich kann sie von hier überhaupt nicht sehen.« Abdel tupfte

sich die Lippen mit einer Serviette ab. »Bestellen wir noch einen Wein?«

Dann schaute Martine sich in der Gästeschar um und bemerkte ihn.

Fünf nach neun.

Er fummelte ungeschickt mit der *Trenton Times* herum, schlug sie auf und zerriß sie dabei beinahe. Er las Joannas Horoskop.

> Glück und Reichtum winken Ihnen. Sie brauchen nur zuzugreifen. Sie gehören zu den wenigen Auserwählten, die nichts falsch machen können. Alles, was Sie heute anfassen, wird zu Gold.

Gold! Er mußte kichern. *Gold!* Kichern wie ein Wahnsinniger! Die Gäste an den Nebentischen lächelten ihn an. Er schluckte, würgte an dem Brei, der ihm gerade hochkam. Himmel, gleich müßte er kotzen! Nein... nein, nur das nicht! Runter mit dem Zeug! Reiß dich zusammen! Hier sitzen Leute, die essen wollen. Schnall dir den Gürtel auf, der Magen wird sich schon wieder beruhigen! Durchhalten... die Zähne zusammenbeißen... Mund zu...

Er senkte die Zeitung, ließ die Augen durch den Raum wandern und suchte Martines Blick.

Sie sahen sich finster an, erröteten.

Wird ja immer besser! Sie hatte ihn entdeckt! Glück und Reichtum winken Ihnen!

Joanna ging an ihm vorbei und bediente den Nebentisch. Ein Mann gab ihr die Speisekarte. »Ach, wären Sie so nett und würden Mr. Foote bitten, sein Autogramm hier drunter zu setzen?« Er steckte ihr einen Vierteldollar zu.

»Duke Foote?« Sie war wie gelähmt.

Das Auge nahm sein Taschentuch und wischte sich den Schweiß aus dem Gesicht. Ein Autogramm! Damit war die Sache gelaufen! Der Todesstoß! Apokalypse! Die Gaskammer, das Erschießungskommando, der elektrische Stuhl, der Ruin – totale und endgültige Vernichtung... er schaute auf.

Die Empfangschefin schwirrte um ihn herum.

»Sie sitzen hier ja ganz alleine!« sagte sie im Ton einer Anklage. »Würde es Ihnen etwas ausmachen...«

»Wie bitte...«

»Ihr Tisch...«

»Mein Tisch?«

»Könnten Sie ihn bitte mit anderen Gästen teilen?« Sie winkte aufgeregt und rief: »Hier herüber, ihr zwei Turteltauben. Unser Hochzeitspaar!« Ein Junge und ein Mädchen, die vor lauter Scham puterrot anliefen, setzten sich an seinen Tisch.

»Danke«, sagte der Junge mit einem schüchternen Lächeln.

»Ich bin gleich – gleich –« Das Auge versuchte, das bißchen Verstand, das ihm noch geblieben war, zusammenzukratzen. »Gleich bin ich hier weg. Eine Minute noch, dann...«

»Lassen Sie sich ruhig Zeit«, sagte der Junge. Er und sein Mädchen hielten Händchen. Sie berührte sanft sein Gesicht, lächelte entrückt, strahlte wie benommen von ihrem Glück. »Gütiger Gott«, flüsterte sie. »Ich könnte ein ganzes Pferd verdrücken!«

Hinter der Absperrung warteten mittlerweile an die hundert Gäste, und die Empfangschefin flatterte händeringend zwischen den Tischreihen umher. Sie stürzte sich auf Joanna, die immer noch mit der Speisekarte dastand und hinter ihrer Brille umherspähte.

»Was stehen Sie denn hier herum, Kleines?« zischte sie.

»Der Herr möchte ein Autogramm...«

»Ich erledige das.« Sie riß ihr die Karte aus der Hand.

Zehn nach neun.

»Wann hat sie Feierabend, Leutnant?« fragte der FBI-Agent.

»Halb zehn. Sie schaute gerade herüber. Ich glaub, sie hat was gemerkt.«

»Macht nichts.«

Martine wandte sich ihm zu. »Sie hatten mich gebeten, Ihnen zu helfen. Okay, das habe ich getan. Diese Person ist nicht Joanna Eris. Fassen Sie dies als formelle Zeugenaussage auf. Und jetzt möchte ich zurück nach Boston.«

»Langsam, Dr. Darras, alles zu seiner Zeit.«

»Ich möchte hiermit feststellen, daß ich diese ganze Angelegenheit widerlich finde. Einfach widerlich.«

»Möchten Sie vielleicht einen Nachtisch?«

»Ich schon.« Abdel Idfa war mit seiner Seezunge fertig. »Ich glaube, ich werde mich mal an diesen »Bill of Rights«-Eiscremebecher wagen.«

»Also, wißt ihr –« begann Duke. Die Empfangschefin hielt ihm die Speisekarte hin. Er kritzelte seinen Namen darauf.

»Danke, Mr. Foote!« rief sie.

»Keine Ursache, Ma'am. Ist mir ein Vergnügen.« Er küßte ihr die Hand. Sie quietschte vor Freude und schwebte davon. »Also, wißt ihr«, meinte er nachdenklich, »wenn das meine kleine Nita ist... damit sag ich jetzt nicht, daß sie es ist oder nicht ist, weder formell noch mit absoluter Sicherheit, klar, also nicht wie unsere Frau Doktor hier... aber wenn sie's jetzt ist, dann freu ich mich irgendwie, sie wiederzusehen. Sie war'n richtig süßes kleines Ding.«

»Ich glaube, Sie werden sie wiedersehen, Mr. Foote«, sagte der FBI-Agent.

Martine lehnte sich zurück. Sie hielt ihr Sternzeichen fest, umklammerte es.

Das Auge schaute sich das Liebespaar etwas genauer an. Sie waren Mitte Zwanzig und machten einen frischen, properen und zuversichtlichen Eindruck. Zwei makellose, völlig unverdorbene Menschlein. Allmächtiger Gott! Wer von beiden würde den anderen zuerst betrügen? Werden sie auch eine Tochter haben? Welches Füllhorn an Wut und Leid, Einsamkeit und Ekel hatten die Hochzeitsfeen ihnen mit auf den Weg gegeben?

Es war zwanzig nach neun.

»Wir werden sie auf keinen Fall hier festnehmen«, sagte der FBI-Mann zu dem Leutnant. »Den Ärger sparen wir uns. Wir warten, bis sie draußen ist. Oder noch besser, bei sich in der Wohnung.«

»Okay.«

»An eines erinnere ich mich hinsichtlich Dorothea Bishops noch ganz genau«, begann Abdel Idfa. »Als Mr. Argyle uns einander vorstellte, damals in Chicago, habe ich sie gefragt, ob sie noch Jungfrau sei. Und sie sagte –« Er wandte sich an Martine. »Bitte, verzeihen Sie mir Doktor – sie sagte, ›Das geht Sie einen Scheißdreck an‹.«

Der Junge sagte irgend etwas. Das Auge wandte sich ihm zu. »Wie bitte ...«

»Sie essen gerade meine Radieschen.«

»Ihre was? Tatsächlich? Bitte, entschuldigen Sie. Ich ... ich bin mit den Nerven völlig am Ende ...«

»Nehmen Sie nur.«

»Meine Tochter ... meine Tochter ist von zu Hause ausgerissen, und ich kann sie nicht finden.« Er glotzte sie stumpf an. Warum hatte er das gesagt. Scheißspiel!

»O Gott!« sagte der Junge.

»Ist sie in Trenton?« fragte das Mädchen.

»Ich hab keine Ahnung.« Er lächelte albern und schrappte mit den Fingernägeln über die Tischdecke. »Könnte sein. Sie könnte überall sein. Absolut überall. So, wie man sich überall verstecken kann. In jedem Hinterhof und jeder Gasse, jedem Vorort, jedem Dorf und jeder Seitenstraße ... all die verriegelten Türen ... und die Landstraßen, die wer weiß wohin führen –« Seine Stimme versagte.

»Das letzte, was ich von ihr gehört habe, war, daß sie – sie war in der Schule und sie ist einfach –« Himmel! Er weinte! Jesus, Maria und Josef! Er brach völlig ein! Verdammte Hühnerscheiße! Das war's dann wohl. »Wie spät ist es?« schluchzte er.

»Halb zehn.« Der Junge wirkte tiefbetrübt. »Aber ich glaube, meine Uhr geht etwas nach.«

»Gut – ja – danke –« plapperte er. »Mit ein bißchen Glück wird vielleicht noch alles gut. Jetzt hört mal her, ihr beiden –« Sie starrten ihn an. »Ich wünsche euch alles Glück dieser Erde, aus ganzem Herzen. Ich möchte all euer Leid auf mich nehmen – gebt mir eure Sorgen und eure Last. Ich werde sie mit mir nehmen, jetzt gleich, und ihr kümmert euch von nun an nur noch darum, glücklich zu werden. Bis dann.«

Er stand auf und verschwand.

18

Sie wartete draußen auf dem Parkplatz. Sie hatte dieses fürchterliche Hessenkostüm abgelegt und trug einen Rock und einen Pullover, darüber einen Regenmantel. Es war der Pullover, den sie in Philadelphia gekauft hatte.

»Ich sollte noch eine geschlagene Stunde bleiben.« Sie nahm die Brille ab und steckte sie in ihre Handtasche. »Ich hab denen einfach gesagt, daß ich eine Verabredung mit meinem Bruder habe.«

»So voll wie heute war der Laden noch nie.« Er führte sie zu dem Porsche. »Warum eigentlich?«

»Heute ist D-Day. Am Kriegerdenkmal findet heute nacht irgendein Riesenspektakel statt.«

Sie fuhren die West State Street hoch. Er spürte ihre Wärme, wie sie neben ihm vor Aufregung glühte. Er zwang sich, nicht an ihre Gegenwart zu denken. Jetzt bloß keinen Nervenzusammenbruch wie gerade eben im Restaurant! »Duke Foote war da und hat bei euch zu Abend gegessen. Haben Sie ihn gesehen?«

»Ja.« Sie zuckte zusammen. »Hab ich.«

Er wurde gewahr, wie sie erschauerte. Alles klar! Sie reagierte normal. Ihr Überlebenswille war also noch ungebrochen. »Er war mit diesen Typen von der Polizei zusammen.«

»Welche Typen von der Polizei?«

»Der Leutnant, oder was auch immer er ist. Und der andere.«

Sie waren jetzt auf der East State angelangt, fuhren aber in die falsche Richtung.

»Wohin möchten Sie gerne? Wie wär's mit 'nem Drink?«

»Was zu trinken wär nicht schlecht, ja. Polizisten, haben Sie gesagt? Im Restaurant?«

»Ja. Ich hab sie Ihnen doch gezeigt.«

»Wirklich?«

Großartig! Langsam kam sie auf Touren. Ihre Angst war greifbar. In ihr heulten Alarmsirenen.

»Ich bin nicht von hier. Kennen Sie vielleicht in der Nähe irgendeine gemütliche Bar?« Er erschrak über seine eigenen Worte. Er haßte die Rolle, die er zu spielen hatte, den beschissenen Dialog, zu dem er für den Rest des Abends verdammt war.

»Bitte keine Bars, so wie ich aussehe, okay?«

»Zu mir dann?«

»Okay.«

Er bog nach Norden ab und fuhr am Fluß entlang zur Washington Crossing-Autobahn.

Er fragte sich, ob sie ihn verabscheute.

Er bog in den Hof des Motels ein und parkte neben dem Chevette.

Die Sache geht schief, sagte er sich, konnte nur schiefgehen. Sie gingen zu dem Bungalow, zwei Nervenbündel in einer hundsmiserablen *Samson und Delila*-Aufführung. Samson ein kurzatmiger, kahlköpfiger Tenor, Delilah eine farblose Mezzosopranistin, die einen penetranten Geruch von Bratfett verströmte.

Er schloß die Tür auf, und sie traten ein. Er schaltete das Licht an und legte den Aktenkoffer und die Wagenschlüssel auf den Tisch. »Ich glaube, die lassen den Laden observieren«, sagte er.

»Wer?« Sie zog den Regenmantel aus. Der Pullover hatte am Ellbogen ein Loch.

»Die Bullen. Das Restaurant. Werden wahrscheinlich bald jemanden festnehmen.«

»Wen?«

»Na, einen Gast, der dort regelmäßig ißt, denk ich doch. Oder jemanden vom Personal.« Er holte eine Flasche Martell aus seiner Reisetasche. »Oder denen schmeckt's so gut bei euch.«

Sie setzte sich und schlug die Beine übereinander. Ihre Strumpfhose hatte eine Laufmasche. Sie bemerkte sie und versuchte, sie zu verbergen.

Er öffnete die Flasche, holte zwei Cognacgläser aus dem Schrank und ging im Zimmer auf und ab, nur um sie nicht ansehen zu müssen.

»Was anderes hab ich nicht. Mögen Sie Cognac?«

»Cognac? Hab ich noch nie probiert.«

Na prima, sie war zu ihrer alten Form aufgelaufen! Er schenkte ein.

»Irgendwo habe ich Sie schon mal gesehen«, sagte sie plötzlich.

Die Knie wurden ihm weich. Er setzte sich auf die Bettkante. »Tatsächlich? Und ich habe immer gedacht, Sie würden mich nicht bemerken. Ich esse nun schon seit –«

»Nein. Woanders. Sind Sie jemals in –« Sie nippte an ihrem Glas und runzelte nachdenklich die Stirn. »Sind Sie jemals in Florida gewesen?«

»Ja. Mehrmals.«

Sie zuckte mit den Schultern. »Alle kommen einem irgendwie bekannt vor. Schmeckt gut, der Drink.« Sie nahm noch einen Schluck. »Sind Sie jemals in L.A. gewesen?«

»Nein.«

»Was machen Sie in Trenton?«

»Nur auf der Durchreise. Und Sie?«

»Ich bin hier geboren.« Sie stand auf. »Ich fühle mich schmutzig und verschwitzt. Kann ich vielleicht kurz duschen?«

»Nur zu.«

Sie stand auf und ging mit ihrem Glas ins Badezimmer. Die 45er hing im Halfter an der Rückseite der Tür.

Er öffnete ihre Handtasche. Sie enthielt ihre Brille, ein schmutziges Taschentuch, einen Filzstift, ihr zerschlissenes Exemplar von *Hamlet* und mehrere Würfelzuckerpäckchen mit der Aufschrift der Hessian Barracks.

Sie lugte aus dem Badezimmer hervor, nackt. »Übrigens, ich heiße Rita Holden.«

»Nett, Sie kennenzulernen, Rita.« Er verbarg die Handtasche hinter dem Rücken.

»Und wer sind Sie?«

»Ich? Ach – niemand Besonderes. Nur ein Buchhalter.«

»Kann ich noch einen haben?« Sie hielt ihm ihr Glas hin.

Er nahm die Flasche vom Tisch und ging zum Badezimmer. Sie hielt geziert den Busen verdeckt.

»Möchten Sie nicht über sich reden?«

»Eigentlich nicht.« Er schenkte ihr einen doppelten Cognac ein.

»Und ich? Soll ich Ihnen meine Lebensgeschichte erzählen?«

»Ja, schießen Sie los.«

Er setzte sich wieder auf die Bettkante. Für eine Weile würden sie hier sicher sein. Und wenn Joanna die Nacht durchfahren würde, hätte sie die Bullen vielleicht schon morgen abgeschüttelt. Früher oder später würden sie zwar wieder über sie herfallen, aber sie hätte immerhin eine Gnadenfrist, ein paar Wochen oder Monate, vielleicht sogar ein Jahr.

Sie drehte die Dusche auf. »Mein Vater war ein berühmt berüchtigter Ladendieb«, rief sie. »Interpol, Scotland Yard und das FBI haben jahrzehntelang nach ihm gefahndet. Aber sie konnten ihn nicht schnappen. Er war einfach zu gerissen. Dann, eines Abends – hören Sie mir auch zu?«

»Ja.« Er stützte den Kopf in die Hände. *Rita.* Wo war ihm der Name schon einmal aufgefallen?

»Dann – es war Heiligabend – hat er mitten in einem Kaufhaus einen Herzschlag erlitten, die Taschen vollgestopft mit gestohlenem Schmuck. Und so haben sie ihn dann doch noch gefaßt. Nach all den Jahren. Aber es war zu spät. Er ist ganz einfach gestorben. Es war Weihnachten. Aber das letzte Wort hatte natürlich er. ›Frohe Weihnachten‹, hat er gesagt. Und dann ist er abgetreten und hat sie sogar noch um die Bestrafung betrogen.«

Heiligabend, genau. Sankt Rita! In der Kirche in Baltimore. *O du gütige Heilige*, betete er, *bitte, sorge dafür, daß sie mich tötet, und daß sie für eine Weile Frieden findet!*

»Das stimmt übrigens alles nicht«, rief sie lachend. »Er war Arzt. Ein bekannter Gynäkologe. Eines Nachts wurde er vom Blitz erschlagen, als er in einem Stall in Bethlehem, Pennsylvania, Geburtshilfe leisten mußte.« Sie lachte wieder, drehte die Dusche ab und fing an, »La Paloma« zu pfeifen.

Er öffnete den Aktenkoffer, nahm das Geld heraus und zählte die Fünfziger durch: eins, zwei, drei, vier, fünf, sechs… Würde sie nackt bleiben? Würde sie mit dieser traurigen Farce fortfahren, sie mit ihm bis zum bitteren Ende durchspielen? Elf, zwölf, dreizehn, vierzehn, fünfzehn… Wenn er nur wüßte, wo Maggie steckte, würde er ihr auch tausend Dollar schenken. Ein wunderbares Gefühl, dachte er… seiner Tochter Geld und Geschenke geben zu können…

Sie kam aus dem Badezimmer. Sie war angezogen und hatte die 45er in der Hand. »Sehen Sie mal, was ich gefunden habe«, sagte sie.

»Passen Sie auf.« Er stand auf. »Das Ding ist geladen.« Er legte die Scheine zurück in den Aktenkoffer. »Keine Angst, ich bin nicht etwa ein Gangster oder so was. Ich hab dafür eine Lizenz. Ich trag oft größere Summen mit mir herum.«

»Wieviel denn diesmal?«

»Genug.«

Sie schoß zweimal. Er flog rückwärts durch das Zimmer, krachte in den Schreibtisch, dann auf den Boden.

Sie warf die Pistole weg und zog den Regenmantel über. Sie schnappte sich Aktenkoffer und Wagenschlüssel und lief raus.

Er hörte sie wegfahren. Hallelujah!

Er zog sich hoch und stützte sich auf den Tisch. Sie hatte ihre Handtasche vergessen. Und ihre Brille. Er packte beides in seine Reisetasche, verkorkte den Martell, hob die 45er auf, trug alles in den Hof hinaus und warf es in den Chevette.

Er fuhr auf die Schnellstraße und hängte sich an sie dran.

Endlich weg hier!

Er hoffte, daß sie nicht vorhatte, zur Yard Avenue zurückzufahren. Die Pension wurde garantiert observiert.

Tat sie dann auch nicht. Sie fuhren durch Mercerville, vorbei an dem Mercer Waisenhaus. Wahrscheinlich hatte sie es nicht einmal gesehen. Was konnte sie überhaupt sehen, ohne Brille? Rollende Lichtlawinen, einen Sturm aus Farben.

Sie fuhr zu schnell.

Sie fegte durch Highstown, dann Princeton. Jetzt raste sie durch den langen dunklen Tunnel einer Alleestraße entlang eines Flusses. Wohin wollte sie nur? Hatte sie sich angeschnallt? Ein LKW rollte direkt vor ihr aus einer Ausfahrt heraus. Er schwenkte im letzten Moment zur Seite, um dem Porsche auszuweichen. Er krachte mit quietschenden Bremsen in ein Brückengeländer. Obstkörbe purzelten über die Straße. Das Auge raste durch unzählige umherhüpfende Äpfel.

Sie fegte nach Pennington hinein, verfehlte eine Kurve und donnerte über die Ecke eines Vorgartens. Eine Schaukel und ein Gartentisch gingen zu Bruch. Ein Grüppchen Leute auf der

Vorderveranda kam wutschnaubend auf sie zugestürzt. Sie schlitterte über den Bürgersteig auf die Straße zurück und rammte seitlich ein parkendes Auto.

Sie brauste durch die Stadt wie ein Wirbelwind, die eine Straße hoch, die andere herunter, nur um irgendwie wieder herauszukommen. Dann schoß sie auf die Ewing Road hinaus, kam gerade noch an einem fahrenden Taxi vorbei. Die Kotflügel schrammten aneinander.

Komm schon, Joanna, Schluß mit dem Quatsch!

Sie kam plötzlich ins Schleudern und bumste gegen die Leitplanke. Sie trat heftig auf die Bremse und segelte in ein frisch gepflügtes Feld. Sie setzte mit durchdrehenden Reifen auf die Straße zurück und knallte gegen einen Pfahl.

Nur keine Panik! Such dir irgendwo einen Parkplatz und warte, bis es hell wird!

An der nächsten Kreuzung schrammte sie ein Straßenschild. Sie raste mit achtzig Sachen durch Ewing. Wieder bremste sie ohne ersichtlichen Grund und rasselte in einen Stapel von Blechtonnen, der am Straßenrand aufgetürmt stand. Die Tonnen schepperten kreuz und quer über die Straße.

Warum zum Teufel fährst du so schnell?

Sie brauste wieder durch Mercerville, kam noch einmal an dem Waisenhaus vorbei. Sie war im Kreis gefahren und kehrte jetzt auf die Highstown Road zurück.

Es fing an zu regnen.

Nur nicht stehenbleiben, wie Plattflut zu sagen pflegte, *dann kriegen sie dich nie.* Also, Stillstand konnte man ihnen wirklich nicht nachsagen. Himmel, und wie sie herumgekommen waren! Ihre Akte mußte sich wie ein endlos langer Reisebericht lesen!

Und man hatte sie nie geschnappt.

Aber jetzt war alles vorbei. Dies war ihre letzte Fahrt. Er wußte das in dem Augenblick, als er sah, wie ihre Räder blokkierten.

Der Porsche schlidderte von der Fahrbahn in einen Bretterzaun, sprengte ihn in tausend Stücke und flog in eine Reklametafel.

Keine Motels mehr. Keine Autos. Kein Geld. Keine Flughäfen.

Er wartete auf die Stichflamme.

Keine Perücken mehr. Keine Birnen. Keine Horoskope.

Er hielt an, öffnete die Tür und stand im Gras. Keine Flammen. Die Hupe schallte wie eine Trompete, aber es brannte nichts. Er rannte durch den aufgebrochenen Zaun, stolperte einen Hügel hinunter und sprang um die Reklametafel herum. Nichts brannte.

Keinen Cognac mehr. Keine Gitanes. Keine Haie und keine Klapperschlangen.

Sie hing kopfüber aus dem Fenster. Der Regen prasselte ihr ins Gesicht.

Er packte sie an den Schultern, zog sie auf den Boden, hob sie hoch und schleppte sie den Hügel hinauf. Es brannte immer noch nicht. Er schwankte über die Straße und legte sie auf einen kleinen, mit Gräsern und Unkraut bewachsenen Erdhügel.

Die Buchhandlung in der Hope Street kam ihm in den Sinn. Er erinnerte sich, wie sie, die Arme in die Hüften gestützt, dagestanden hatte, in New York, in Chicago und in Nashville.

Ihre Nase war gebrochen. Sie blutete aus den Ohren.

Er sah sie, wie sie in Sun Valley Ski fuhr und wie sie im Morgengrauen im Mississippi badete.

Sie öffnete die Augen und lächelte ihn an. »Ja, ich weiß, wer du bist«, sagte sie. »Du warst im Park... mit einer Kamera... du hast ein Foto von mir gemacht...«

Und der Porsche explodierte, und Flammen flogen wie Sonnenblumen auf sie herab.

Er blickte über die Straße auf die Reklametafel und löste endlich Kreuzworträtsel Nummer sieben.

> TRINKEN SIE ECHT PILSENER – DAS TSCHECHOSLOWAKISCHE BIER!

Die Flammen züngelten das Gerüst hoch, verschluckten alle Buchstaben, bis auf OSLO – eine Hauptstadt in der Tschechoslowakei.

19

Shakespeare und *Verfall und Untergang des römischen Reiches* und die meisten anderen Wälzer in seinem Bücherschrank ermüdeten ihn. Ohne Schwierigkeiten konnte er allerdings Zane Grey, Max Brand, Edgar Rice Burroughs, Sax Rohmer, Rex Stout, Erle Stanley Gardner oder Ellery Queen lesen. Er besorgte sich alles, was sie jemals geschrieben hatten.

Die meiste Zeit verbrachte er jedoch damit, Modellflugzeuge zu bauen. Sein Spezialgebiet waren Kampfflugzeuge aus dem Zweiten Weltkrieg. Er war stolzer Besitzer ganzer Geschwader von Stukas, Thunderbolts, Me 109, FW 190, Spitfires, Mustangs und Zeros, die mehrere Regale in seinem kleinen Haus füllten.

An den Vormittagen ging er entweder in den Bergen spazieren oder fuhr nach Fresno und erledigte seine Einkäufe.

Das Haus war nur ein paar Meilen vom San Joaquin River entfernt, und an den Nachmittagen ging er auf den Friedhof und besuchte Joanna.

Er hatte ihren wirklichen Namen in den Grabstein meißeln lassen.

JOANNA ERIS

– dann folgten die Geburts- und Todesdaten. Die Grabschrift lautete

Ruh, verstörter Geist.

Das war eine der vielen Stellen, die in ihrem *Hamlet*-Exemplar unterstrichen waren. Er war rein zufällig auf den Vers gestoßen.

Er saß oft stundenlang neben dem Grab und plauderte mit ihr. Sie tauschten Erinnerungen aus und erzählten sich Geschichten.

Wann kommst du ins Bett? fragte sie ihn, worauf sie beide lachten. Ein scherzhaftes Ritual, das sie jeden Tag vollzogen. Gemeint war die Grabstätte in der Nähe, die er gekauft hatte. Er brauchte sich nur noch hineinzulegen, alles war bereit.

Bei Sonnenuntergang kehrte er nach Hause zurück.

An den Abenden schaute er fern, las anschließend ein Buch oder werkelte bis Mitternacht an seinen Flugzeugen weiter. Dann ging er entweder ins Bett oder blieb einfach im Lehnstuhl sitzen und döste in den Morgen hinein.

Nach dem Unfall hatte er den Leichnam nach Kalifornien überführen lassen. Das FBI lud ihn immer wieder zur Vernehmung ein.

Sie wollten wissen, wer er war, was er trieb, und was genau der Grund für sein Interesse an der »Person« Rita Holden, alias Nita Iqutos, alias Charlotte Vincent, alias Dorothea Bishop, usw., usw., geborene Joanna Eris war.

Er erzählte ihnen in groben Zügen von seiner Arbeit an dem Fall Paul Hugo, als er noch für Watchmen, Inc. tätig war. (Er fand dies irgendwie stimmig, ihre Geschichte endete damit dort, wo sie angefangen hatte, mit Paul Hugo. Der Kreis wurde mehr oder weniger geschlossen.) Er erzählte ihnen keine Einzelheiten. Alles, was er zu Protokoll gab, war, daß er der »Person« während eines Routineauftrags – vor einer Ewigkeit! – in Chicago begegnet sei... oder war es in San Francisco? Oder vielleicht L.A.! Egal, jedenfalls war er ihr in Trenton wiederbegegnet, wo sie als Kellnerin in den Hessian Barracks gearbeitet hatte. Er hatte sie zum Abendessen eingeladen. Sie hatten etwas getrunken, und dann hatte sie seinen Porsche gestohlen. Um ihren Leichnam hatte er sich nur gekümmert, damit ihr »ein christliches Begräbnis« zuteil wurde.

Sie hatten ihm nur zur Hälfte geglaubt.

Sie bestanden auf einer Gegenüberstellung: sie führten Duke, Abdel Idfa und Martine herein und fragten sie, ob sie ihn wiedererkannten. Duke und Abdel hatten nicht die leiseste Ahnung, wer er war, und Martine stellte sich dumm.

Martine und er waren sich anschließend noch einmal allein im Vorzimmer begegnet. Sie hatten kein einziges Wort miteinander gewechselt. Die Gefahr, daß sie abgehört wurden, war zu groß. Sie standen nur da und starrten sich mit ernster Miene an. Dann riefen die Bullen sie ins Büro, und bevor sie hineinging, zwinkerte sie ihm noch schnell zu.

Er mußte jetzt noch darüber lachen. Ein Zwinkern bedeutete ebensoviel wie ein Nicken!

Irgendwann, nach der dritten oder vierten Vernehmung, hatte er ihnen geradeheraus gesagt, daß er ihre Visagen allmählich satt hätte. Womit die Sache erledigt war.

Und dann war er nach Fresno gezogen und hatte sich sein kleines Haus gemietet – sein »Vorzimmer«, wie Joanna es nannte. *Beeil dich!* pflegte sie ihn zu ermahnen. *Es ist kalt hier unten.*

Seine Nachbarn hielten ihn für einen Witwer. Die Kinder nannten ihn Opa. Seine Vermieterin, eine quirlige junge Frau, die in Reedly wohnte, war ganz hingerissen von ihm. »Habt ihr gesehen, was er aus dieser Bruchbude gemacht hat!« schwärmte sie ihren Freundinnen vor. »Das Dach, die Fenster und die Veranda? Wie neu! Sogar das Klo funktioniert! Wenn er nicht so ein liebenswerter alter Kerl wäre, würde ich ihn glatt vor die Tür setzen und die Klitsche für achtzigtausend verscheuern!«

Und die Zeit verging. Mitternacht, Sonnenaufgang, der Morgen, der Nachmittag, und die Dämmerung.

Alle fünf, sechs Monate reinigte er seine 45er, fuhr nach Oakland oder San Mateo und knöpfte jemandem ein paar hundert Dollar ab. Damit verschaffte er sich ein Taschengeld und zahlte die Miete. Nur manchmal überkamen ihn Zweifel, und er fragte sich: *Was zum Teufel tue ich hier überhaupt?* Die Antwort blieb stets die gleiche. *Warten.*

In den Abendstunden setzte er sich des öfteren mit Pater Anthony zusammen, dem Gemeindepfarrer. Sie tranken ein paar Biere, spielten Rommé und unterhielten sich über Football und Gott.

»Die Oakland Raiders, das war die Mannschaft! Erinnern Sie sich an Cozie? Und an Ken Huff von den Colts?«

»Mike Fanning war wahrscheinlich der Beste.«

»Fanning konnte Cozie oder Ken Huff nicht mal das Wasser reichen. Aber mein absoluter Lieblingsspieler ist und bleibt Bartkowski!«

»Der hat bei den Eagles gespielt, oder?«

»Wie bitte?! Den Eagles! Er war bei den Falcons... hm... war das kleine Mädchen unten auf dem Friedhof eigentlich getauft?«

»Nein, Hochwürden.«

»Und wenn ich – hm – wenn ich die Namen auf den Grabsteinen richtig gelesen habe, dann handelte es sich um ein uneheliches Kind?«

»Ja, Hochwürden.«

»Also – hm – natürlich war auch Fanning eine Klasse für sich. Das letzte Mal, daß ich die Rams spielen gesehen habe, war '75. Live, meine ich. Gegen die Forty-Niners...«

»Was sieht Gott, Hochwürden, wenn er uns von oben zuschaut?«

Die Frage verblüffte ihn keineswegs. Er war ein kluger alter Mann, der in seinem Leben nicht wenigen Gemeinden gedient hatte, und den nichts mehr überraschen konnte. »Wenn ich das wüßte, alter Junge«, sagte er mit einem Lachen, »dann wäre ich selbst Gott. Was auch immer er erblickt, es ist nur für seine Augen bestimmt.«

In seiner Todesnacht träumte das Auge von dem Korridor. Er fand die Tür, sie war nicht versperrt. Er öffnete sie und trat in das Foto ein.

Und da war er nun endlich!

Die fünfzehn engelsgleichen Gesichter wandten sich ihm zu, erwachten wie durch ein Wunder zum Leben, ein wenig überrascht.

Er stand vor ihnen, absolut überzeugt davon, wach zu sein. Alles andere, seine Odyssee, die lange, lange Saga seiner unstillbaren Sehnsüchte, war nichts als ein Traum gewesen.

Maggie? fragte er.

Aber er starb, bevor seine verschollene Tochter ihm antworten konnte. Und sie begruben ihn unterhalb der Eichen, neben seiner unberührten Braut.

»Like a walk on the wild side«

Unterhaltung:
bunt, frech
und anders

SP 1643

SP 1742

SP 1730

SP 1662

PIPER